Paula Pimenta

Fazendo meu filme

A ESTREIA DE FANI

1

4ª edição
★ Edição especial comemorativa ★

Copyright © 2008 Paula Pimenta
Copyright desta edição © 2024 Editora Gutenberg

Todos os direitos reservados pela Editora Gutenberg. Nenhuma parte desta publicação poderá ser reproduzida, seja por meios mecânicos, eletrônicos, seja via cópia xerográfica, sem a autorização prévia da Editora.

EDITORA RESPONSÁVEL
Rejane Dias

CAPA E PROJETO GRÁFICO
Patrícia De Michelis

DIAGRAMAÇÃO
Guilherme Fagundes

REVISÃO
Ana Carolina Lins

Dados Internacionais de Catalogação na Publicação (CIP)
Câmara Brasileira do Livro, SP, Brasil

Pimenta, Paula
 Fazendo meu filme : a estreia de Fani : edição especial comemorativa de 15 anos / Paula Pimenta. -- 4. ed. -- São Paulo : Gutenberg, 2024. -- (Série Fazendo meu filme ; v. 1)

 ISBN 978-65-5928-376-7

 1. Ficção juvenil I. Título. II. Série.

23-186863   CDD-028.5

Índices para catálogo sistemático:
1. Ficção : Literatura juvenil 028.5
Eliane de Freitas Leite - Bibliotecária - CRB 8/8415

A **GUTENBERG** É UMA EDITORA DO **GRUPO AUTÊNTICA**

São Paulo
Av. Paulista, 2.073 . Conjunto Nacional
Horsa I . Sala 309 . Bela Vista
01311-940 . São Paulo . SP
Tel.: (55 11) 3034 4468

Belo Horizonte
Rua Carlos Turner, 420
Silveira . 31140-520
Belo Horizonte . MG
Tel.: (55 31) 3465 4500

www.editoragutenberg.com.br
SAC: atendimentoleitor@grupoautentica.com.br

Para a minha mãe, que me ensinou a sonhar.
E para o meu pai, que sempre realiza os meus sonhos.

Enormes agradecimentos à Elisa e à Bia, que leram e vibraram com cada capítulo à medida que foram escritos.

À Ângela Botelho, pelo apoio inestimável.

À Maria Luiza Pereira Rondas, pela primeira revisão.

À Dri, pelos conselhos e opiniões.

À Beré, por existir em minha vida.

À Ana Carolina, que, mais que uma revisora, se tornou amiga da Fani.

Mamãe, muito obrigada por encontrar o título perfeito.

Para ver cenas dos filmes e ouvir as músicas dos CDs, visite:

www.fazendomeufilme.com.br

Dias tornaram-se semanas, semanas tornaram-se meses. E então, um dia, eu fui para a minha máquina de escrever, me sentei, e escrevi a nossa história. Uma história sobre uma época, uma história sobre um lugar, uma história sobre as pessoas. Mas, acima de tudo, uma história sobre amor. Um amor que irá viver para sempre.

(Moulin Rouge - Amor em vermelho)

Prólogo

Uma vez me perguntaram qual era o filme da minha vida. Fiquei um tempão pensando nisso, mas, em vez de responder, entreguei para a pessoa a minha lista de DVDs. Eu não tenho um filme preferido, cada um deles tem uma cena especial, um momento que faz com que eu deseje ser a protagonista, que anseie que minha vida seja tão emocionante e colorida como a delas.

Lista de DVDs de Fani Castelino Belluz

1. As patricinhas de Beverly Hills
2. Cinderela
3. Enquanto você dormia
4. Feitiço do tempo
5. Alice no País das Maravilhas
6. Efeito borboleta
7. O fabuloso destino de Amélie Poulain
8. Em busca da Terra do Nunca
9. Campo dos sonhos
10. Brilho eterno de uma mente sem lembranças
11. O diário de Bridget Jones
12. Sociedade dos poetas mortos
13. Procurando Nemo
14. O cão e a raposa
15. Uma linda mulher
16. The Wonders - O sonho não acabou
17. Os incríveis
18. Mero acaso
19. Os Goonies
20. A noviça rebelde
21. Alguém como você

22. O mágico de Oz
23. Curtindo a vida adoidado
24. O Expresso Polar
25. Love story - Uma história de amor
26. Alguém muito especial
27. Moulin Rouge - Amor em vermelho
28. O casamento do meu melhor amigo
29. Colcha de retalhos
30. Como perder um homem em 10 dias
31. Para sempre Cinderela
32. Titanic
33. Dumbo
34. Peter Pan
35. Labirinto - A magia do tempo
36. O diário da princesa
37. Ela é demais
38. De repente 30
39. Sintonia de amor
40. Branca de Neve e os sete anões
41. O casamento dos meus sonhos
42. Feito cães e gatos
43. Como se fosse a primeira vez
44. Quatro casamentos e um funeral
45. Um sonho, dois amores
46. Shakespeare apaixonado
47. Mensagem para você
48. 10 coisas que eu odeio em você
49. Romeu e Julieta
50. Harry & Sally - Feitos um para o outro
51. Sob o sol da Toscana
52. Dirty dancing - Ritmo quente
53. Diário de uma paixão
54. Wimbledon - O jogo do amor
55. Grease - Nos tempos da brilhantina

Cher: Não quero trair minha geração, mas não entendo a moda dos garotos de hoje. Parece que caíram da cama, puseram calças largonas e cobriram o cabelo sujo com um boné ao contrário. E se julgam irresistíveis? Eu não acho.

(As patricinhas de Beverly Hills)

Começou a chover de novo. Pelo menos isso. Enquanto o tempo estiver ruim, eu não *preciso* sair. Não sei quem sancionou essa lei de que meninas de 16 anos são obrigadas a sair todos os dias do final de semana. Se eu estou a fim de ficar em casa, com meus DVDs, meus livros ou simplesmente fazendo nada, a minha família já pergunta se eu estou doente. Pior do que isso. Passam-se cinco minutos e as minhas amigas começam a aparecer ou telefonar, como se o fato de eu ter dito que queria ficar em casa tivesse sido uma espécie de brincadeira.

Eu me pergunto: sair para quê? Para ver sempre as mesmas caras? Para brincar de espelho, já que todas as pessoas se vestem absolutamente iguais, como se fosse uma espécie de uniforme social? Engraçado é que essas mesmas pessoas fazem abaixo-assinado na escola para que possamos ir com roupas informais... se eu fosse a diretora, concordaria. Pelo menos, as meninas não depredariam mais o uniforme cortando as mangas para ficarem com as "asinhas de fora" (essa foi a minha mãe que falou, tive que concordar com ela!), e os meninos parariam de levar suspensão por aparecerem na aula de chinelo.

Oh, oh. Tenho que atender ao telefone. Minha mãe está berrando daquele jeito dela que separa e prolonga sílaba por sílaba do meu nome: "Eeees-teee-fââââââ-niaaaaa...".

Argh. Como se não bastasse esse nome esquisito que me colocaram, ainda tenho que ouvi-lo gritado! Quantas vezes tenho que repetir? Meu nome é FANI! F-A-N-I. E eu finjo que não é comigo quando me chamam de Estefânia. Eu só vou atender dessa vez para que o resto do mundo que ainda não ouviu o berro da minha mãe não descubra que por trás da Fani existe um nome estranho desses...

2

> *Fada Madrinha:* Mas, como nos sonhos, receio que não possa durar muito. Dançará até meia-noite.
> *Cinderela:* Meia-noite? Oh, obrigada!
> *Fada Madrinha:* Oh, não, preste atenção, meu bem: ao soar das doze, a magia cessará e tudo o que era antes voltará.
>
> (Cinderela)

Obrigada, horário de verão! Normalmente eu não gosto do marco inicial desse horário, já que somos obrigados a adiantar o relógio e com isso ganhamos um dia de apenas vinte e três horas. Mas, desta vez, eu achei pouco e bom.

Mais cedo, no telefone, era obviamente a Natália. Eu gosto muito da Natália, a gente é amiga desde criança e tal, mas, sinceramente, de uns tempos pra cá, parece que estamos andando em direções opostas. Claro que, como sempre, ela estava completamente ensandecida de vontade de sair, especialmente por causa do fim de semana prolongado, já que o nosso colégio emendou o feriado de 12 de outubro.

Não entendo como ela consegue... a gente foi quarta ao aniversário da Júlia, na quinta ao cinema assistir a *O jardineiro fiel* (dou três estrelinhas), na sexta fomos ao ensaio da banda do irmão do Rodrigo e, ontem, todas as pessoas de Belo Horizonte que não viajaram (ou seja: a Natália, o Rodrigo e a Priscila) vieram para cá ver DVD. Caramba! Será que ela não sente falta de ficar em casa fazendo nada, não?

Tá, eu não sou antissocial, nem tenho nenhum destes desvios comportamentais de que a *Veja* vive falando, mas tem hora que sair cansa, né? Enche o saco essa coisa toda de ter que colocar roupa (tomando o cuidado de não repetir a mesma por, pelo menos, três semanas), maquiagem, pedir dinheiro para o pai, ouvir sermão sobre os perigos existentes no mundo atual, encontrar as mesmas pessoas que eu vejo todos os dias, ter que ficar fazendo carinha boa para não ter que aturar a todo minuto alguém vindo perguntar o motivo da minha braveza... Ufa. Prefiro sinceramente ficar no meu quarto, meu castelinho encantado, com meus livros, DVDs, computador...

E foi isso que eu tentei explicar pela centésima vez para a Natália quando ela tentou me convencer a sair mais essa noite. O Sr. Gil é daqueles pais chatos, liga para o meu pai a cada saída dela para perguntar se eu fui também. Será que ele está achando que nós somos gêmeas siamesas? Que uma só pode ir aonde a outra for? Deixa eu te contar uma coisa, Sr. Gil, não é assim, não, viu? O tempo da escravidão já passou, se você quiser me contratar para ser dama de companhia da sua filha, pode ir abrindo a carteira. Cinquenta reais por hora, porque só assim pra dar conta do pique da Natália!

Só que eu acho que, se eu dependesse disso pra ganhar dinheiro, podia desistir. A própria Natália tem argumentos bem mais fortes. Em primeiro lugar, a voz fininha dela... à primeira vista todo mundo acha delicadinha, mas, depois de uns dez minutos, dá vontade de apertar o "stop", já que é tão aguda que a impressão que passa é que vai furar o nosso ouvido! Como se não bastasse, a Natália é filha única. Isso significa que nunca teve um irmão que se recusasse a emprestar qualquer coisa para ela, e com isso ela não desenvolveu a capacidade de aceitar um *não*.

Como esperado, ela veio com toda a ladainha à qual eu já estou mais do que acostumada: "Amanhã é feriado, a gente pode dormir até tarde...", ela disse com a tal vozinha que, a cada segundo, afina mais.

Eu lembrei a ela que o meu irmão, com certeza, iria aparecer bem cedinho na minha casa junto com os meus três sobrinhos e que a diversão preferida deles é brincar de acordar a Tia Fani.

Aí ela disse: "Mas ontem você já ficou na sua casa, todos nós ficamos aí com você vendo DVD, ficar todo dia dentro de casa envelhece...".

Eu nem tive tempo de responder, e ela continuou: "Se você não for, eu vou ter que mentir para o meu pai, você vai *ter* que pedir para o seu pai mentir também, e você não vai querer incentivar toda essa mentirada, vai?".

Como se o meu pai fosse mesmo mentir por causa dela. Quando eu neguei e rebati cada um dos argumentos, ela começou a chantagem: "Tudo bem, tá? Aposto que, se eu pedisse para a Júlia, ela iria comigo... mas eu não quero ir com ela, eu prefiro ir com você...".

Eu disse a ela que a Júlia tinha viajado para a casa dos avós no interior e que era por esse motivo que ela *preferia* ir comigo...

Aí ela apelou: "Fani! Eu estou tendo uma premonição! Tenho certeza de que o amor da sua vida vai estar lá e você vai perder a chance de conhecê-lo! Depois vai passar a vida inteira solteirona e solitária, só porque não quis sair comigo esta única noite!".

Eu lembrei a ela que "esta única noite" foi a mesma coisa que ela falou nas últimas 78 vezes que tentou me convencer a sair, que essa era a 79ª vez que ela dizia que esta noite ia ser única e que, se o amor da minha vida estivesse em um bar desses, com certeza ele não seria o amor da minha vida. O verdadeiro amor da minha vida naquele momento deveria estar em casa, lendo, ou quem sabe aproveitando a véspera do feriado para fazer alguma pesquisa importante na internet ou nas enciclopédias que ele deve ter...

Quando ela sacou que eu estava falando realmente sério e que não estava a fim de sair, ela resolveu barganhar. "Eu pago o táxi sozinha", ela disse com uma voz desesperada. "E pago também a sua entrada e consumação no bar."

Falei que eu não estava à venda e pronto. Foi aí que ela deu a cartada final. Caiu no choro e, chorando, me implorou, daquele jeito que ela deve ensaiar na frente do espelho: "Pooor faaaavoooooor... eu não pediria se eu não quisesse ir muuuuuitoooo......... o Mateus vai estar lá e vai acabar ficando com aquela horrorosa da Manuela se eu não estiver lá para impedir...... buuuuu.........".

Esse "buuu" é bem o toque final. Acho que ela leu muitas revistinhas da Mônica quando era pequena, mas, pra não dar na cara, ela não fala "buá", para no "bu", prolonga o "u" e mistura tudo no choro.

Depois disso, eu cansei e resolvi ir logo, senão ela ia ficar naquele chororô a noite inteira, e, se o Mateus ficasse mesmo com a Manuela, ela ia me jogar isso na cara pelo resto da vida!

Troquei rapidinho de roupa, prendi o cabelo e fui pra casa dela, que é na rua logo abaixo da minha.

Chegando lá, a menina estava com o guarda-roupa inteiro jogado em cima da cama, sem conseguir escolher o que vestir.

Sugeri umas três blusinhas, ela pôs defeito nas três. Aí, eu disse que, se ela não se arrumasse em meio minuto, eu iria embora e ela podia até chorar sangue que eu não voltaria atrás. Ela tratou de vestir qualquer coisa, ficou mais um tempão no banheiro se embelezando e, finalmente, pegou a bolsa. O pai dela passou pela gente no corredor e avisou que queria que ela estivesse em casa pontualmente à uma hora da manhã, independente do fato de amanhã ser feriado.

Finalmente, conseguimos sair e chegamos ao ponto de táxi. Essa história de táxi, a minha mãe não gosta muito. Ela prefere levar e buscar. Mas só que leva e busca reclamando! Então, quando ela não está em casa, eu acabo pegando um táxi mesmo. O ponto é aqui do lado, os motoristas todos já me conhecem e, além disso, eu sempre anoto a placa e mando como mensagem para o celular do meu pai.

Quando a gente chegou ao tal bar, já eram umas dez e meia da noite. Entramos, avistamos um pessoal conhecido, compramos um refri, a Natália me fez dar umas quinhentas voltas para acharmos o Mateus e finalmente o encontramos. Ele estava bem em frente às caixas de som, ou seja, o barulho estava de ensurdecer. Eu comecei a reclamar, e a Natália resolveu ir lá falar com ele, depois de um tempão ensaiando. Eu fiquei surpresa. O Mateus até que foi bem simpático, se é que dá pra ser simpático tendo que gritar para ser ouvido. Conversou uns assuntos lá e, de repente, lembrou que hoje começaria o horário de verão.

"Ih, é agora!", ele falou, mexendo no relógio. "Meia-noite, já está na hora de adiantar uma hora!"

A Natália olhou para mim com uma cara de susto tão grande que eu até achei que uma formiga lava-pés estivesse subindo pela coxa dela! Só que aí ela virou para o Mateus, disse que a gente ia dar uma volta e largou o menino lá, sozinho no meio da pista, que ficou olhando pra gente meio sem entender a pressa. Nem eu estava entendendo... até que a Natália, já na porta, me lembrou da imposição do pai de estar em casa à uma da manhã! Com o horário de verão, meia-noite já é à uma hora!

Como eu disse, obrigada, horário de verão! Prometo que nunca mais reclamo da sua existência! Já a Natália deve estar chorando até agora... no momento em que a gente estava saindo do bar, cruzamos com a Manuela, que estava chegando naquele minuto! É, acho que em vez dela desperdiçar a lábia comigo, deveria desenvolver uma tática para amansar o pai. A Cinderela já saiu de moda há muito tempo...

3

> *Lucy:* Você acredita em amor à primeira vista? Não, aposto que não. Você deve ser muito sensível para isso. Ou já viu alguém e soube que, se aquela pessoa realmente conhecesse você, teria, é claro, se livrado da modelo perfeita com quem estava e se daria conta de que você era a pessoa com quem queria envelhecer? Alguma vez já se apaixonou por alguém com quem nunca conversou?
>
> (Enquanto você dormia)

Eu não consegui acreditar que já era a hora quando acordei hoje cedo, aliás, quando eu fui acordada pela minha mãe, já que o despertador cansou de tocar e eu nem escutei. Pra mim ainda era plena madrugada, eu *precisava* dormir mais umas duas horas no mínimo! Lembrei-me do tal horário de verão e já me arrependi de ter elogiado tanto.

Depois da saída a jato de domingo à noite, eu fiquei bem quietinha em casa durante o dia inteiro ontem. Vi uns filmes na televisão, fiz o dever de Física, conversei no telefone com a Gabi, que ficou um tempão me contando sobre a viagem dela pra Tiradentes, depois fiquei na internet até umas oito horas da noite, quando a Natália e a Júlia (que tinha acabado de chegar de viagem) passaram aqui, perguntando se eu não queria ir ao cinema com elas.

Não pensei nem meio minuto. Minha relação com cinema é meio sistemática. Eu sou louca por *filmes*. Foi paixão à primeira vista desde a primeira vez que a minha mãe, quando eu tinha três anos de idade, levou o meu primo e eu para assistirmos a *Branca de Neve*. Enquanto meu primo ficou chorando com medo da Bruxa Malvada, eu fiquei rindo da cara dele, fascinada com aquele mundo até então desconhecido, cheio de magia, luzes, cores... e desde aquele dia fiquei viciada. Atualmente, anoto e classifico cada filme que assisto com estrelinhas – uma para péssimo, duas para mais ou menos, três para bom, quatro para ótimo, cinco para perfeito – e todos que ganham cinco estrelas, faço questão de adquirir para o meu maior xodó, que é a minha coleção de DVDs.

Eles ficam enfileirados na minha estante, todos os 55 filmes que já tenho. Assisti a cada um deles tantas vezes que cheguei ao ponto de quase decorar as falas. Inclusive anoto todas as minhas frases preferidas ditas por personagens, e – na minha opinião – os melhores livros são os roteiros. A Gabi diz que isso é obsessão, mas o meu pai falou que é um *hobby* até saudável, que, pelo menos, estou estimulando a imaginação e a criatividade. Mas eu digo pra ele que isso não é apenas um *hobby*... é vocação. Juro que um dia ainda vou trabalhar com isso. Serei diretora ou roteirista. Atriz não, porque sou muito tímida. Mas, com certeza, minha futura profissão está relacionada com cinema.

Tem gente que chega dentro do meu quarto e acha que eu tenho uma locadora, já vem logo me pedindo um filme emprestado. Digo *não* sem nem piscar. Não é egoísmo, mas tenho uma história com cada um desses DVDs, e ver aquele buraco na estante me faz ter vontade de ligar de um em um minuto pra perguntar se o filme está passando bem. Então, prefiro negar de cara, aliás, preguei um anúncio na estante:

> **NÃO DOU, NÃO EMPRESTO, NÃO VENDO!**
> Mas você é bem-vindo para assistir AQUI sempre que desejar.

Só que ver filme no cinema é diferente de ver na minha casa. Primeiro, porque as cadeiras – mesmo nas salas mais modernas – são muito desconfortáveis! Quando eu consigo um jeito de sentar de um modo que o meu joelho não bata na cadeira da frente, a pessoa de trás é que fica batendo o dela na minha. O ar-condicionado é tão gelado que eu tenho vontade de levar um cobertorzinho na bolsa e me enrolar no meio do filme. Além disso, sempre tem um cabeçudo na frente tampando a metade da tela. E fora os engraçadinhos que parece que vão ao cinema pra ficar rindo, fazendo palhaçada para os amigos e jogando papel de bala no cabelo da gente! Então, sinceramente, se a minha curiosidade permitisse, eu preferiria esperar o filme sair em DVD três meses depois e assistir deitadinha na minha cama, comendo brigadeiro, feliz da vida e sem interrupções. Só que eu nunca resisto. Tenho que assistir ao filme na semana em que ele estreia no cinema, senão alguém inventa de contar o final e estraga a graça toda!

Então, ontem, acabei aceitando o convite das meninas (assistimos a *Os irmãos Grimm* – dei três estrelinhas), já que ficar o dia inteiro em casa também cansa. Aí, até eu voltar, arrumar o meu material escolar e esperar o sono aparecer, fui dormir quando já eram umas duas da madrugada. Ou seja, fui babando pro colégio hoje.

A primeira aula foi de Educação Religiosa. Eu estava lá, com a cabeça deitada na carteira, torcendo para ninguém reparar em mim, quando alguma coisa bateu no meu cabelo. Eu levantei o olhar um pouquinho e vi que era o Leo que tinha mandado a borracha em mim. Em seguida, mandou um bilhetinho.

> Oi, Bela Adormecida! Como foi o feriado? Topa lanchar no Gulagulosa? Você não acha que a Irmã Maria Imaculada está com cara de quem aprontou alguma no feriado? Você também está com cara de quem não dormiu... a gandaia foi boa, né? É só eu viajar que vocês caem na farra! Arrumou algum namorado para eu encher de porrada?

Ao que eu respondi:

> Leo, se quer saber, realmente eu não dormi. Antes fosse por causa de gandaia. Insônia é o nome da minha namorada, conhece? Mas, realmente, eu queria ver essa história de porrada... você não bate nem em bola de basquete! Quero saber como estava o Rio. Pelo visto não tinha muito sol, né? Ok, vamos ao Gula.
>
> P.S.: Acho que a Irmã teve que pagar alguma penitência nessa madrugada.

Os três horários até a hora do recreio se arrastaram. Eu e o Leo fomos os primeiros a sair da sala quando o sinal tocou. Graças ao novo grêmio, podemos sair do colégio durante o recreio (ops, intervalo... o Leo me enche o saco porque diz que ninguém mais fala "recreio" desde a quarta série) e não precisamos nos submeter àquela coxinha gordurosa da cantina. Aliás, a cantina anda às moscas desde que abriu uma Gulagulosa aqui na frente, a melhor lanchonete da cidade. O problema é que a gente perde metade do intervalo na fila e nunca consegue se sentar nas mesas, que estão sempre ocupadas pelos alunos do terceiro ano que matam aula.

Mas hoje, por sorte, a Natália, a Júlia, o Rodrigo e a Priscila – que também são do segundo ano, só que da outra sala – já estavam em uma mesa porque um professor faltou e eles tiveram o terceiro horário vago. O Leo, como sempre, pediu tortinha de frango com catupiry e uma Coca grande. Não sei como ele não engorda. Eu fiquei com o meu tradicional pão de queijo com guaraná *diet*.

A Natália fez todo mundo rir contando a nossa saga "táxi-horário de verão-táxi". A Júlia jurou que nunca mais ia deixar ninguém arrastá-la para o interior, porque lá não tem nada pra fazer e ela acaba perdendo uns programas *legais* como os que eu e a Natália fizemos (acho que colocaram alguma coisa no refrigerante da Júlia, só pode!). O Rodrigo e a Priscila – que namoram desde os 13 anos – também não viajaram e concordaram que a sessão de DVD na minha casa foi o ponto alto do feriado. O Leo foi o que mais aproveitou, apesar da chuva que estava no Rio de Janeiro. Ficou contando dos barzinhos, dos filmes que ainda não estão em cartaz aqui, e contou a maior vantagem por ter visto a Luana Piovani no shopping. Ah, tá, morri de inveja, eu *sempre* quis ver a Luana Piovani no shopping.

A gente estava começando a falar da Gabi, imaginando o porquê dela não ter aparecido no colégio hoje, quando o sinal bateu. Eu levantei correndo, porque a próxima aula era de Biologia! A Júlia, o Rodrigo e a Priscila nem ligaram, mas eu vi que o Leo e a Natália se entreolharam, como se não estivessem entendendo o motivo da minha pressa.

Entrei na sala e *ele* já estava sentado. Quando fui para a minha carteira, que fica na penúltima fileira, dei uma olhadinha e ele estava olhando pra mim. Eu dei um risinho e ele disse: "Oi".

Oi! Ele disse oi pra mim! Tá, ele poderia ter dito "oi, Fani", mas um *oi* sozinho já é bom o suficiente!

Ele esperou o resto dos meus colegas entrarem na sala e começou a fazer a chamada. Quando chegou ao meu nome, me olhou daquele jeito que ele me olha em todas as aulas – tenho certeza de que ele só olha assim pra mim – e eu respondi um "presente" quase inaudível, uma vez que, como ele já havia me visto, eu não precisava gritar que estava lá. Só que o Leo – que hoje estava sentado na minha frente – perguntou se o pão de queijo tinha me feito mal ou coisa parecida, porque eu estava com cara de que ia desmaiar a qualquer momento. Chatão! Bem que podia ter falado isso mais baixo. Aquela turma da Vanessa ficou toda cheia dos cochichinhos olhando pra mim.

A aula do meu professorzinho acabou, o último horário foi de Inglês, e o único inglês que eu estudei foi o da minha atual música preferida, que rabisquei umas vinte vezes na última página do caderno...

"Young teacher, the subject, of school girl fantasy
She wants him, so badly knows what she wants to be
Inside her, there's longing, this girl's an open page
Book marking, she's so close now this girl is half his age
Don't stand so close to me..."
(The Police - Don't stand so close to me)*

Quando eu cheguei em casa, liguei correndo para a Gabi, pra saber por que ela tinha matado aula, justamente hoje. A Gabi é a única que sabe da minha paixão pelo Marquinho e tinha que me ajudar a analisar o que ele quis dizer com aquele "oi" seguido da olhadinha...

Tem hora que eu acho que o Leo já sacou, eu tenho até vontade de contar pra ele, mas, por algum motivo, sempre perco a coragem na hora de falar. Eu sei que ele não ia atrapalhar nem contar pra ninguém, puxa, o Leo é o meu melhor amigo desde que eu mudei de colégio!

---

* "Um jovem professor é a matéria da fantasia da aluna
  Ela o quer tanto, sabe exatamente o que quer ser
  Por dentro tem o desejo, essa garota é uma página aberta
  O livro marca que ela está tão perto agora, essa menina tem a metade da idade dele
  Não fique tão perto de mim..."

Na verdade, foi minha mãe que me mudou. Eu estava bem feliz e satisfeita no meu colégio antigo, e ela veio toda: "Esse seu colégio não passa ninguém no vestibular! Vou te colocar no colégio da Natália porque a mãe dela falou que o índice dele de aprovação é um dos melhores da cidade e que a Natália estuda o tempo todo! Como suas notas são boas mesmo sem você pegar no livro, com certeza esse seu colégio é uma porcaria!".

Porcaria é a cabeça da Natália que só fica pensando no Mateus a aula inteira! Por causa disso ela tem que tirar o atraso em casa. E, por esse motivo, agora eu tenho que estudar em um colégio de freiras.

Não entendo isso da Natália gostar do Mateus! Ele é tão bobo e se acha o tal só porque passa cinco horas por dia na academia! Claro, as pessoas não escolhem de quem elas gostam, mas a Natália até que poderia escolher... ela é toda magrinha, lourinha, baixinha, e tem um cabelão lindo... os meninos chovem nela! Já eu, com esse meu biótipo indefinido, passo até despercebida de tão sem graça. Fico imaginando as pessoas falando de mim: "Sabe a Fani? Aquela meio... é... meio assim... hum... que tem... ah, aquela menina que tem um nome esquisito, sabe?".

A Gabi – que não foi à aula porque precisava repor as forças gastas no feriado (e inventou pra mãe que estava morrendo de cólica) – não me animou em nada quando contei pra ela da cena da aula de hoje.

"Puxa, Fani", ela falou, "mas será que ele não fala esse 'oi' pra todo mundo? E essa tal olhada que você diz que ele te dá na hora da chamada, eu acho que ele dá pra mim também... é pra verificar se é a gente mesmo que está respondendo e não outra pessoa no lugar, caso a gente esteja matando aula..."

Odeio a Gabi. Tudo bem que foi ela que resolveu ser minha amiga quando – por azar (ou por sorte, não sei) – eu não fiquei na sala da Natália nessa mudança de colégio. Se dependesse da minha timidez, eu não ia ter amigo nenhum até hoje. Aí a Gabi veio e me ofereceu os cadernos dela para eu entender o que estava acontecendo... depois me contou sobre as panelinhas existentes na sala, e até foi ela que me apresentou ao Leo... mas não sei por que ela tem que ser tão realista. Realista, nada! Pessimista, isso sim! Ela nem estava lá pra ver a tal *olhadinha*!

Tenho certeza de que ele demora o olhar em mim uns dois segundos a mais do que o suficiente para verificar se sou eu que estou respondendo a chamada! E tenho certeza também de que ele só não olha mais pra não dar na cara... E um dia ainda vou provar isso pra Gabi!

4

> Phil: Alguém me perguntou hoje: "Se você pudesse estar em qualquer lugar do mundo, onde você gostaria de estar?". Eu disse para ele: "Provavelmente bem aqui".
>
> (Feitiço do tempo)

Horários de Fani Castelino Belluz para o segundo semestre:

HORA	SEGUNDA	TERÇA	QUARTA	QUINTA	SEXTA
6:30	Acordar!!	Acordar!!	Acordar!!	Acordar!!	Acordar!!
7:30	Português	Ed. Religiosa	-- Vago --	Português	Informática
8:20	Português	Física	Matemática	Português	Matemática
9:10	História	Matemática	Literatura	História	Matemática
10:00	Recreio!!	Recreio!!	Recreio!!	Recreio!!	Recreio!!
10:20	Química	Biologia	Geografia	Química	Geografia
11:10	Inglês	Inglês	Física	Ed. Física	Biologia
12:30	Almoço!!	Almoço!!	Almoço!!	Almoço!!	Almoço!!
14:00					
15:00	A.P. Física		A.P. Física		
16:00		INGLÊS		INGLÊS	
17:00	ACADEMIA		ACADEMIA		ACADEMIA

A minha mãe estava me levando para a aula de Inglês ontem quando veio com uma novidade: "Fani, ontem eu fui ao aniversário da minha amiga Lourdinha, e o marido dela me perguntou sobre você".

Ela começou a contar o caso e eu nem liguei, já que as pessoas mais velhas têm mesmo essa mania de ficar perguntando sobre os filhos dos outros. Aumentei o volume do rádio e tentei achar uma estação melhor do que a que minha mãe sempre escuta no carro dela.

"Ele quis saber em que nível está o seu Inglês, o que você pretende fazer no vestibular e como vão as suas notas."

Eu resolvi prestar um pouco mais de atenção, já que estava começando a achar meio estranho aquele interesse todo na minha vida.

"Eu contei a ele que você é uma ótima aluna, nem mencionei essa aula particular de Física que você resolveu fazer porque eu sei que isso ainda é consequência do processo de adaptação pela mudança de colégio. Aí ele me contou que agora é o novo responsável pelo programa de intercâmbio cultural SWEP – Small World Exchange Program e perguntou se você nunca pensou em estudar um ano no exterior. Eu disse a ele que você, neste momento, está muito centrada no vestibular de Direito que vai prestar no próximo ano, mas aí ele disse que o intercâmbio é uma experiência única e que te ajudaria inclusive na sua futura profissão, já que, além de aprimorar o Inglês, você adquiriria traquejo social e capacidade de lidar com o desconhecido. Então eu conversei com seu pai e..."

Eu não escutei mais nada do que ela disse. Nem discuti pela milésima vez o fato de que eu não vou prestar vestibular para Direito como ela quer, e sim para Cinema. No momento em que ela disse aquelas palavras, tudo parou na minha cabeça. Intercâmbio cultural.

Eu já tive uns colegas que fizeram intercâmbio. Eles voltaram com roupas esquisitas e *piercings* espalhados pelo corpo. Mas eles contaram que a gente não tem noção de como o mundo é grande, olhando apenas pela janela da nossa casa. Que tudo o que queriam era acabar a escola logo para tentar voltar para o exterior. E eles falaram da neve, das folhas secas, de como as cores podem ter nuances que a gente não conhece. Mas eu lembro que aqueles *piercings* me chamaram mais a atenção do que as histórias que eles contavam. Será que todo intercambista é obrigado a se furar? Eu morro de medo de agulha!

Voltei do meu devaneio a tempo de ouvir minha mãe dizer: "... aí ele marcou sua entrevista para a próxima quarta-feira, 17 horas. Eu sei que você tem academia nesse horário, mas Estefânia, minha filha, você tem que pensar no seu futuro!".

"Eu vou, mãe!", eu disse tão rápido, que ela até se assustou por termos concordado pelo menos uma vez na vida. Ela fez aquela expressão que ela sempre faz quando dá a palavra final em uma discussão e me deixou na porta da minha escola de Inglês.

Antes de descer do carro, para diminuir um pouquinho o sorrisinho irritante dela, eu disse: "Eu concordei em ir à entrevista. Mas, se você pensa que eu estou interessada em largar os meus amigos, o meu quarto, a minha vida inteira aqui, pode saber que você está completamente enganada". Eu fechei a porta e ela arrancou o carro, sem nem esperar que eu entrasse na escola.

Passei o resto do dia pensando nisso. Como seria morar em um outro país? Como eu poderia viver na casa de pessoas que eu não conheço e que não falam a mesma língua que eu? Será que eu conseguiria fazer amigos lá? E os meus amigos daqui, será que iriam me esquecer? E se a minha mãe não se lembrar de dar comida pra Josefina, a minha tartaruga? Será que, na cidade onde eu vier a morar, tem cinema? E se meu inglês não for bom o suficiente? E o mais importante: será que o Marquinho arrumaria outra aluna para olhar daquele mesmo jeitinho que olha pra mim?????

Eu fiquei tão entretida com os meus pensamentos que, quando olhei no relógio, já era quase hora do jantar e eu nem ao menos tinha começado a fazer o dever de Informática, que era inventar umas planilhas no Excel de vários tamanhos diferentes. Fiz logo umas três (aproveitei e fiz uma com os meus horários para ver se eu consigo parar de chegar atrasada) e aproveitei que eu já estava no computador para pesquisar na internet sobre intercâmbio cultural. Encontrei muitos depoimentos interessantes, o que me deixou um pouquinho ansiosa para a tal entrevista de quarta-feira que vem.

Hoje de manhã, no colégio, eu contei a novidade para o pessoal. Cada um reagiu diferente. A Júlia disse que a prima da vizinha dela fez intercâmbio em uma cidade no interior da Austrália e odiou! As pessoas da família onde ela ficou hospedada comiam carne de canguru e feijão doce, e ela só não morreu de fome porque tinha guardado dentro da mala um pacote de bombons e duas garrafas de guaraná que ela tinha levado para dar de presente.

O Rodrigo, ao contrário, disse que irmão dele foi para o Canadá e adorou tudo, voltou cheio de equipamentos novos para a banda.

A Priscila falou que também pensou em fazer intercâmbio, mas, como no ano que vem a gente vai estar no terceiro ano, o pai dela não deixou por causa do vestibular. Eu disse pra ela tudo aquilo que o diretor do SWEP falou para a minha mãe, de socialização e aprendizado do Inglês, mas ela disse que o pai dela falou que a prioridade da vida dela agora é passar no vestibular, que viagens ela pode fazer pelo resto da vida.

Será? Eu acho que vestibular a gente pode fazer pelo resto da vida, já viajar de intercâmbio...

Não sei, não, mas eu acho que a Natália e a Gabi ficaram meio com invejinha. Elas falaram que têm certeza de que eu não vou gostar porque eu sou toda tímida e que o mundo é dos desinibidos.

Eu ia começar a replicar, quando o Leo – que estava muito calado, só escutando a discussão – perguntou: "Você sabe quanto custa uma ligação telefônica para lá?".

Eu respondi pra ele que eu nem sabia para onde ia, nem se ia.

"Pois me avise assim que souber", ele disse, todo sério. "Tenho que começar a fazer economia."

E, depois disso, entrou na sala sem falar mais nada.

Esse Leo é meio maluco. Até parece que ele vai me ligar quando eu estiver lá! Ele nunca me telefona aqui... na verdade, eu é que sempre ligo pra ele pra perguntar sobre trabalhos em grupo, mas se bem que nem precisava, já que a gente se encontra o tempo todo no colégio, tipo que ele senta praticamente do meu lado, e no fim de semana a gente sempre vai para os mesmos lugares, e todo dia eu recebo um e-mail dele com cada piada mais sem graça do que a outra, e ele é quase tão viciado em filmes quanto eu, aí sempre passa lá em casa sem avisar para pedir um DVD emprestado da minha coleção (e acaba ficando para assistir lá mesmo, já que eu nunca empresto), mas telefonar, eu acho que ele nunca me telefonou. Diz ele que não gosta muito de telefone porque não dá pra ver a expressão facial da outra pessoa.

O resto da aula passou bem depressa, acho que por causa desse assunto todo de intercâmbio. Eu estava tão concentrada me lembrando do que o pessoal falou (Canadá, sim – interior da Austrália, não!), que nem vi o Marquinho entrar na sala. Quando eu dei por mim, ele já estava falando meu nome na chamada, e dessa vez eu gritei "presente!" bem alto, mais pelo susto do que para ser escutada.

Mas foi olhar para ele que esqueci tudo o que tinha na cabeça... ele estava vestido com uma blusa branca, estilo bata, pra fora da calça jeans. O cabelo, como sempre, meio compridinho na parte de trás e com aquela franja que fica caindo em cima do olho na hora em que ele faz uma anotação... e a voz... que voz! Como eu podia não gostar de Biologia antes? Uma matéria tão interessante!

Eu acho que a minha boca ia adorar fazer um intercâmbio na boca do Marquinho...

5

> Alice: Seria tão bom se alguma coisa fizesse sentido pra variar!
>
> (Alice no País das Maravilhas)

Acordei hoje cedo com uma sensação estranha. Eu sabia que tinha alguma coisa diferente, mas não lembrava o que era. Fiquei com medo de estar atrasada para a aula, mas me lembrei que era sábado. De repente, uma coisa peluda raspou no meu pé e eu dei um pulo só! Ainda bem que eu não gritei, senão teria acordado o pessoal todo da casa da Gabi, que é onde eu me lembrei de repente que tinha dormido. A "coisa peluda" era o Mignon, o gato deles, que devia estar morrendo de fome e tentando chamar a atenção de alguém.

Aos poucos, fui me lembrando dos eventos da noite passada. Os pais da Gabi fizeram uma festa de bodas de prata, e ela convidou a gente (eu e o Leo) para "não ter que ficar sozinha no meio da velharia".

Tinha tempos que eu não via uma festa tão animada! Os garçons – que passavam servindo cada salgadinho mais chique do que o outro – tinham que tomar cuidado para se desviarem das pessoas sem derrubar nada.

A festa estava marcada para as 21 horas, logo após a missa que eles mandaram celebrar. Eu não consegui ficar pronta a tempo da missa, já que a Gabi avisou meio em cima da hora e eu ainda tive que ir com a minha mãe ao shopping pra comprar um presente para os pais dela. Então, fui direto pra festa, morrendo de vergonha.

Eu resolvi vestir o meu vestidinho preto longuete de chiffon que tem uma fenda na perna direita até a altura do joelho, prendi meu cabelo em um coque um pouco desfiado (mesmo sabendo que coques não duram muito tempo no meu cabelo), passei sombra, rímel, corretivo e gloss e pedi para o meu pai me levar.

O meu irmão estava chegando em casa nesse momento – ele faz faculdade de Medicina no interior e vem aos finais de semana – e perguntou onde era o baile.

"No reino de *Far far away*, e eu vou voltar de lá transformada em ogra!", eu respondi pra ele.

Ele disse: "Contanto que seu 'príncipe-ogro' seja bem rico e arrume um emprego bem legal para o cunhadinho dele, você pode se transformar no que quiser!".

Esse Alberto... o engraçado é que a gente costumava brigar muito antigamente, mas, depois que ele foi para a faculdade, eu tenho sentido saudade. São quatro anos de diferença entre nós, mas eu sempre fui mais próxima do meu outro irmão, o Inácio, que é 12 anos mais velho do que eu. Quando o Inácio se casou, eu tinha só dez anos e achei muito estranho aquele casamento corrido, de uma hora pra outra. Depois de um tempinho, quando a minha sobrinha nasceu, é que eu fui entender o motivo de tanta pressa. Mas parece que ele não gosta mesmo de perder tempo. Depois dela, eu ganhei mais dois sobrinhos, gêmeos, e é por causa dessa sobrinhada toda que eu não posso ter um cachorro, tendo que me contentar com a Josefina, que não solta pelos nem causa alergia em ninguém.

O Alberto se ofereceu para me levar à festa, e eu achei até bom, já que é sempre melhor ser vista acompanhada por um cara bonitinho do que pelo próprio pai. Chegando lá, o Alberto mandou que eu tivesse juízo (ah, tá, olha só quem fala...) e eu entrei no prédio da Gabi, rezando pra me encontrar com ela logo.

Eu estava entrando no salão de festas, tentando localizar algum rosto conhecido no meio da multidão, quando senti um copo gelado encostando nas minhas costas (que estavam descobertas por causa do modelo do vestido). Virei rápido e dei de cara com o Leo, rindo daquele jeito dele que deixa aparecer uma covinha. Eu fiquei tão aliviada por não ter mais que entrar sozinha no meio daquela gente toda que dei o maior abraço nele! Nesse momento percebi o quanto o Leo estava cheiroso. Me afastei um pouco para comentar e foi aí que eu reparei na elegância do garoto!

"Caramba, Leo! Nunca te vi de terno! E gel! Você está bonito!"

Ele se virou pra mim e disse: "Bonito? Puxa, valeu! Quer dizer que *hoje* eu estou bonito?".

Eu sempre passo a impressão errada! Fiquei toda: "Não, Leo! É só que você ficou diferente... você sempre é bonito, mas hoje está...", eu não encontrei uma palavra adequada, fiquei só balançando a cabeça ainda chocada com a diferença que a roupa pode fazer em uma pessoa.

Ele então, aproveitando a minha confusão, falou: "Ah, então no colégio eu sou um lixo e agora eu fiquei um lixo reciclado, é isso?", e ficou me olhando meio sério.

Aí eu resolvi mudar de assunto antes que piorasse mais as coisas. Perguntei se ele queria procurar os pais da Gabi comigo, porque eu ainda não tinha dado os parabéns.

Encontramos os dois perto da mesa do bolo, a Gabi estava bem ao lado deles e pareceu aliviada por nos ver. Falou alguma coisa no ouvido da mãe e nos puxou pra um lugar um pouco mais vazio.

"Ainda bem que vocês chegaram!", ela falou dando um suspiro. "Não aguentava mais ter que ficar cumprimentando essas pessoas todas com esse sorriso congelado no rosto!"

Eu imagino mesmo o quanto isso deve ter sido custoso pra Gabi. Ela é meio *rebelde sem causa*. Mora em um prédio gigantesco, tem sítio, tem casa na praia, já foi para a Europa, Estados Unidos, Argentina... mas parece que não fica feliz com nada dessas coisas. Cortou o cabelo de um lado mais curto do que o outro, fez um *piercing* no nariz e vive usando umas roupas meio rasgadas, como se não tivesse dinheiro para comprar outras. Além disso, fica participando dessas greves estudantis, reivindicando mensalidades mais baixas, como se ela precisasse mesmo disso. A minha mãe disse que isso tudo é culpa da mãe dela, que está mais preocupada em aparecer nas colunas sociais do que em dar uma boa educação pra filha, mas, se quer saber, eu acho que a Gabi tem uma ótima educação e só se veste assim porque gosta de se sentir diferente. Além do mais ela tem quatro irmãs mais velhas, todas supereducadas. Eu acho que falta de educação é ficar comentando da criação das outras pessoas...

Nós três nos sentamos na parte descoberta do salão, onde estava mais vazio e menos quente, ficamos conversando, falando dos filmes que estrearam esta semana e qual deles merecia ser assistido, quando um garçom ofereceu champanhe para nós. Eu dei uma olhadinha para a Gabi, pra perguntar se a gente devia, mas eu acho que ela nem tinha dúvidas, já estava com a taça na mão. O Leo agradeceu. Eu fiquei meio indecisa, mas resolvi aceitar, afinal que mal podia fazer uma tacinha só, ainda mais em uma festa familiar daquelas?

Aí a Gabi – que não é nem um pouquinho discreta – perguntou para o Leo como ele tinha feito para domar o cabelo (que normalmente é todo bagunçado), e se a calça jeans dele finalmente seria lavada, já que era a primeira vez que ela o via com outra roupa.

O Leo então ficou bravo. Começou a falar que o que a gente vê na escola é apenas uma *faceta* do Leo e que, se nós pensávamos que o conhecíamos completamente, estávamos muito enganadas porque ele é um homem (o Leo, um homem?) estratificado. Falou isso tudo e largou a gente lá, olhando uma pra outra meio sem entender o motivo do stress.

Eu estava tão distraída pensando no que poderia tê-lo aborrecido tanto que nem reparei que o garçom também tinha abastecido a minha taça.

Lá pelas tantas, cantaram parabéns, serviram o bolo e depois disso eu confesso que não me lembro mais de nada direito. Só sei que o garçom ia e vinha, e continuava enchendo o meu copo e depois de um tempo eu comecei a achar muita graça em tudo, e daí eu só me lembro da Gabi pegando o meu celular e falando para a minha mãe que eu ia dormir na casa dela. Eu, realmente, não devia estar no meu estado normal, porque aceitei dormir lá sem nem ao menos ter levado a minha escova de dentes. Pensando bem agora, será que eu dormi sem escovar os dentes?

Eu resolvi acordar a Gabi para ela me explicar direitinho como eu tinha ido parar ali, na bicama do quarto dela.

Acho tão engraçado as pessoas que têm sono pesado. Eu, se cai uma pluma no chão, já acordo. Pois acho que pode cair o prédio inteiro que a Gabi continua dormindo. Primeiro, eu chamei baixinho. Ela nem se moveu. Aí eu falei mais alto. Nada. Apertei a mão dela. Ela se virou pro outro lado. Segurei-a pelos ombros e dei uma sacudida. Ela resmungou. Aí eu falei o nome dela tão alto que o gato até miou. Nessa hora, ela abriu os olhos, olhou para mim como se não estivesse me enxergando, virou um pouco o rosto e viu o Mignon do meu lado. Esticou o braço, o agarrou, deu um abraço que deve ter quebrado todos os ossos do pobre gatinho e fechou novamente os olhos, voltando a dormir.

Eu olhei o rádio-relógio na cabeceira dela e descobri que já eram quinze pra meio-dia! Levantei, reparei que eu estava vestida com uma blusa velha da Gabi e encontrei o meu vestido dependurado todo certinho em um cabide, na maçaneta do quarto. Vesti, abri a porta e olhei ao redor. Ninguém à vista. Entrei no banheiro e quase caí pra trás, ao ver o que tinha virado a minha maquiagem tão linda da noite passada. Eu só conseguia pensar: "O que será que eu aprontei?", enquanto lavava o rosto e tentava dar um jeito na minha aparência.

Saí do banheiro com cuidado, pra não fazer barulho, dei uma olhada em volta e percebi que a casa estava completamente em silêncio, todo mundo devia estar dormindo ainda. Fui até o escritório e olhei pela janela. O dia estava chuvoso. Resolvi que ia ligar para o meu pai me buscar, e, quando eu ia pegando o telefone, ele tocou. Eu fiquei meio sem saber se atendia ou não, ele continuou tocando, eu comecei a ficar aflita imaginando que se a família da Gabi estivesse mesmo dormindo ia acabar sendo acordada... então, num impulso, resolvi atender.

Eu falei "alô" baixinho e só ouvi silêncio em resposta. Eu ia falar de novo quando ouvi uma voz baixinha: "Fani?".

Era a voz do Leo!

"Leo?", perguntei só por perguntar, porque a voz do Leo é inconfundível.

E ele: "Já de pé? Achei que você fosse dormir até umas seis da tarde".

Eu comecei a ficar preocupada com aquela situação. Como assim o Leo sabia que eu estava dormindo na casa da Gabi? E por que eu deveria dormir até seis da tarde? Eu ia começar a perguntar isso, mas ele veio de novo: "Você está bem, Fani?".

Eu respondi que sim, fora o fato de que parecia que eu tinha perdido alguma cena importante da minha vida... Aí ele riu! E disse que achava que eu realmente tinha perdido uma parte bem engraçada do filme. De repente, falou que precisava desligar porque estava indo para o sítio com o pai dele, que só queria saber se eu tinha acordado bem e que a gente conversava segunda-feira na aula. Segunda? Será que o Leo estava achando que eu ia ficar com esse ponto de interrogação na cabeça até segunda?

Liguei para o meu pai, que por sorte estava saindo de casa e disse que eu já podia esperar na portaria. Escrevi um bilhetinho para a Gabi e preguei no espelho do banheiro dela, desejando do fundo do meu coração que ela acordasse logo.

> Gabi, desculpe sair sem me despedir, mas eu não quis te acordar. Meu pai vem me buscar agora. Obrigada por eu ter dormido aqui, mas será que você poderia me ligar e explicar como isso aconteceu? Acho que estou com um lapso na memória. Me ligue <u>assim que acordar</u>, por favor!!
> Um beijo. Fani

6

> *Evan:* Eu apenas achei que você deveria saber.
> *Kayleigh Miller:* Saber o quê?
> *Evan:* Que você foi feliz uma vez...
>
> (Efeito borboleta)

Claro que a Gabi não acordou logo. Ela, sim, dormiu até seis da tarde. Eu fiquei ligando de meia em meia hora desde o momento em que cheguei em casa, até que a Maria, a faxineira, falou que eu estava atrapalhando o trabalho dela, já que toda hora ela tinha que parar para atender o telefone, que o meu recado já estava anotado em letras GARRAFAIS no bloquinho de recados e que, mesmo que ela esquecesse de mostrar, a Gabi certamente iria passar pelo espelho do banheiro e ver o *outro* recado que eu mesma tinha anotado.

Eu fiquei andando de um lado para o outro, sem a menor cabeça para terminar meu dever de Química, nem televisão eu tive paciência para assistir (e olha que estava passando a reprise do último capítulo da primeira temporada de *The O.C.*) e, então, lá pras 17 horas, resolvi ir ao cinema, pra ver se o tempo passava mais rápido.

Eu moro pertinho do shopping Pátio Savassi, então eu só tive que avisar à minha mãe e sair. Claro que ela perguntou – como sempre – se eu ia sair com o cabelo daquele jeito (será que ela ainda não sacou que o meu cabelo é assim?), e eu respondi que estava indo para o cinema, e não me casar!

Assisti a *A feiticeira* (não gostei, dou uma estrelinha só!). Voltei pra casa e nem sinal de recado da Gabi. Eu ia telefonar para a casa dela de novo, mas resolvi ligar o computador antes, para ver se por acaso ela não tinha me mandado um e-mail ou alguma coisa assim, já que ela tem mania de internet. E acertei em cheio. Lá estava o e-mail dela:

De: Gabriela <gabizinha@netnetnet.com.br>
Para: Fani <fanifani@gmail.com>
Enviada: Sábado, 17:41
Assunto: Sobre ontem à noite

Hello, "Fanitástica"!
Desculpa não ter te ligado, mas você esqueceu o seu celular aqui, já reparou? E eu não quis ligar para sua casa porque estou com medo da sua mãe atender. Ontem à noite, na hora em que eu liguei para pedir pra você dormir aqui, foi ela que atendeu. Aí ela ficou me fazendo umas perguntas sobre o que eu estava vestindo na Bodas de Prata dos meus pais e se eu tinha pelo menos tirado o "brinco do nariz". Eu fiquei meio sem graça, né, Fani, afinal o *piercing* continua aqui. Bom, sobre ontem à noite, o que exatamente você quer saber? Olha só, estou indo tomar sorvete no Pátio. Me encontre lá. Quem sabe a gente não vai ao cinema?
Beijinhos!

→ Gabi ←

Eu não acreditei ao ler aquilo. Eu tinha acabado de voltar do shopping!! Por que eu não tive a feliz ideia de passar na sorveteria?? Claro que o meu pai não ia me deixar voltar para lá, afinal, além de já estar escuro e chovendo, era aniversário da minha tia!

A festa, como toda festa da minha família (por que minha família não pode ser legal como a da Gabi?) foi um saco. Aqueles meus tios mais velhos sempre reparando como eu cresci (com os olhos fixos nos meus peitos!), as tias perguntando se eu ainda não estou namorando (sim, estou, o nome dele é Gasparzinho, você não está vendo ele aqui do meu lado?), a criançada correndo e trombando na perna da gente...

Tentei ligar de lá para a casa da Gabi, mas, para variar, ninguém atendeu. Eu rezo todas as noites para a Gabi ganhar um celular, mas ela diz que nunca irá se render ao "capitalismo crescente que se instaurou nos jovens modernos" e que, além disso, ela não gosta de se sentir rastreada.

Voltamos pra casa tarde. Já era quase meia-noite quando eu entrei no meu quarto, tirei os sapatos, deitei na minha cama e fiquei olhando para o teto, contando as estrelinhas de *star-fix* que eu preguei lá em cima há muitos anos. As cenas de ontem iam e vinham na minha cabeça, mas, de repente, tudo ficava branco, como se tivessem arrancado umas páginas das minhas lembranças. Eu já estava até com dor de cabeça de tanto pensar, quando bati o olho no meu computador e vi algo piscando. Na pressa de sair para o aniversário, eu o deixei ligado e lá estava outro e-mail da Gabi:

```
De: Gabriela <gabizinha@netnetnet.com.br>
Para: Fani <fanifani@gmail.com>
Enviada: Sábado, 22:41
Assunto: Bate-papo
```

Por onde você anda? Por que não foi à sorveteria? Se estiver em casa, entra no bate-papo.

→ Gabi ←

Eu entrei imediatamente, agradecendo por ser sábado, uma vez que na minha casa é expressamente proibido ligar o computador em dia de semana por algum motivo que não seja pesquisa escolar.

Fiquei torcendo, enquanto aguardava a entrada do programa, para que a Gabi ainda estivesse conectada, o que era bem possível, pois o *hobby* preferido dela é ficar na internet pesquisando músicas daquelas bandas alternativas que ela adora. O bate-papo abriu, mostrou os meus contatos e... lá estava a Gabi! Respirei fundo, ia começar a escrever uma mensagem, mas ela foi mais rápida.

Funnyfani está Online

Gabizinha: Finalmente!

Funnyfani: Gabi, eu nem acredito que consegui falar com você! Que dificuldade!

Gabizinha: Falar? Acho que *escrever* seria a palavra mais adequada...

Funnyfani: Por favor, Gabi... mata a minha curiosidade logo, que eu não estou mais aguentando!!

Gabizinha: Curiosidade?

Funnyfani: Gabriela! Você sabe perfeitamente do que eu estou falando!!

Gabizinha: Você está se referindo ao seu surto de ontem à noite?

Funnyfani: Surto??????????????

Gabizinha: Ih! Vai me dizer que ficou com amnésia?

Funnyfani: Amnésia???????

Gabizinha: Ô, Fani, achei que você fosse mais criativa! Que coisa chata isso de repetir tudo o que eu escrevo!

Funnyfani: Gabi, pa-ra tu-do a-go-ra. POR FAVOR, me conte tudo o que aconteceu ontem. A última coisa de que eu me lembro bem é da hora dos parabéns. E depois me lembro de acordar na sua casa sem entender nada, dá pra - POR CARIDADE - me iluminar???

Gabizinha: Caramba! Você não se lembra de mais nada? Não tá de gozação comigo??

Funnyfani: Por que eu brincaria com uma coisa dessas???

Gabizinha: Bom... então acho melhor você se sentar...

Funnyfani: Anda logo!!!!!!

Gabizinha: Ai, que stress! Tá bom, tá bom! O caso foi o seguinte... você tomou umas champanhotas a mais e... sei lá, acho que você não é muito acostumada, né?

Funnyfani: Eu? Sou superacostumada! Sempre tomo champanhe no Réveillon!

Gabizinha: Acho que você não estava acostumada a tomar dez taças de uma vez...

Funnyfani: ... Dez?

Gabizinha: Na verdade, eu não contei, eu também tomei bastante, todo mundo tomou (menos o Leo, que me pareceu bem sóbrio o tempo inteiro), mas, lá pelas tantas, realmente o álcool surtiu um efeito e tanto em você! Aliás, acho que você deveria beber mais vezes, Fani! Você ficou extremamente divertida e social!

Funnyfani: Como assim?

Gabizinha: Ah, foi um barato na hora em que você bateu na taça com a colher e propôs um brinde aos "noivos"!

Hahaha, você acredita que minha mãe adorou? Ela disse que se sentiu novamente no dia do casamento dela e que só lamentou não ter escolhido um vestido branco em vez do azul escuro que ela estava vestindo!

Funnyfani: Eu o quê?!

Gabizinha: E você também saiu falando inglês com todo mundo da festa, dizia que tinha que praticar porque estava indo morar no exterior! Quando as pessoas perguntavam o que você ia fazer e onde, você dizia: "High School, baby! America! Exchange student"! Fani, não me leve a mal, mas acho que você devia melhorar sua pronúncia, viu? Tá meio enrolada...

Funnyfani: Gabi, por que você me deixou beber assim? Você não viu que eu estava passando do limite? E os seus pais, não viram?

Gabizinha: Ei, Fani! Que stress é esse? Foi superlegal! *Cool* – como você diria ontem à noite! E eu estava paquerando aquele garçom bonitinho, de rabo de cavalo, lembra? Não tinha tempo de ficar te pajeando, não! E os meus pais... ah, Fani, francamente, eles estavam muito ocupados, né?

Funnyfani: Você quer dizer que eles não me viram passar vexame?

Gabizinha: Vexame? Que vexame? Você está falando da dança com o Leo?

Funnyfani: O Leo!! Ele me viu bebendo assim também? Que dança foi essa?

Gabizinha: Ai, Fani, você não se lembra de nada mesmo?

Funnyfani: Já disse que NÃO!!!

Gabizinha: Bom, foi na hora da música lenta. Acho que você já estava meio dormindo...

Funnyfani: Música lenta? Eu dancei música lenta?

Gabizinha: Tentou, né? Até cair desmaiada no colo do pobre Leo! Ainda bem que você fez aquele regime, Fani... o Leo não é assim muito forte, né?

Funnyfani: Eu dancei música lenta com o Leo? O Leo não gosta de música lenta! Por que ele me chamaria pra dançar??

Gabizinha: Acorda, garota! Na sua versão "Funny-cool", você é que chamou o Leo pra dançar! Aliás, encheu o saco do menino! Ele não queria de jeito nenhum, e você ficou lá, puxando ele, quase quebrando o salto! Ele só aceitou porque uns caras mais velhos começaram a tirar um sarro dele, ficaram perguntando se ele era um homem ou um rato, e falando que ele estava perdendo tempo e tal... Aí ele levantou e foi todo sério te escoltando pra pista de dança...

Funnyfani: Por isso é que ele perguntou se eu estava bem...

Gabizinha: Ele perguntou? Ele já te ligou hoje, é? Humm... pra quem diz que tem aversão a telefonemas, até que ele está se saindo bem...

Funnyfani: Ligou pra *sua* casa. Eu estava de saída e atendi.

Gabizinha: Bom, acho que não foi pela dança em si... acontece que vocês estavam dançando e de repente, como eu já disse, você caiu. Simplesmente desmoronou em cima do Leo. Se ele não estivesse te abraçando forte, você tinha ido direto pro chão! Aí ele te carregou (e tomou o maior cuidado para tampar suas pernas com a saia do vestido pra que ninguém visse a sua calcinha), colocou você no sofá da portaria, pediu ao garçom que trouxesse água pra você...

Funnyfani: O Leo fez isso?

Gabizinha: Yep! E também carregou você até o meu quarto. Abriu a bicama e ficou me enchendo o saco para eu te emprestar uma camiseta velha e arrumar uma roupa de cama pra você. Desculpa aí, Fani... mas eu estava morrendo de sono, estava louca para cair na minha cama também, peguei a primeira blusa que eu vi, taquei um edredom na bicama, e despachei o Leo, que me fez prometer que eu ia tirar o seu vestido e colocar a camiseta em você!

Funnyfani: Obrigada, Gabi... eu vi a camiseta... e também o meu vestido dependurado...

Gabizinha: Agradeça ao Leo, viu? Fiz isso tudo só porque eu sabia que ele não me perdoaria se eu deixasse você vomitar no vestido.

Funnyfani: Eu vomitei?????????????

Gabizinha: Não, né, Fani?! Se tivesse vomitado, a bebedeira teria passado, e você se lembraria pelo menos de alguma coisinha! Credo, parece que nunca ficou bêbada na vida!

Funnyfani: Eu nunca fiquei mesmo.

Gabizinha: Então, já era hora! Bem-vinda ao clube!

Funnyfani: Gabi, você tem certeza de que os seus pais não me viram assim? Não tem perigo de contarem isso pra minha família, tem?

Gabizinha: Fani, já falei! Eles estavam muito ocupados pra prestar atenção em você!

Funnyfani: E o Leo? Horrorizou comigo?

Gabizinha: Ah, aí você vai ter que perguntar pra ele. Mas eu acho que não, né? Já te ligou e tudo..............

Funnyfani: ???

Gabizinha: Ah, Fani, vai dizer que você não sacou? Ih, tô achando que você tá lesada até agora! Fani, o Leo tá totalmente na sua, será que você não reparou?

Funnyfani: HEIN???????? Gabriela, acho que quem está lesada é você! Completamente!

Gabizinha: Ah, tá... então você acha que esse cuidado todo é coisa de amigo? Que se fosse comigo ele faria a mesma coisa?

Funnyfani: Acho, sim! Por que não? O Leo é muito educado! Tenho certeza de que ele só fez isso por educação!

Gabizinha: Tipo na música lenta, né? Ele ficou de olhos fechados por pura educação...

Funnyfani: Você mesma falou que ele só dançou porque eu quase o obriguei a fazer isso! E porque o pressionaram!

Gabizinha: Dançar, sim... mas que pena que você não estava *viva*, Fani. Acho que teria até gostado... puxa, o Leo te abraçou com tanto carinho, e ficou passando a mão no seu cabelo... parecia que realmente ele estava *gostando* daquilo! E, sinceramente? Vocês estavam formando um casal tão bonitinho, tão sintonizado, que parecia até que namoravam há um tempão! Até a hora do tombo, né? Aí você acabou com o romantismo todo!

Funnyfani: Gabriela, definitivamente, você bebeu mais do que eu. Me recuso a continuar a conversar com você!

Gabizinha: Hahaha! Ficou nervosinha agora! Olha que se você ficou com raiva é porque se importou com o que eu disse, hein? Senão, teria ficado indiferente...

Funnyfani: Tchau, Gabi!!

Gabizinha: Fani & Leo - até os nomes combinam...

Funnyfani: TCHAU, GABI!!!

Gabizinha: Será que o Leo beija bem?

Funnyfani não pode responder porque está Offline

7

Homem do Retrato: Ela está apaixonada.
Nino Quincampoix: Mas eu nem a conheço!
Homem do Retrato: Ah, você conhece, sim.
Nino Quincampoix: Desde quando?
Homem do Retrato: Desde sempre. Dos seus sonhos.

(O fabuloso destino de Amélie Poulain)

PINGUE-PONGUE

Nome: Estefânia Castelino Belluz.
Apelidos: Fani.
Dia e mês de nascimento: Vinte de março.
Signo: Peixes.
Olhos: Castanhos.
Cabelos: Castanhos, beeeem lisos.
Pele: Muuuuito branca.
Profissão: Estudante.
Hobbies: DVDs.
Cor preferida: Cor-de-rosa.
Música: Trilhas sonoras. E MPB.
Amigo: Leo.
Amiga: Gabi.
Comida preferida: Canelone de ricota.
Doce: Pavê sonho de valsa.
Adora: Filmes.
Detesta: Física.
Perfume: Live – Jlo.

Livro: O diário da princesa.
Filme: Impossível escolher um só.
Escritor: Meg Cabot.
Cantor/Cantora: Djavan/Marisa Monte.
Compositor: Marcelo Camelo (Los Hermanos).
Banda: No Voice e Manitu.
Ator/Atriz: Mark Ruffalo/Jennifer Garner.
Sonho: Ser cineasta.
Roupa: Jeans e camiseta.
Animal: Tartaruga.
Coração: Apaixonado!
Corpo: Spinning nele.
Ilusão: Meus ex-amores.
Orgulho: Meus amigos.
Dinheiro: Suficiente.
Vida: Boa.
Tempo: Passando depressa.
Acredita: Fadas, Papai Noel, Gnomos, Duendes, Coelhinho da Páscoa...
Duvida: Que eu passe de ano sem recuperação.
Tristeza: Não poder estar com ELE tanto quanto eu gostaria.
Surpresa: Seria descobrir que ELE gosta de mim também.
Gostoso: Assistir e comprar DVD.
Doença: Gula!
Vício: DVD.
Importante: Minha família.
Precisa urgente: Fazer com que ELE goste de mim!
Compromisso: Reunião do programa de intercâmbio na próxima quarta.
Relaxante: Assistir DVD.
Saudade: Do meu colégio antigo.
Aventura: Matar aula.
Lugar ideal: Meu quarto.
Medo: Que ELE não goste de mim.
Estação do ano: Verão.
Decepção: Minha ex-amiga Márcia traidora.
Mania: DVDs...
Programão: Chamar o pessoal pra uma sessão de DVD.
Defeito: Estalar os dedos.
Esporte: Spinning.
Antipatia: Das meninas antipáticas da minha sala.
Uma frase: "You'll be here in my heart... always..."

Depois do que a Gabi me contou no sábado à noite, eu custei a dormir, acordei cedo ontem e o domingo custou a passar. Eu coloquei todos os meus deveres em dia, lavei o aquário da Josefina, almocei na casa do meu irmão, levei a minha sobrinha para tomar sorvete, fui ao cinema sozinha (*Quatro amigas e um jeans viajante* – adorei, quatro estrelinhas!), voltei pra casa, respondi a um "pingue-pongue" que a Natália me mandou por e-mail, e ainda eram seis da tarde! Fiquei com vontade de ligar para alguém, mas eu não queria ouvir a Gabi falando besteira sobre "supostos fãs" que eu tenho certeza de que não tenho, não estava com a menor paciência para a Natália e estava morrendo de vergonha do Leo. Foi aí que eu – em um ímpeto de coragem – resolvi ligar para a única pessoa com quem eu realmente gostaria de falar naquele momento: o Marquinho.

O telefone já estava decorado havia muito tempo. Desde que eu li na sala dos professores o sobrenome dele, fiz uma pesquisa na internet (digitei no Google: Marco Antônio Oliveira Prata – Biologia) e encontrei um artigo científico dele com um e-mail para esclarecimento de dúvidas. Eu pedi para o meu irmão escrever a ele pedindo o endereço para mandar um convite do lançamento de um livro (inventado, claro!) de microbiologia. Ele respondeu prontamente! Daí foi fácil. Procurei na lista de endereços na internet e consegui o telefone. Desde então, eu ligo quase todos os dias só para ouvir a voz dele... mas nunca tinha conversado nada.

Talvez ainda pelo excesso de champanhe do dia anterior, minha coragem estava mais forte.

Ele falou "alô", e eu dei um suspiro silencioso.

Ele repetiu o "alô", e o meu coração disparou.

Eu achei que ele fosse desligar depois do terceiro "alô", como sempre fazia, mas desta vez foi diferente. Ele ficou uns três segundos mudo e de repente disse: "Ok. Já sei que você não está telefonando pra cá por engano, já que todo dia é a mesma coisa. Posso sugerir uma conversa? Aproveite que eu estou à toa e sozinho em casa...".

Eu tremi.

"Tenho uma ideia", ele continuou. "Que tal se você colocar um pano no bocal do telefone para disfarçar a sua voz?"

Eu fiquei completamente zonza. Nunca imaginaria que ele começasse a conversar, em vez de apenas desligar como de costume. Muito menos que insistisse para eu falar com ele!

"Bom, não estou a fim de monólogo. Vou contar até três. Se você não disser nada, vou desligar e nunca mais tento falar com você."

Eu comecei a tremer! E se ele reconhecesse a minha voz?

"Um, dois e..."

Sem pensar, eu peguei o meu travesseiro e coloquei na boca. Disse um "oi" bem baixinho, que eu fiquei até na dúvida se ele tinha escutado. Mas ele ouviu, porque parou a contagem no mesmo instante e falou: "Oi! Então quer dizer que você é a menina misteriosa?".

Eu não respondi nada.

Aí ele veio: "Olha só, eu não sei por que você está me ligando, nem como conseguiu o meu telefone e muito menos quem é você. Mas posso dizer que você acertou em cheio... curiosidade é o meu ponto fraco!".

Eu ri!

Ele riu também e disse: "Que risadinha gostosa!".

Eu quase tive uma síncope!

Fiquei muda mais um tempo e aí ele falou: "Tudo bem, não quero forçar a barra, mas acho que hoje fizemos um avanço... uma risada e uma voz abafada é melhor do que o silêncio ao qual eu já estava acostumado...".

Ele esperou um pouco e continuou: "Então... o que você acha de falar um pouquinho mais a cada dia? Não quero te pressionar, mas eu realmente gostaria de te conhecer melhor...".

Imagine só a velocidade dos meus batimentos cardíacos nesse momento! Eu suspirei, só que bem alto desta vez.

Ele riu mais um pouquinho e falou: "Até amanhã, então?".

Aí eu beijei o bocal de um jeito muito estalado.

E desliguei.

Fiquei uns dois minutos com os olhos bem fechados e a mão ainda no gancho do telefone, sem conseguir acreditar naquilo. Então, saí que nem uma louca pulando e gritando pelo apartamento, dei um abraço no meu pai, levantei a saia da minha mãe, peguei a Josefina e fiquei dando um milhão de beijos no casco dela...

Aí eu dei boa noite pra todo mundo (detalhe: eram no máximo umas 19 horas), vesti minha camisola de anjinho, deitei na minha cama e, por incrível que pareça, consegui dormir. E tive um sonho lindo, onde eu nadava em meio a células e moléculas. E todas elas riam para mim...

8

> *J. M. Barrie:* Basta você encontrar um vislumbre de felicidade nesse mundo, que tem sempre alguém que quer destruir isso.
>
> (Em busca da Terra do Nunca)

Acordei com um bom humor invejável, apesar da segunda-feira. Normalmente, o meu pai me leva ao colégio, mas hoje eu resolvi ir de ônibus, já que queria chegar bem cedo para tentar ver o Marquinho entrando. A conversa da noite passada não me saía da cabeça, e eu precisava olhar pra ele, só para abastecer o meu coração um pouquinho.

Foi chegar na porta, que o meu encantamento sumiu. O Leo estava parado em frente ao carrinho de balas e, de repente, eu me lembrei de tudo aquilo que a Gabi tinha me contado. E se ela estivesse certa e o Leo realmente me visse com outros olhos? Mas ele vivia falando de outras meninas comigo, e no começo do ano ele tinha até uma namorada...

Eu me aproximei devagar e ele abriu o maior sorriso quando me viu. É engraçado como uma simples suposição faz a gente olhar diferente para uma pessoa. Normalmente, eu correria para ele, daria um beijinho no rosto, perguntaria sobre o final de semana... mas eu estava totalmente na defensiva. Precisava averiguar aquela história e, se fosse verdade, não podia deixar que ele pensasse que tinha alguma chance, afinal, o meu coração estava completamente ocupado.

Eu fiquei lá do lado dele, meio sem jeito, esperando que ele terminasse de pagar o Halls que estava comprando. Ele me ofereceu um e perguntou se tinha dado formiga na minha cama, já que eu quase todo dia chegava atrasada. Eu não podia dizer pra ele que a tal formiga tinha nome, então simplesmente disse que tive insônia de novo.

"Não é insônia", ele falou. "Insônia faz as pessoas não dormirem ou acordarem no meio da noite. O que faz com que a gente acorde muito cedo é ataque de ansiedade. Você está ansiosa, Fani?"

Eu gostaria que o Leo não fosse tão inteligente! Fiquei toda sem graça, o que ele deve ter achado bem estranho, já que normalmente não tem ninguém com quem eu fique mais à vontade do que com o Leo.

Aí ele meio que ficou me chamando pra gente subir pra sala, só que eu tinha chegado mais cedo exatamente para ficar lá fora e ver os *professores* entrarem. Então eu disse pra ele ir subindo porque eu tinha que passar na secretaria.

Os minutos foram passando e nada do Marquinho. Todos os professores chegaram, o sinal bateu, e eu lá, parecendo uma daquelas alunas pervertidas, que os pais deixam na porta do colégio crentes de que elas vão assistir às aulas e elas simplesmente não entram, ficam do lado de fora fumando e falando bobagem.

Eu comecei a ficar tensa, já estava quase perdendo aquela vontade louca de ver o Marquinho e resolvi então esperar só mais três minutos, contados no relógio. Estava faltando apenas um minuto, quando ouvi o meu nome.

"Estefânia, o que você está fazendo aqui fora até agora?"

Era a diretora! Eu fiquei roxa de vergonha. Por mais que eu chegue sempre atrasada, eu entro rapidinho, não fico lá fora fazendo hora. Fiquei gaguejando, tentando inventar uma desculpa, quando uma voz por trás dela me fez respirar aliviada.

"Fani, sua louca! Podia ter me esperado lá dentro! Aqui está o seu celular!"

Até suspirei! A Gabi tem o dom de sempre aparecer na hora certa.

"Oi, Dona Clarice!", ela falou virando para a diretora. "Eu marquei com a Fani aqui fora antes da aula, mas me atrasei um pouquinho..."

Eu sorri pra ela, nem me lembrando da raiva que ela tinha me feito passar no dia anterior, e nós entramos rapidinho no colégio.

"Agora dá pra me explicar o que você estava fazendo lá fora?", ela quis saber assim que chegamos à sala. "Você já pensou o que teria acontecido se eu não chegasse naquele momento? Você sabe que a Dona Clarice liga para os pais de quem mata aula e faz com que eles busquem os filhos na sala dela? Você imagina a cara da sua mãe tendo que te buscar na sala da diretora? Afinal, você estava matando aula por quê??"

Eu nem tive tempo de responder pra ela que eu não tinha a mínima intenção de matar aula. A professora chegou bem pertinho e perguntou se a gente queria terminar a conversa na diretoria.

Quando o sinal tocou, eu resolvi agarrá-la pelo braço e dar uma fugidinha até o banheiro para que pudéssemos conversar direito. Expliquei rapidamente (só temos cinco minutos entre uma aula e outra) o caso do telefonema da noite passada e como isso gerou em mim um desejo alucinante de ver o "Mr. M" (na presença de outras pessoas nós o chamávamos assim, pra não gerar desconfiança). Ela disse que eu era muito boba de ficar esperando a entrada dele, que eu devia ter marcado era a saída, porque todo mundo sai ao mesmo tempo.

E foi o que eu fiz. Na hora do recreio, a Gabi foi comigo olhar o quadro geral de horários. Descobrimos que o Marquinho daria o último horário para o 1º ano B. Então, eu pedi para a professora de Inglês me deixar sair cinco minutinhos mais cedo (dei a desculpa de que tinha médico) e fui até o andar do 1º ano. Eu ia ficar fazendo uma hora por lá e, quando batesse o sinal, iria fingir que estava procurando algum aluno até o Marquinho aparecer e eu suprir a minha vontade de vê-lo.

Mas, para minha grande decepção, ao chegar na frente da sala, constatei que a porta estava aberta e que não havia uma alma viva lá dentro. Cheguei em casa frustradíssima.

Eu nem tinha almoçado ainda quando a Gabi me ligou para saber se o nosso plano tinha sido bem-sucedido. Contei o péssimo resultado e ela disse que, na hora em que eu ligasse para ele hoje, ficaria sabendo o que teria acontecido com ele ou com a aula do 1º ano.

Coitada da Gabi, ela é tão ingênua. Até parece que eu vou ligar para o Marquinho. É *óbvio* que eu não vou. Por três motivos básicos:

1. Pra não perder a graça. Ele disse que é curioso, não é? Então vai ficar mais ainda.
2. Porque o efeito do champanhe passou completamente e hoje eu estou mais covarde do que um rato.
3. Porque eu tenho a tal reunião de intercâmbio na quarta e a minha mãe cismou que eu tenho que ir cortar o cabelo para passar uma boa impressão. Como eu também tenho spinning e aula particular de Física, só daria tempo para ligar bem tarde. E aí o pessoal da casa

dele poderia atender (ele disse naquele dia que estava sozinho em casa... com quem será que ele mora?).

Eu tinha acabado de colocar o telefone no gancho e ele tocou de novo. Era o Leo. Ele queria saber por que eu e a Gabi estávamos tão misteriosas hoje e que história tinha sido aquela de eu entrar atrasada no primeiro horário e sair mais cedo no último. Tomei fôlego e comecei a minha historinha ensaiada.

"Entrei tarde porque tive que ir à secretaria pedir autorização para sair mais cedo", eu disse meio gaguejando, já que eu odeio ter que mentir para o Leo. "Para conseguir isso, eu disse que tinha que ir ao médico."

Como o Leo sabia perfeitamente que não tinha médico nenhum, tive que inventar mais um pouquinho: "O *real* motivo de eu ter saído antes foi porque a minha mãe queria que eu cortasse o cabelo hoje de qualquer jeito, e meio-dia foi o único horário que eu arrumei...".

Olha só a teia em que eu tive que me enrolar só para não dizer a verdade pra ele. Bom, pelo menos essa foi uma mentira verossímil, já que eu realmente vou cortar o cabelo hoje. O problema foi que ele me perguntou como ficou o meu cabelo, e eu – que nem tinha pensado no corte ainda – fiquei toda: "Ah... você sabe! Ficou mais ou menos! Como sempre". E ele respondeu: "Bom, espero que você não tenha cortado muito curto. Seu cabelo é lindo do jeito que ele é".

Sabe, eu começo a achar que a Gabi pode estar certa. Quem, em sã consciência, pode achar o meu cabelo bonito? O meu cabelo é liso, mas muito liso mesmo, daqueles escorridos que não deixam parar nem passador, nem faixa, nem gominha, nem tiara, nem nada! Se quero fazer um rabo de cavalo tenho que tacar gel para fixar um pouco, mas daí a um segundo tudo desmancha. E vem o Leo me dizer que isso é bonito? Caramba, realmente ele deve estar apaixonado.

Será que, se eu cortar o cabelo bem curtinho, ele se desencanta de mim?

9

> *Ray Kinsella:* Então o que você quer?
> *Terence Mann:* Eu quero que eles parem de me pedir respostas, de me implorar para falar de novo, escrever de novo, ser um líder. Eu quero que eles passem a pensar por eles mesmos... Eu quero minha privacidade.
>
> (Campo dos sonhos)

Fani, seu cabelo ficou ainda mais lindo. Você está parecida com a Branca de Neve!

Leo

faniquita, que cabelo "patricinha" é esse que você arrumou? Aposto que isso é coisa da sua mãe, né? Ligou para o "Mr. M" ontem? Descobriu o mistério da classe desaparecida?

Gabi

Estefânia, como você foi embora mais cedo ontem, não deve ter ficado sabendo que hoje, no intervalo, terá reunião para definirmos o local e a data da festa de fim de ano da nossa sala. Como você é novata, não sei se está a par de que a nossa sala tem o costume de dar essa festa todos os anos e que é o maior evento anual do colégio. todas as salas disputam nossos convites. Portanto, vê se pelo menos hoje você não sai voando pela porta assim que o sinal bater. A propósito, você bem que podia pedir para a Gabriela oferecer o salão de festas do prédio dela, né? Ele é o único que tem piscina, sauna, quadras, sala de musculação e fliperama. Não peço diretamente porque tenho uma leve impressão de que ela não vai muito com a minha cara. Claro que isso é só impressão, mas — em todo caso — sendo você a melhor amiga dela, com certeza será mais bem-sucedida do que eu. Espero vocês no intervalo, ok?

Vanessa
P. S.: Seu cabelo ficou fofo.

Ei, o que foi que a Vanessa te escreveu? Você vai mudar de lado só porque cortou o cabelo que nem o dela, é? Ela te convidou para alguma "festinha-vip" daquelas que ela dá em casa? Aposto que ela te chamou para ser do grupo do trabalho de Química dela! Cuidado, viu, Fani... ouvi dizer que essa menina fica só dando ordens enquanto o resto do grupo faz o trabalho inteiro. Posso ver o bilhetinho dela? Você vai fazer o trabalho comigo, né?

Gabi

Fani, vi que a Vanessa te mandou um bilhetinho. Vocês estão se entendendo agora? Não te falei que ela era gente boa?

Leo

Puxa, Estefânia! Você é rápida mesmo, hein? A Gabriela acabou de me escrever um bilhete oferecendo o salão de festas do prédio dela! Só não entendi que história é essa de festinha e trabalho de Química que ela escreveu. Você sabe do que ela está falando? Ela falou que também quer ser convidada. Eu também quero! Só para a festa, claro. Para o trabalho de Química eu não faço questão. Ah, por falar nisso, você quer ser do meu grupo? Não leve a mal, mas não posso chamar a sua amiga, ela me parece ser meio maluca, fala umas coisas meio sem nexo... apesar de ser superlegal, afinal colocou o prédio dela à disposição da nossa sala!

Vanessa

Fani, o que foi que a Vanessa disse agora? Ela te contou que eu mandei um bilhete para ela oferecendo o meu salão de festas? Eu sei que você não quer me mostrar os bilhetinhos dela, mas nem precisa, né? Tenho certeza de que ela está te convidando para alguma coisa legal. Aí, eu imaginei que, se oferecesse o meu prédio, ela também me convidaria. Acertei, não é? Aposto que nesse bilhete agora ela pediu pra você me chamar também!

Gabi

A Gabi também está amiga da Vanessa? Caramba, achei que isso nunca fosse acontecer! Elas não olham uma pra cara da outra desde o jardim de infância, quando a Gabi derrubou Danoninho no vestido da Vanessa! Que bom... não vou precisar mais fingir que não gosto da Vá. Você vai ver, Fani, ela é um amor, pode acreditar.

Leo

Estefânia, eu estava pensando, pode chamar o Leonardo para o nosso grupo de Química também. Ele sempre tira notas altas, né? E, além disso, me mandou um bilhete fofinho agora, falando umas coisas sobre esquecer as diferenças do passado... ele escreve bem, né?

Vanessa

fani!!! Você quer me enlouquecer?? Está querendo me tirar do mundo?? Que tanto de bilhete é esse que o Leo e a Vanessa estão te passando?? Por que eu não recebo também? E por que você não responde nenhum? Nem os meus você quer responder! Você vai me mostrar tudo depois da aula, né? Ela te falou se tem alguma festa bem VIP essa semana? E falou que dia a gente vai encontrar pra fazer o trabalho de Química?

Gabi

Fani, por que você trocou de lugar? Vai virar nerd agora? E por que amassou todos os bilhetes? Você não vai colocar na sua agenda, como sempre?

Leo

fani, você não quer mais ser minha amiga? Está fugindo de mim? Por que foi se sentar tão longe? A Vanessa está fazendo sua cabeça, né? Achei que ela já tivesse superado aquela coisa do Danoninho. Se precisar, eu peço desculpas, mesmo que o fato tenha acontecido 10 anos atrás.

Gabi

Estefânia! Que acesso de fúria foi esse agora? Não sabe que quem senta na primeira fila não pode escrever bilhetes? Os professores veem tudo o que a gente faz. Espero que a professora só tenha mandado pra diretoria esse seu papel com "nomes feios" que ela falou. Você escondeu aqueles que eu passei pra você antes, né? Eu não tenho nada com isso! Meus bilhetes são de cunho estritamente estudantil.

Vanessa

Estefânia Castelino Belluz,

Em decorrência da sua falta de atenção durante as aulas, gostaria de chamar os seus pais para uma reunião na minha sala, sexta-feira, às 8h. Por favor, traga esta nota assinada amanhã.

Diretora Clarice Albuquerque da Silva Fagundes

10

> *Clementine: Você me conhece, eu sou impulsiva.*
> *Joel: É isso que eu amo em você.*
>
> *(Brilho eterno de uma mente sem lembranças)*

  Ainda bem que eu tenho essa prova de intercâmbio hoje. Ontem à noite, quando eu pedi para a minha mãe assinar a tal nota da diretora, fiquei morrendo de medo de levar um castigo terrível (tipo ser proibida de ir ao cinema), mas tudo o que ela disse foi: "Claro que você está com falta de atenção, afinal, amanhã vai ter que fazer uma prova mais importante para o seu futuro do que qualquer provinha que esse colégio possa te aplicar". E assinando, continuou: "Você já resolveu com que roupa vai? Nada de jeans, viu, minha filha? A nossa imagem é muito importante nessas ocasiões. Acho que o ideal seria um *tailleur*, que por sinal você não tem. O problema é que o único horário em que eu poderia ir com você comprar seria de manhã...".
  Ficou um pouco pensativa, leu o bilhete da diretora de novo e disse: "Sabe de uma coisa? Acho melhor você não ir à escola amanhã. É bom que você dorme mais um pouco, fica com a aparência descansada e lá pras 10 horas a gente vai ao shopping e resolve esse problema da roupa".
  Ela me devolveu o papel e saiu cantarolando. De repente, voltou-se para mim, apontou para a minha mão e falou: "Ah! Mostre isso para o seu pai. Ele é que vai ter que ir se encontrar com a sua diretora na sexta-feira, eu tenho consulta com a minha dermatologista nesse mesmo horário".
  Minha mãe me surpreende. Se fosse em algum outro dia, tenho certeza de que ela gritaria, reclamaria das minhas companhias, perguntaria se eu

estou precisando de uma psicóloga, me colocaria de castigo e faria questão de ir pessoalmente falar com a diretora. Acho que ela está realmente se importando com essa coisa de intercâmbio. Pelo que eu estou entendendo, parece que uns filhos de umas amigas dela passaram na entrevista do ano passado e ela não quer ficar por baixo. Ou seja, eu que experimente não passar nesse negócio que o tal castigo virá dobrado! Minha mãe odeia não ser a melhor em qualquer coisa que seja, e isso me inclui. Por isso, ela faz questão que eu, pelo menos, *pareça* uma filha perfeita.

Cheguei bem de mansinho perto do meu pai, que estava concentradíssimo assistindo ao Jornal Nacional. Fingi que eu estava também interessada nas notícias e então, na hora do comercial, quando finalmente ele pareceu notar a minha presença, eu dei um sorrisinho meio amarelo.

"Aconteceu alguma coisa, minha filha?", ele falou com uma cara meio preocupada. "Você não é de rir à toa assim..."

Aí eu fiquei com vergonha. Não com medo de que ele brigasse ou coisa parecida... eu fiquei com vergonha mesmo. Vergonha de ter que mostrar um bilhete desses devido a um acontecimento do qual eu não tive a mínima culpa e também de submetê-lo ao inconveniente de ter que ir ao meu colégio ouvir a diretora dizer o contrário. Eu abaixei os olhos e entreguei o papel. Antes que ele lesse, eu disse: "Pai, eu não estava desatenta. Eu fiquei foi nervosa e escrevi um palavrão no caderno, sem querer, na frente da professora".

Ele fez uma cara assustada quando eu falei do palavrão e leu a nota da diretora. Aí, ele tirou os óculos, abaixou a televisão e, com a maior calma do mundo, pediu para eu contar aquele caso direito.

Eu falei tudo, desde o dia anterior quando eu não fiquei sabendo sobre a reunião da sala por estar no *banheiro* (claro que eu não ia contar que tinha saído mais cedo pra ver o meu professor!); e depois sobre os bilhetes que o pessoal me mandou durante a aula, falei da revolta com que eu fiquei por descobrir que a menina mais fresca da sala é também uma interesseira por querer se aproximar de mim apenas para conseguir o prédio da minha melhor amiga emprestado; e também do susto que eu levei por perceber que pode ser que eu não conheça direito essa minha melhor amiga, pois até então eu achava que ela se orgulhasse de não fazer parte do *bando* e gostasse de ser original; ah, e eu também falei que o meu suposto melhor amigo (que inclusive eu cheguei a considerar que estivesse gostando de mim) parece ter uma *quedinha* pela tal menina fresca-interesseira que começou toda essa confusão.

O meu pai continuou com aquela mesma expressão calma de quando eu comecei a minha explicação, balançou a cabeça afirmativamente, deu um sorrisinho e disse: "Fani, eu admiro muito você. Eu, no seu lugar, teria não só dito o palavrão, mas também jogado a carteira pra cima, saído pisando duro e batido a porta da sala!".

Eu olhei pra ele admirada e ele riu.

"Bom, pelo menos eu teria tido muita vontade de fazer isso", ele disse me abraçando.

A gente ficou assim um tempo, ele falou que podia deixar que ele iria à tal reunião e falaria uma coisa qualquer pra "livrar a minha barra" com a diretora. Aí assinou o bilhete, me devolveu com uma piscadinha e voltou a assistir ao jornal.

Eu levantei e já ia saindo da sala quando ele me chamou.

"Fani", ele falou com cara de quem estava se segurando para não rir, "a propósito... qual palavrão você escreveu?"

Bridget: É de conhecimento universal que, quando uma parte da sua vida começa a ir bem, outra cai espetacularmente em pedaços.

(O diário de Bridget Jones)

**Prova de seleção do programa de intercâmbio SWEP –
Small World Exchange Program**

Nome:
Data de nascimento:
País de origem:
País desejado (indique 3 possibilidades):
1.   2.   3.

Instruções: A avaliação consistirá de 4 partes.

Parte 1: Conhecimentos gerais. O candidato receberá a prova contendo 10 perguntas sobre conhecimentos gerais e terá 30 minutos para respondê-la e passar as respostas para o gabarito.

Parte 2: Inglês. O candidato receberá a prova contendo 10 questões e terá 30 minutos para respondê-la e passar as respostas para o gabarito.

Parte 3: Redação. O candidato terá 45 minutos para escrever aproximadamente 30 linhas sobre o tema: "Por que eu quero ser intercambista?".

Parte 4: Entrevista. À medida que for chamado, cada candidato deverá se dirigir à banca examinadora onde será entrevistado.

Atenção: O gabarito de todas as partes deverá ser preenchido a caneta. O candidato poderá solicitar o resultado em duas semanas na secretaria do SWEP de Belo Horizonte. Lembramos que, neste ano, ofereceremos apenas cinco vagas.

Boa sorte!

José Cristóvão Filho – Oficial de intercâmbio do Small World Exchange Program (SWEP)

É isso aí! Estou arruinada! Completamente! A louca da minha mãe tinha me ocultado a parte da prova de seleção! Ela simplesmente me disse que eu teria uma ENTREVISTA! Ok, algumas vezes ela usou a palavra "prova", mas eu imaginei que ela estivesse falando no sentido metafórico, como se fosse uma prova que eu tivesse que enfrentar na minha vida ou algo assim!

Foi isso o que eu disse a ela quando cheguei em casa hoje mais cedo, morta de cansada, depois da tal bateria de testes! Aí, ela me olhou com a cara mais inocente do mundo e disse: "Filha, claro que eu te avisei que teria uma prova! Você é que não presta atenção em nada do que eu digo! Eu só não falei para você estudar porque eu sabia que você já estava perfeitamente preparada para essas provinhas. Você estuda Inglês há cinco anos! Lê a *Veja* e a *Caras* todas as semanas, portanto tem uma boa dose de conhecimentos e futilidades gerais acumulados. E, além disso, escreve muito bonitinho, eu adoro os seus cartões de aniversário! A única parte com que eu realmente estava preocupada era com a entrevista, já que você... ah, você não faz muito esforço para ser simpática, não é? Pois bem. Tenho certeza de que, com esse corte de cabelo e com esse banho de loja que eu fiz você tomar ontem, a *primeira impressão* que as pessoas possam vir a ter de você deve ter melhorado consideravelmente! Quantos candidatos eram mesmo? Seis?".

Minha mãe não sabe de nada mesmo. Quarenta candidatos! Esse foi o número de inscritos, ou seja, 35 vão ficar de fora, e eu tenho certeza de que eu estou entre eles!

Agora vou ter que passar a maior vergonha na aula amanhã, porque todo mundo – obviamente – deve estar achando que eu não fui hoje por causa do tal bilhete da diretora que eu deveria levar assinado! Quando eu explicar que o real motivo foi a minha PROVA de intercâmbio, vão me perguntar como eu me saí. E aí o que eu vou dizer? Que eu fui péssima? Eu pensei que pelo menos chegaria amanhã ao colégio toda vitoriosa e, quando as pessoas viessem me perguntar se eu não tinha tido coragem de mostrar o bilhete, eu faria um ar de indiferença e diria: "Ah, isso aqui?", e mostraria a assinatura do meu pai *e* da minha mãe, e aí eu diria: "Meus pais e eu temos coisas muito mais importantes para nos preocupar, como o fato de eu estar indo morar no exterior no ano que vem...".

Só que agora está muito claro que eu vou ter que chegar com o rabo entre as pernas, engolir o olhar sarcástico da Vanessa e daquelas amiguinhas dela que copiam tudo o que ela faz, entregar humildemente o bilhete para a diretora que – com certeza – eu terei que aguentar até o final do ano que vem, que é quando eu *supostamente* irei me formar. Porque do jeito que as coisas andam, não sei nem se eu me formarei algum dia.

Além de tudo, eu perdi a aula de Biologia hoje. Quando eu concordei em não ir à aula, eu me esqueci completamente desse *detalhe*, já que estava tão aliviada por não ter que encarar a diretora e os meus colegas depois daquela cena. Ou seja, tem quase UMA SEMANA que eu não vejo o Marquinho. Acho que vou morrer de saudade. Pensei em ligar pra ele, mas a minha mãe grudou no telefone por mais de uma hora e aí ficou tarde. O lado bom é que, se a Gabi e o Leo tentaram ligar para cá, só ouviram sinal de ocupado. Tinha três recados de cada um quando eu cheguei da prova, mas eu não estava com a menor vontade de conversar com ninguém (além do Marquinho).

Tentei refazer a redação da prova, para tentar explicar pra mim mesma o motivo de eu querer ser intercambista, mas tudo o que saiu foi uma poesia, sem relação alguma com intercâmbio cultural.

Melhor eu ir dormir, talvez no sonho eu descubra uma maneira de fugir do mundo antes de ter que ir pra escola amanhã...

<u>Angústia</u>
E se eu olho e não me olha,
Não sei bem se isso convém...
Descobrir se é bola, ou fora.
Se é pra ir ou não, além.

Essa falta de certeza,
Que a paixão, no início, tem.
Ora seduz, ora angustia,
Confunde medo com desdém.

A vontade atiça e machuca.
Sem ter-te. Perto. Ter sem.
E eu me declaro, só no pensamento...
Vê se fica esperto, meu bem.

Fani Castelino Belluz

12

> *John Keating: Existe um tempo para ousadia e um tempo para cautela, e o homem sábio sabe o momento de cada um deles.*
>
> *(Sociedade dos poetas mortos)*

Não consegui fugir. Tive que acordar, ir pra aula e enfrentar tudo aquilo que eu já tinha previsto. Só que apareceu uma novidade na sala hoje. Eu cheguei atrasada (pra variar...) e me sentei perto da Gabi. Quando olhei para o lado, crente que iria ver o Leo, notei que a carteira dele estava vazia. Olhei pra Gabi e nem precisei perguntar, ela simplesmente apontou a caneta lá pra frente com uma cara de nojo e eu vi os *dois* conversando animadamente, como se a professora não estivesse na sala.

Claro que, com a Vanessa, ninguém implica, já que ela é puxa-saco dos professores todos. Ai se fosse eu que estivesse conversando assim! Já teria levado uma suspensão, no mínimo! Se eu fosse o Leo, tomaria cuidado. Se algum professor resolvesse chamar a atenção, a culpa cairia toda sobre ele! Mas parecia que ele não estava muito preocupado, continuou batendo papo a aula inteira. E o mais impressionante é que a Vanessa parecia estar rindo... no mínimo estava rindo da cara dele e ele nem percebeu!

Na hora do recreio, a Gabi foi comigo entregar o bilhete assinado para a diretora (por sorte ela não estava lá e eu pude deixar com a secretária) e, na saída da sala dela, demos de cara com a Vanessa no corredor.

Eu olhei para os lados pra ver se o Leo também estaria por perto, mas ela estava sozinha, conversando com uma menina do terceiro ano. Quando nos viu, aumentou um pouco o volume da voz: "Pois é, eu não vejo a hora desse ano acabar também. Eu já passei em tudo, nem precisaria mais vir à aula, mas tenho umas colegas que nem se tirassem nota máxima em todas as matérias, o que não é o caso, poderiam faltar, pois qualquer desculpa foi motivo para matarem aula durante o ano... no mínimo vão levar bomba em frequência".

Eu devia estar mesmo muito nervosa e tinha motivos para isso. Primeiro, pelo caso do palavrão, segundo, pelo atraso da prova de ontem, terceiro, pelo fato de não ver a paixão da minha vida há SEIS dias e, por último – mas não menos importante –, por chegar à aula e ver o meu melhor amigo se derretendo pra cima dessa mesma sirigaita que agora vinha dando indiretas pro meu lado. Por isso, em vez de ignorar (o que seria esperado de mim), segurei o braço da Gabi para que ela não passasse reto e parei na frente da Vanessa.

"Oi, Vanessa! Desculpe, acabei ouvindo a sua conversa sem querer... mas foi até bom porque *nós* estávamos mesmo querendo falar com você", eu disse, enquanto a Gabi olhava para mim com olhos arregalados. "Sabe a tal festinha da nossa sala? Então... ela não vai mais poder ser no prédio da Gabi. É que, como você mesma disse, estamos correndo o risco de tomar bomba, daí com certeza os pais da Gabi e os meus, que são muito amigos uns dos outros, não aceitarão essa festa lá. Por isso, é melhor cancelarmos o local de uma vez, para que você tenha tempo de encontrar um outro local do seu agrado...".

Falei isso com a cara mais irônica que consegui fazer e, em seguida, puxei a Gabi para fora do corredor sem dar tempo da Vanessa replicar.

Chegamos ao Gulagulosa, e o Leo estava lá, sentado com a Júlia, a Natália, a Priscila e o Rodrigo. Assim que eu me aproximei, eles me perguntaram sobre a prova de intercâmbio, eu só suspirei e falei que achava que não tinha dado, mas que poderia tentar novamente no ano que vem, já que a idade limite é 17 anos. Todo mundo ficou tipo me consolando, menos o Leo, que não só não disse nada para me animar como também pareceu estar sorrindo.

O Leo está me decepcionando mesmo. Além de estar andando com a Vanessa, fica zoando da minha cara. Puxa, que amigo é esse? Pena que eu não vou passar na tal prova, eu gostaria muito de arrumar um outro melhor amigo bem longe daqui, para ele ver o que é bom!

A Gabi me contou que, desde ontem, ele e a Vanessa estão grudados. Ela disse que teve um trabalho em grupo na aula de Educação Religiosa, e, quando o Leo percebeu que eu não viria mesmo à escola, foi lá na frente e PEDIU pra entrar no grupo dela! O Leo não tem autoestima, não? No mínimo, ela e as amiguinhas deixaram que ele entrasse por *piedade*, mas a Gabi disse que não foi bem assim, que elas pareceram bem felizes por ter um menino no grupo e que eles ficaram rindo tanto durante a aula inteira que a Irmã Imaculada até teve que chamar a atenção.

Eu perguntei à Gabi por que ela não convidou o Leo pra participar do grupo dela, e ela veio com aquele papo de sempre, que não gosta de trabalho em grupo já que uma pessoa sempre assume o papel de líder e faz todo o trabalho enquanto os demais integrantes apenas assinam o nome. Por isso, ela sempre faz todos os trabalhos sozinha.

Não estou nem aí pro Leo. Se ele quiser trocar de melhor amiga, o azar é dele. Se bem que eu acho que estou me preocupando à toa. Amanhã, certamente ele vai se sentar do meu lado de novo, ele só deve ter sentado lá na frente hoje porque pensou que eu iria faltar outra vez. É isso aí, eu nem vou ligar pra essa bobeira, afinal, tenho coisas mais importantes pra pensar, como o fato da Gabi ter me falado também que o Marquinho não deu aula ontem e que mandaram uma professora substituta no lugar dele.

Será que ele está doente??? Definitivamente, vou ligar para ele hoje à noite. Se ele tiver saído do colégio, quem vai adoecer sou eu! Só de pensar em tal possibilidade, meu coração já fica descontrolado. Acho que vou até a farmácia comprar uma aspirina. Se bem que eu acho que esse meu mal não pode ser curado com nenhum medicamento tradicional. Um tratamento alternativo daria bem mais resultado, tipo receber a visita do Marquinho todos os dias na minha casa, de preferência em um horário em que não tivesse ninguém aqui... Ai, meu Deus, não posso ficar pensando nisso. Só de imaginar tal hipótese, os batimentos do meu coração já dobraram a velocidade! E o meu rosto está todo vermelho!

Não posso esperar até a noite, senão é capaz de eu ter um ataque e precisar realmente de um médico! Vou ligar pro Marquinho agora mesmo. Prefiro muito mais que um biólogo resolva essa minha doença...

13

> Nemo: Desculpe por não ter parado a...
> Gill: Não, eu é que devo desculpas. Eu estava tão ansioso para sair, para sentir aquele mar, que estava disposto a colocar você em uma situação de perigo para chegar lá. Nada vale isso.
>
> (Procurando Nemo)

Ufa! Liguei. Ele não estava em casa. Mas conversei com a moça que atendeu (irmã ou mãe, eu suponho), perguntei onde eu poderia encontrá-lo e ela disse que ele está viajando, foi para um congresso de Biologia! Que alívio! E eu fazendo mil suposições desastrosas, imaginando que ele tivesse sido mandado embora, ou pedido demissão, ou morrido, alguma coisa desse tipo!

Eu ainda estava pensando nisso, com o telefone na mão, quando ele tocou. Tomei o maior susto, por um segundo imaginei que seria o Marquinho que tivesse chegado em casa e estivesse retornando a minha ligação, mas aí lembrei que eu não tinha me identificado e que ele não teria como saber que era eu quem tinha ligado pra ele. Atendi meio com raiva por alguém ter tido a ousadia de me tirar dos meus devaneios.

Era o Leo.

Eu fiquei até feliz, tinha certeza de que ele ia me explicar o motivo de estar agindo de forma tão esquisita, se aproximando da Vanessa e tudo, mas qual não foi a minha surpresa quando ele disse: "Fani, que história é essa de você impedir a Gabi de emprestar o prédio dela pra nossa festa?".

Eu fiquei muda com o susto e ele continuou: "Se você está com ciúmes por eu estar ficando amigo da Vanessa, deveria descontar em mim, e não castigar a sala inteira!".

Eu fiquei mais chocada ainda! Só consegui dizer: "O quê?!".

"A Vanessa só quer o melhor pra todo mundo", ele continuou. "Você não pode deixar que a sua implicância com ela atrapalhe as outras pessoas!"

Eu fiquei uns três segundos tentando assimilar o que estava escutando, e, quando eu ia abrir a boca pra me defender, ele disse: "Eu quero te falar, Fani, que o fato de eu estar convivendo mais com ela não vai me fazer gostar menos de você. Mas eu tenho que ter outras amizades, você não acha? Se você for fazer intercâmbio no ano que vem, com quem eu vou andar? Você quer que eu fique sozinho?".

Eu poderia ter dito que ele estava distorcendo as coisas. Que eu não estava nem aí para ele, que, por mim, ele poderia andar com quem bem entendesse, que podia até namorar aquela *ridícula* da Vanessa se ele quisesse e que eu sabia muito bem que ele devia estar repetindo tintim por tintim as palavras dela, porque eu o conheço bem demais pra saber que ele nunca suporia uma besteira como essa de eu ter ciúmes dele, e, mesmo que supusesse, ele nunca me diria isso em voz alta. Eu quis dizer também que ele podia escolher entre todos os alunos (ou alunas) da escola um novo melhor amigo, porque ele é tão legal e popular que ninguém consegue não gostar dele. E eu quis perguntar se ele estava se esquecendo da Gabi, da Natália, do Rodrigo, da Priscila, de todos aqueles que são da nossa turminha há tanto tempo e que ele parece nem considerar como amigos, por esquecer que eles existem e por não levar em consideração o fato de que todos eles também não gostam da Vanessa. Mais do que tudo isso, eu quis dizer pra ele que o fato de eu fazer intercâmbio não significa que não seremos mais amigos. Que distância nenhuma iria diminuir uma amizade como a nossa.

Mas eu não falei nada disso. Eu simplesmente desliguei o telefone. Na cara dele. As lágrimas vieram com força total e eu só tomei o cuidado de não chorar muito alto para a minha mãe não escutar. Mas aí o telefone começou a tocar novamente. Claro que eu não ia atender, eu preferia morrer a deixar o Leo perceber que tinha me feito chorar. De jeito nenhum! Tenho certeza de que ele iria correndo contar pra nova amiguinha dele...

Corri para o banheiro e fiquei escutando aquele toque insistente. De repente, parou. A minha mãe começou a me chamar, eu fingi que não estava ouvindo. Aí ela passou a me berrar, e eu me fazendo de surda. Depois de uns 15 berros, eu ouvi os passos dela e aí acho que ela percebeu que eu estava no banheiro, porque pegou o telefone do meu quarto e falou: "Gabriela, acho que ela está tomando banho. A porta do banheiro está trancada e ela não está me respondendo".

Ao ouvir isso, eu abri a porta e peguei o telefone da mão da minha mãe, que me olhou primeiro com cara feia e depois preocupada, ao notar a minha cara de choro. Eu levei o telefone (obrigada, inventor do telefone sem fio!) pro banheiro e tranquei a porta novamente.

Nessas alturas, a Gabi já tinha desligado. Eu liguei de volta e foi só ouvir o "alô" dela que o choro recomeçou.

"Gabiiiii, o Leo brigou comiiiigo!!!! Ele deixou aquela bruxa fazer a cabeça dele e está pensando que nem ela!! Ele não quer ser mais meu amigo!!!"

Enquanto eu tentava falar isso por entre as minhas lágrimas, a Gabi ficava o tempo todo mandando eu ter calma, mas eu continuei: "Se ele está pensando que isso vai ficar assim, está muito enganado! Mesmo que eu não faça intercâmbio, vou mudar de colégio no ano que vem para ficar bem longe dele! E se você quiser virar amiguinha da Vanessa também, o que eu já saquei que é o seu maior desejo, fique à vontade! Pode emprestar seu prédio ou o que você quiser pra ela, eu não estou nem aí!".

Nisso a Gabi estava gritando do lado de lá, tentando falar alguma coisa, e, quando ela viu que não adiantava, simplesmente desligou! Desligou na minha cara!! Aí é que eu chorei mesmo. Perdi dois amigos em um dia só!

A minha mãe começou a bater na porta, me mandando abrir, perguntando o que tinha acontecido, e eu só conseguia falar: "Eu quero ficar sozinha, vá embora!", mas ela não ia, continuava a me pedir para sair do banheiro e aí, uns quinze minutos depois, uma voz diferente também pediu a mesma coisa. Eu parei de chorar um instante e então reconheci a voz! Gabi!!

Levantei-me do chão (sim, eu estava sentada no chão), abri a porta correndo e a puxei pra dentro. Eu já ia fechar a porta de novo, mas minha mãe foi mais rápida. Colocou o pé dentro do banheiro de modo que ou eu o esmagava, ou a deixava entrar. Acho que eu não tinha escolha. Ela empurrou a porta, ficou olhando pra mim, eu fiquei olhando pras duas e aí a choradeira veio vindo de novo e mais uma vez eu não consegui segurar.

Minha mãe fechou a porta, me abraçou, a Gabi fez a mesma coisa e ficamos nós três abraçadas no meio do banheiro, até o meu choro diminuir um pouco. Então a minha mãe prendeu o meu cabelo em um rabo de cavalo, molhou uma toalha e passou no meu rosto todo, eu fui me acalmando, e aí foi a Gabi que falou primeiro: "Será que a gente podia conversar agora?". Ao que a minha mãe emendou com um: "Será que eu posso saber o motivo do choro primeiro?".

Eu devo ter feito uma cara de quem ia começar de novo, porque ela de repente abriu a porta e disse: "Faz o seguinte, vocês ficam aí trancadas e conversam o que querem conversar, e enquanto isso eu vou preparar um lanche para nós. Aí, depois, se vocês quiserem satisfazer a minha curiosidade, eu vou ficar muito grata. Quem sabe eu possa ajudar?", e saiu, nos deixando sozinhas.

Eu fiquei com a cabeça baixa um tempo, aí olhei pra Gabi e ela pegou minha mão e me puxou pra fora do banheiro. Fomos para o meu quarto, ela fechou a porta, sentou na minha cama e ficou esperando que eu falasse alguma coisa.

Como eu não disse nada, ela começou: "Fani, o que eu estava tentando te falar ao telefone era que o Leo também me ligou, logo depois que ligou pra você, e disse as mesmas bobeiras. Dos ciúmes com que ele acha que você está, do fato de ter que ficar sozinho depois que você viajar e tal. Sabe o que eu fiz? Passei o maior sermão nele!", ela disse, com cara de brava. "Falei que ele, como suposto melhor amigo, deveria era te dar força nesse momento, te consolar se você não passar na prova do intercâmbio ou te incentivar se você for mesmo viajar! E o que ele está fazendo ao invés disso? Está se afastando, mudando de turma, te deixando confusa, sem suporte emocional... falei pra ele, inclusive, que desse jeito não seria um intercâmbio que acabaria com a amizade de vocês, e sim a atitude dele, os ciúmes DELE! Porque, se acaso você não percebeu, se tem alguém com ciúmes nessa história, essa pessoa é o Leo! Desde que você começou a falar que tinha a possibilidade de viajar, ele está diferente, não reparou? Morrendo de medo de você – bem longe da vista dele – arrumar outros amigos, paqueras, namorado e esquecer que ele existe... E foi isso tudo o que eu disse pra ele e que estava querendo te explicar ao telefone!"

Eu fiquei tentando assimilar aquilo, a Gabi tinha falado pro Leo tudo o que eu queria falar, mas ainda assim alguma coisa estava me incomodando, e aí eu saquei que era o fato dela continuar batendo nessa tecla de que o Leo gosta de mim; se não fosse assim por que o motivo dos ciúmes?

Eu ia abrindo a boca, mas ela falou antes.

"Fani, eu queria também te pedir desculpas pela minha atitude naquele dia, por ter oferecido o salão de festas pra Vanessa e tal...", ela falou sem olhar pra mim, visivelmente constrangida. "Eu acho que eu também fiquei um pouquinho enciumada, não pelo seu intercâmbio, mas por achar que você queria realmente começar a andar com ela e pudesse descobrir que eu não sou tão legal assim como você acha... sabe, antes de você mudar pro colégio, eu andava meio com todo mundo e com ninguém ao mesmo tempo, não tinha uma amiga de verdade pra compartilhar os segredos, passar bilhetinhos e fazer a aula ficar mais legal..."

Ela abaixou o olhar um pouco e continuou, completamente sem graça: "Então, antes de você aparecer, eu não sabia o que estava perdendo, mas agora eu sei, e foi por isso que eu agi daquele jeito, não queria ficar de fora, não queria perder sua amizade mesmo que para isso eu precisasse de me tornar amiga da Vanessa também... e é por isso que eu entendo um pouco o Leo... acho que ele está fazendo isso inconscientemente pra te punir, pra te dar uma lição, como se quisesse te dizer: 'olha, você pode viajar, fazer outros amigos, mas eu também posso, tá vendo?'".

A Gabi tem mesmo que fazer vestibular pra Psicologia! Caramba, eu não ia pensar essas coisas nunca! Eu simplesmente achei que os dois tivessem enlouquecido por estarem querendo andar com a Vanessa, nunca pensei que era meu suposto intercâmbio que fosse o culpado de tudo isso!

Eu sorri pra Gabi, dei um abraço nela, e nós duas ficamos assim, até que minha mãe entrou no quarto e disse que o lanche estava pronto. A gente foi correndo pra mesa, afinal, minha mãe fazer lanche é um evento que só acontece uma vez na vida!

Realmente, parece que essa história de intercâmbio está mudando muita gente...

> *Dodó: Toby, você é o meu melhor amigo.*
> *Toby: E você é o meu também, Dodó.*
> *Dodó: E nós vamos ser amigos para sempre, não vamos?*
> *Toby: É. Para sempre.*
>
> (O cão e a raposa)

Cheguei na aula hoje e a primeira coisa que eu vi foi que o Leo continuava sentado perto da Vanessa. Senti uma coisa meio ruim por dentro, realmente eu gostava de tê-lo por perto... fiquei lembrando do dia em que a gente se conheceu.

Era meu terceiro dia no colégio novo. A única pessoa que conversava comigo na sala era a Gabi, mas ainda não éramos propriamente "amigas", apenas simpatizávamos uma com a outra. Era o primeiro horário, e lembro perfeitamente que a Irmã Imaculada estava explicando sobre o cronograma anual e eu estava desenhando umas florzinhas no caderno, lamentando o fato de não terem me colocado na sala da Natália, que – além dela que eu já conhecia – parecia ter muito mais gente legal e menos "panelinhas" como na sala em que eu fiquei.

Foi quando, quinze minutos depois da aula começar, bateram na porta e, em seguida, um menino que não tinha vindo nos dois primeiros dias de aula, com o cabelo todo atrapalhado, parecendo que tinha vindo pro colégio de moto ou algo assim, colocou só a cabeça pra dentro da sala e falou: "Dá licença, Irmã?", com um sorrisinho meio sem-vergonha.

Ela nem parou de falar, só fez sinal para que ele entrasse, e eu pensei que fosse normal todo mundo entrar na hora em que bem entendesse... mas, para minha surpresa, um minuto depois chegou um outro menino e ela passou o maior sermão nele sobre como alunos atrasados atrapalham a aula por desviar a atenção da sala inteira e falou que ele ia ter que esperar o próximo horário para entrar. Eu fiquei meio admirada pela diferença do tratamento dela em relação aos dois alunos, mas aos poucos eu fui percebendo que não só os professores, mas todo mundo tratava aquele menino do cabelo atrapalhado (que depois eu descobri que era o normal do cabelo dele) meio diferente, como se ninguém conseguisse brigar com ele por motivo algum.

No intervalo entre a primeira e a segunda aula, nesse mesmo dia, eu estava conversando com a Gabi, quando o tal menino chegou por trás.

"Não vai me apresentar pra sua nova amiga, não, Gabi?", ele perguntou.

"Como se você não fosse se apresentar de qualquer jeito...", a Gabi falou. E, virando para mim, disse: "Leo – Estefânia, Estefânia – Leo".

Eu, na mesma hora, fiz uma careta quando ouvi aquele "Estefânia", mas aí o Leo disse: "Esse nome é meio grande, tem algum apelido?".

"Fani!", eu respondi aliviada.

Ele deu um sorriso bonitinho e falou: "Ah, combina bem mais com você! Muito prazer, Fani!".

Foi amizade à primeira vista.

A partir daí, não nos desgrudamos. Eu, que não tinha nenhum amigo nesse novo colégio, de repente me vi com dois: Gabi e Leo. Os melhores amigos que alguém poderia escolher.

E foi por isso que me deu essa tristeza ao constatar o afastamento dele... tipo, o Leo é superpopular, é amigo de todo mundo, se dá bem com todos os grupos, mas eu me sentia meio que *preferida*, quem ele escolhia para sentar junto, fazer os trabalhos, compartilhar o recreio, passar bilhetinhos... e agora estou me sentindo assim, um pouco... traída.

Engraçado pensar isso, traição de amigo. Nós não temos nenhum contrato, compromisso, não somos sócios, casados, namorados... nada. Apenas amigos. Mas ainda assim eu estou me sentindo um pouco passada pra trás, trocada...

Foi isso que eu fiquei pensando durante a aula inteira, até que, no último horário, para o meu alívio e felicidade completa, o Marquinho entrou na sala, todo bronzeadinho, mais lindo do que nunca! Eu não pensei em mais nada.

Ele fez a chamada, como sempre demorou um pouco mais do que o necessário naquela olhadinha na hora do meu nome, e explicou que esteve ausente porque estava participando de um congresso de Microbiologia em Fortaleza (está explicado aquele bronze todo!). Depois se levantou, começou a ensinar a matéria e eu babei a aula inteira. Ele estava tão lindo com aquela calça branca, sandália de couro e blusa de listrinha... e além disso hoje ele ainda estava com uma tiarinha (deve ter comprado em Fortaleza) no cabelo, para não deixar a franja cair no olho... simplesmente perfeito.

A aula acabou, eu dei um jeito de ser a última a sair da sala, junto com ele, fomos andando lado a lado até o local onde a gente inevitavelmente tem que se separar (ele vai pra sala dos professores, e eu pra saída de alunos), e aí ele virou pra mim e perguntou: "Quais são os planos para o fim de semana, Estefânia?".

Eu engasguei, gaguejei e consegui falar que não sabia ainda, que talvez fosse ao cinema... aí eu estava crente que ele iria me desejar "bom filme" e dar tchau, mas ele continuou: "Ah, você gosta de cinema? Que estilo?".

Eu não podia falar pra ele que eu gostava de "filme de amorzinho", né? Aí eu fiz uma cara de pensativa e disse: "Ah... um pouco de tudo... ficção, comédia, arte...", e aí ele abriu um sorriso e disse que, já que eu gostava de filmes de arte, não poderia perder um filme que estava reprisando numa mostra de cinema iraniano.

"*Filhos do paraíso*", ele disse o nome. "Não deixe de assistir. Quero saber o que você achou depois."

Eu só consegui fazer que sim com a cabeça, ele sorriu e, aí sim, deu tchau e me deixou no corredor, que nem uma boba, esperando que ele desaparecesse pra dentro da sala dos professores.

Cheguei em casa e liguei pra Gabi antes mesmo de almoçar. Falei que ela PRECISAVA ir ao cinema comigo no domingo, já que eu sabia que ela estava indo pro sítio da família dela ficar sexta e sábado. Ela concordou, perguntou se eu já tinha resolvido a nossa dúvida cruel entre assistir primeiro *A sogra* ou *Amor em jogo*, mas eu falei para ela que não era nada disso... o filme que ela iria ver comigo era outro bem diferente: *Filhos do paraíso*!

15

> <u>Vivian:</u> Eu agradeço todo esse jogo de sedução que você está fazendo, mas deixa eu te dar uma dica: eu já estou garantida.
>
> (Uma linda mulher)

Tem algo de triste nas noites de domingo. Mesmo quando a gente aproveitou (ou descansou) o fim de semana inteiro, domingo à noite sempre tem um ar de melancolia. Acho que é por causa da segunda-feira iminente e o fato da gente ter que esperar tantos dias até o próximo fim de semana.

Eu sempre ficava meio deprimida nessa hora, mas dessa vez foi diferente...

Eu e a Gabi fomos ao cinema, vimos o tal filme indicado, depois de eu ter ficado uma hora e quarenta minutos tentando convencê-la a ver um filme não comercial. Na verdade, eu nunca fui fã de filmes de arte, mas se o Marquinho falou, com certeza devia ser bom. E nos surpreendemos! Ficamos completamente encantadas com a singeleza desse filme (cinco estrelinhas), pensando sobre todos os filmes desse gênero que a gente deve ter perdido por puro preconceito, por achar que só os filmes de Hollywood é que mereciam o preço do ingresso...

De lá, sentamos na sorveteria e começamos a conversar. A Gabi me perguntou quem *realmente* tinha me falado do tal filme, que ela sabia perfeitamente que não tinha sido o meu irmão, já que com três filhos bagunceiros ele mal tem tempo para ver um DVD, que dirá ir ao cinema. Dei um suspiro e contei para ela a história do corredor, que o Marquinho tinha me dito que esse filme era imperdível e que ia querer ouvir meus comentários depois.

A Gabi ficou um tempo me olhando, de repente levantou, pagou a conta dela, e falou: "Vamos lá em casa um pouquinho?".

Fui, sem argumentar, já que quando a Gabi fica meio misteriosa assim é melhor concordar de uma vez, senão ela desiste de contar a ideia ou o que quer que seja que estivesse na cabeça e quem fica curiosa depois sou eu.

Chegando lá, fomos para o quarto dela, e ela, sem falar nada, pegou o aparelho de telefone e colocou na minha mão.

Eu fiquei olhando sem entender.

"Liga!", ela falou.

"Como assim? Pra quem?", eu perguntei, realmente sem saber.

"Você sabe muito bem pra quem!", ela respondeu. "Liga logo pra ele, senão eu não deixo você sair da minha casa hoje. Já que é pra você ficar nessa obsessão, que pelo menos seja por uma coisa real, que você descubra mais sobre ele e não fique apenas nesse platonismo *aluna-professor*! Anda, liga logo!"

Eu tentei argumentar que não lembrava o telefone de cabeça, mas ela disse que tinha certeza de que eu sabia de cor e salteado e que, se eu não ligasse logo, ela ia ligar para a Natália e contar da minha paixão e que aí todo mundo do colégio ia ficar sabendo rapidinho...

Chantagem não, né? Eu fechei a cara, falei que ela não podia me ameaçar, mas aí ela falou: "Fani, isso é sério... eu realmente queria que você ligasse para ele na minha frente, para eu ver até que ponto isso é real ou é coisa da sua cabeça... você é meio... sonhadora! E você sabe disso...".

Eu fiquei olhando para ela e para o telefone e, por orgulho, pra provar pra ela que eu não estava inventando coisíssima nenhuma, liguei. E ainda coloquei no viva voz. A Gabi pegou o gravador dela e apertou "REC". Fiz essa transcrição depois para pregar na minha agenda, pois essa foi uma noite de domingo que eu não quero nunca mais esquecer...

TELEFONEMA "FANI – MARQUINHO".

Domingo – 17 de novembro – 20h07 às 20h21

Marquinho: Alô?

Fani (alterando a voz): Poderia falar com o Marco Antônio?

Marquinho: É ele!

Fani: Oi...

Marquinho: Quem está falando?

Fani: Eu.

Marquinho: Eu quem?

Fani: Eu...

Marquinho: Ah, lembrei! A menina misteriosa!

Fani: A-hã...

Marquinho: Puxa, achei que você tivesse se esquecido de mim...

Fani: Tsc, tsc, tsc.

Marquinho: Lembra do nosso combinado? De você falar pelo menos um pouquinho mais a cada telefonema?

Fani: A-hã...

Marquinho: Então...

Fani: (suspiro)

Marquinho: Já sei. Vou fazer umas perguntas e você me responde com "sim", "não" ou "não sei", pode ser?

Fani: Sim.

Marquinho (rindo): Ok! Primeira pergunta: Você é minha vizinha?

Fani: Não sei! Onde você mora?

Marquinho: Nada disso... hoje só eu faço perguntas, de uma outra vez a gente troca, combinado?

Fani: Sim...

Marquinho: Bom, se você não é minha vizinha... você é minha colega de violão?

Fani: Você toca violão?!

Marquinho: Já entendi que a resposta é não. Próxima pergunta: Você é amiga da minha irmã?

Fani: Você tem irmã?

Marquinho: Acho que isso não está dando certo... se você não seguir a regra de só responder o que eu pergunto em vez de ficar perguntando também, eu vou parar com o jogo.

Fani: Tá, desculpa.

Marquinho: Você é minha aluna?

Fani: ...

Marquinho: Oi, tem alguém aí?

Fani: Sim.

Marquinho (meio rindo): Sim o quê? Tem alguém aí ou você é minha aluna?

Fani: Sim, sou sua aluna. Mas não estou achando esse jogo justo. Por que eu não posso perguntar também?

Marquinho: Porque fui eu que o inventei... e também porque agora você tem desculpa para me ligar de novo amanhã e inverter os lugares! Combinado?

Fani: Ok... mas acho que eu saí perdendo...

Marquinho: Que nada, você ainda está ganhando. Você sabe quem eu sou, que eu tenho irmã, que faço aula de violão, que sou professor de Biologia... e eu só sei que você é minha aluna! Mas nem sei de que série e de que colégio... humm, pensando bem acho que vou fazer mais umas perguntinhas...

> Fani: *Não, por hoje é suficiente. Tenho que desligar. Está tarde.*
>
> Marquinho: *Ok, menina misteriosa... muito bom te ouvir de novo... posso esperar seu telefonema amanhã?*
>
> Fani: *...*
>
> Marquinho: *Tá bom, não vou te pressionar. Mas eu gostaria muito que você ligasse... estou adorando te conhecer melhor....*
>
> Fani: *(suspiro)*
>
> Marquinho: *Um beijo pra você!*
>
> Fani: *(som de beijo estalado)*
>
> FIM

Eu desliguei e olhei pra Gabi com a maior cara de *"bem feito!"*, já que provei que não estava mentindo ou *sonhando* quando disse que ele me dava papo.

Ela ficou pensando um pouco, mas concordou comigo, falou que ele realmente parecia muito disponível, mas que era mesmo pra eu ligar amanhã e fazer um monte de perguntas, já que ele mesmo sugeriu isso. Eu disse que era isso mesmo que eu ia fazer, e aí a Gabi mudou completamente de assunto: "Fani, e sobre o Leo?".

Eu, que ainda estava nas nuvens, nem lembrando do resto do mundo, só perguntei: "O que é que tem o Leo?". E ela: "Você vai deixar ele se afastar assim, sem fazer nada a respeito?".

Eu suspirei, pensei um pouco e falei: "Sabe, Gabi, se tem alguém se afastando, esse alguém é ele. E se alguém tem que fazer algo a respeito é ele também. Eu continuo como sempre fui, no mesmo lugar".

Aí ela se levantou e disse meio brava: "Fani, sinceramente, acho que não importa quem está se afastando, o que importa é a amizade que pode ficar bem prejudicada nessa história toda... sinceramente, se você estivesse se distanciando de mim, eu faria alguma coisa, te procuraria pra conversar e tal... não ia deixar um mal-entendido ou sei lá o quê separar a gente, acabar com a nossa amizade!".

Saí da casa dela pensando que eu tinha muito mais coisas na cabeça para me preocupar naquele momento do que com as crises do Leo. Como, por exemplo, o fato de que, no final do semestre, podemos ir sem uniforme no colégio, e eu ainda tinha que decidir com que roupa iria à aula no dia seguinte para o caso de passar pelo Marquinho no corredor...

16

> Faye: Eu costumava pensar que você era verdadeiro quando sorria. Mas agora eu sei que não era nada disso.
>
> (The Wonders - O sonho não acabou)

    Segunda-feira é o pior dia da semana para mim. Eu fico meio "zumbi", apenas respirando, ligada no automático. E exatamente hoje, parece que todas as pessoas do mundo resolveram requerer minha atenção.

    Vem chegando o final do ano e os professores começam a correr com a matéria, como se a gente fosse obrigado a aprender em duas semanas tudo o que eles não conseguiram ensinar no ano inteiro.

    No meio da aula de História, um bilhetinho aterrissou na minha carteira. Eu achei que só poderia ser da Gabi, já que o Leo continuava sentado lá frente, do lado da bruxa, ops, da Vanessa.

    Mas eu estava enganada. O bilhete era do Alan, um menino que senta lá no fundão, na turma dos bagunceiros. No começo do ano, ele usava óculos com uma das lentes quebrada. Quando perguntamos onde ele tinha quebrado, ele disse que era ÓBVIO que tinha sido na arquibancada do Mineirão, em um dia de jogo Atlético x Cruzeiro. A partir daí, a gente ficou com mania da palavra "óbvio", em homenagem a ele, ou aos óculos dele, sei lá...

    O bilhete vinha escrito assim:

> O que tá rolando entre você e o Leo? Vocês brigaram? O cara tá muito estranho. Não apareceu pro futebol no sábado. Liguei pra

casa dele e ele estava dormindo, com o dia ensolarado que estava fazendo! Acho que sua companhia fazia bem melhor pra ele do que a dessa patricinha com quem ele está andando agora. Faça algo a respeito. Alan.

Eu li umas cinco vezes, mostrei pra Gabi, ela leu, levantou uma sobrancelha, devolveu pra mim repetindo a frase do fim do bilhetinho: *"Faça algo a respeito!"*, e eu fiquei ali com aquele bilhete na mão sem saber o que responder ou o que fazer. Realmente eu não queria perder a amizade do Leo, mas também não estava a fim de ir lá e trazer ele à força de volta pro meu lado. Isso tinha que partir dele. Eu não fiz nada de errado.

O sinal bateu e fui com a Gabi pro Gulagulosa. A Natália também chegou, sentou ao meu lado e veio com essa: "Fani, adivinha quem a Júlia e eu encontramos no Barbican na sexta-feira?".

Eu, que nem sabia o que era esse tal de Barbican, fiz uma cara de completo desinteresse.

"Você sabe, o barzinho novo que abriu lá no Seis Pistas...", ela continuou, mesmo sem eu ter respondido. "Foi inauguração sexta-feira e só entrava quem tivesse convite. Eu consegui dois porque fiquei amiga do porteiro, que é o mesmo da Pizzaria Finna, mas fiquei sabendo que realmente estava bem difícil de conseguir, eu nem esperava encontrar muita gente conhecida lá, além do Mateus, é claro, que eu sei que está em todos os eventos badalados da cidade..."

Enquanto ela ia falando, eu ia comendo o meu pão de queijo tentando armazenar na minha cabeça as palavras dela e conciliar com vários outros pensamentos que estavam me atormentando:

1. Um plano para "fazer algo a respeito" sobre o distanciamento do Leo.
2. As lembranças do telefonema pro Marquinho na noite passada.
3. As notas que eu precisava tirar nas provas finais daqui a duas semanas.

E aí, de repente, ela começou a contar um caso, que tinha finalmente conseguido chegar na pista de dança onde o Mateus deveria estar e, diferente dele, a primeira pessoa que ela avistou foi o Leo.

Nessa hora eu saí dos meus devaneios, desliguei de todos os meus outros pensamentos e só falei: "O Leo?!", e ela: "Exatamente. Isso não seria nada estranho, já que o Leo também está em todas, só que desta vez ele não estava sozinho...".

Ela parou de falar, como se estivesse esperando que eu perguntasse com quem ele estava. A Gabi me poupou e perguntou antes: "E com quem ele estava, você pode satisfazer a nossa curiosidade?".

A Natália só apontou com a cabeça para o outro lado da rua e todos nós vimos. O Leo e a Vanessa estavam sentados juntinhos, sozinhos, em um dos banquinhos da pracinha que fica na frente do colégio. Eles pareciam estar se divertindo muito, conversando sobre alguma coisa engraçada, mas que para mim não estava tendo graça nenhuma.

Veio vindo um sentimento de raiva misturada com tristeza (a Gabi mais tarde me falou que isso é o nome que se dá para ciúmes, apesar de eu não concordar), e eu engoli o resto do meu pão de queijo a seco mesmo e só perguntei: "Eles estão ficando, namorando ou alguma coisa assim?".

"Bom, eu esperava que você me respondesse a essa pergunta", a Natália falou, "é o que todo mundo quer saber, e eu achei que, se alguém soubesse essa resposta, esse alguém seria você, já que é a melhor amiga dele..."

Eu joguei meu copo vazio e o guardanapo no lixo, olhei pra ela e falei: "Era!".

Levantei e fui andando de volta pro colégio. Um segundo depois, a Gabi me alcançou e foi aí que ela falou que eu estava com ciúmes e que isso não era vergonha, que eu tinha que descobrir o que estava acontecendo entre os dois para poder entender melhor até os meus próprios sentimentos.

Eu falei pra ela que meu único sentimento era de que eu era uma boba, que se deixou ser enganada esse tempo todo achando que o Leo era uma pessoa quando na verdade ele era outra, porque aquele menino legal, gente boa, fofo que ele era, não era o mesmo desse ridículo que estava babando pela menina mais chata do colégio.

Entrei na sala e fiquei o resto da aula apenas me concentrando em prestar atenção na explicação dos professores, uma vez que minha vida já estava complicada o suficiente sem ter também que tomar bomba em alguma matéria!

17

> *Sr. Incrível: Por que você está aqui? Como é possível que você me ponha ainda mais pra baixo? O que mais você pode tirar de mim?*
>
> (Os incríveis)

Eu não ia ligar para ele. Não ia mesmo. Ia continuar com aquela minha tática de aparecer e sumir para ele ficar cada vez mais curioso. Só que eu cheguei em casa ontem tão chateada que eu precisava de uma compensação. Fui para a aula particular de Física e minha professora até perguntou se eu estava doente, de tão calada que eu estava. Na academia não foi diferente. Concluí só minha série básica de musculação e nem entrei na aula de spinning porque eu queria chegar em casa mais cedo.

Tomei um banho a jato enquanto esperava dar seis e meia da tarde, que é a hora da aula de Francês da minha mãe e quando o meu pai ainda não chegou do trabalho, para não correr o risco de alguém pegar na extensão e falar meu nome por algum motivo.

Só que dessa vez o Marquinho não me pareceu tão disponível quanto das outras. Eu sabia que devia ter dado pelo menos uns dois dias entre um telefonema e outro para ele não se cansar! Mas foi ele mesmo que tinha pedido para eu ligar...

O que aconteceu foi o seguinte, uma moça atendeu, a mesma da vez em que ele estava viajando, e ficou me perguntando "quem queria falar com ele" e "o que eu era dele". Eu respondi "uma amiga" às duas perguntas, e aí ela o chamou, com uma voz bem grosseira, se quer saber minha opinião!

Aí ele atendeu. Normalmente, ele fica todo meloso, me chama de "menina misteriosa", mas dessa vez ele não fez nada disso. Falou "alô" e eu falei "alô" de volta. Aí ele perguntou quem era, eu falei "eu". Ele ficou mudo um tempo e então disse: "Ah, é você", sem a menor empolgação.

Eu fiquei meio sem jeito e não falei nada, aí ele perguntou sem paciência: "O que você quer?".

Eu respirei fundo e me forcei a dizer: "Er... você pediu pra eu te ligar hoje pra gente continuar o jogo...".

Ele nem esperou eu terminar a frase e disse: "Escuta, eu estou muito ocupado, não tenho tempo pra isso agora". E desligou na minha cara, sem falar tchau nem nada!

Eu fiquei completamente atordoada. Com vergonha total de ter me sujeitado a uma situação dessas! Isso que dá escutar os outros! Tudo culpa da Gabi, que fica colocando pilha pra eu ligar pra ele, conversar com ele, conhecê-lo melhor depressa! Que raiva! Eu não estou com pressa! Eu tenho todo o tempo do mundo! Agora também vou telefonar pra ele só na outra encarnação!

Peguei meus livros para terminar meu dever de Matemática, e a campainha tocou. Achei estranho, já que o porteiro não tinha anunciado ninguém. Isso só acontece quando é alguém muito conhecido, mas quem poderia ser? E lá fui eu, de roupão e toalha na cabeça atender. Olhei pelo olho mágico e até me assustei!

Era o Leo.

Abri a porta, tentando ao mesmo tempo tirar a toalha dos cabelos e fechar o roupão um pouco mais e ficamos os dois, olhando um para o outro sem dizer nada. Até que ele perguntou se podia entrar, eu dei passagem pra ele – ainda sem dizer uma palavra – e aí pedi licença para trocar de roupa, mas ele disse que não precisava, que não ia demorar.

Eu fiquei meio sem graça com aquela situação, meio preocupada dos meus pais chegarem e me encontrarem ali no meio da sala de roupão com um menino (tá, o menino era o Leo, mas ainda assim era um menino!), mas aí ele começou a falar: "Fani, eu vim aqui pra te falar umas coisas, antes que você escute pela boca de outras pessoas...".

"Hum", eu disse, esperando ele continuar.

E ele continuou: "Porque eu não sei o que aconteceu, mas de repente tudo ficou diferente entre a gente...".

Ao dizer isso, ele meio que deu uma risadinha, não sei se pela rima não intencional ou por aquela situação constrangedora mesmo. Eu continuei sem falar nada, mas sentei no braço do sofá, esperando o que mais ele ia dizer.

"Em um dia você era a minha melhor amiga, e no outro passou a nem olhar para a minha cara..."

Nessa hora eu mudei de expressão, ia começar a protestar, a dizer que era ele quem tinha se afastado, mas ele fez sinal para eu esperar que ele terminasse.

"Não sei quem é o culpado, nem por que isso aconteceu, mas o fato é que esse nosso distanciamento me fez aproximar de outra pessoa, e eu realmente tenho gostado disso... não da nossa distância, claro, mas da aproximação, da outra pessoa..."

Ele ficou esperando pra ver se eu ia falar alguma coisa, mas eu já estava sem palavras de novo.

"Você sabe de quem eu estou falando, né?", ele perguntou, me forçando a participar do diálogo.

Eu só fiz um sinal afirmativo com a cabeça e ele resolveu terminar de uma vez: "Então é isso que eu vim te dizer. Eu estou com a Vanessa. Eu saí com ela nesse fim de semana e queria que você ouvisse isso de mim. Porque independente disso, eu tenho sentido a sua falta. E eu queria te contar, antes que qualquer outra pessoa contasse. E antes de contar pra qualquer outra pessoa. Porque eu quero que você continue sendo minha amiga".

O que eu poderia dizer? Que não, que ele tinha que escolher entre mim e ela? Que não tinha a menor graça ser amiga dele sendo ele agora *namorado* (ok, ele não usou essa palavra, mas falou que estava com ela) daquela antipática? Que eu achava que ela estava só o usando e que ele ia se sair muito machucado no final das contas? Que eu queria que as coisas voltassem a ser como eram antes dela entrar na história?

Eu não disse nada disso. Fiquei olhando para o chão, muito chocada pra dizer alguma coisa. Primeiro o Marquinho, e agora o Leo.

Como eu não disse nada, ele começou a se direcionar para a saída, eu levantei, destranquei a porta, ele me deu um beijinho no rosto e, quando estava saindo, virou, me deu um abraço, e nós ficamos um pouco assim, até que ele falou: "Ô, Fani... eu não queria que você ficasse assim".

Eu, que estava à beira de um ataque de lágrimas, me recompus, olhei pra ele muito séria e perguntei: "Assim como? Só estou meio chocada como a vida dá voltas. Mas cada um faz o que quer. E agora eu realmente tenho que trocar de roupa, minha mãe deve estar chegando e não vai gostar de me ver assim parada aqui na porta!".

Ele fez que sim com a cabeça, deu um sorriso meio triste e, sem esperar pelo elevador, começou a descer as escadas.

Eu esperei que ele desaparecesse, fechei a porta, me sentei no chão da sala mesmo e fiquei com a cabeça entre as pernas, querendo de volta o mundinho seguro e conhecido que eu tinha até duas semanas atrás.

Quando eu comecei a sentir frio – afinal estava só de roupão e cabelo molhado –, levantei e fui para o meu quarto. Terminei de secar o cabelo, coloquei o pijama, dei um beijo na Josefina, apaguei todas as luzes e quando a minha mãe chegou, já me encontrou dormindo. Graças a Deus, ela não me acordou pra perguntar se eu estava doente. Mas quando acordei hoje cedo, encontrei esse recado em cima do meu criado-mudo:

Fani, filhinha, fiquei preocupada por chegar ontem e te encontrar dormindo tão cedo. Não quis te acordar, acho que você precisa mesmo dormir muito para estar revitalizada para as provas finais. Só para te lembrar, quarta-feira sai o resultado da prova de seleção do programa de intercâmbio. Estou muito otimista!

Um beijo e boa aula!

Mamãe

18

> *Lawrence: Quando fico nervoso, eu nunca digo nada. Apenas fico lá, completamente tenso.*
>
> *(Mero acaso)*

    Mesmo que ele não tivesse ido à minha casa contar, eu descobriria. Quero dizer, eles não estão fazendo a menor questão de esconder. Chegam juntos ao colégio, sentam um ao lado do outro e ficam naquela lenga-lenga a aula inteira: ele fazendo tranças no cabelo dela, ela escrevendo no caderno dele...
    Não que eu fique observando, mas é meio que impossível não notar, chega a dar vergonha aquele assanhamento todo! E eles vão embora juntos também, inclusive hoje ele estava com o carro do pai dele e eu vi que ele abriu a porta de passageiros para que ela entrasse, e ela entrou toda convencida, como se estivesse entrando em uma limusine! Tomara que tenha tido uma blitz no caminho, para ela ver que legal que é pegar carona com menor de idade!
    Por sorte, o ano está quase no fim e eu não vou ter que ficar vendo isso todo dia. E também não vou precisar mais de ficar recebendo bilhetinhos da Gabi o tempo todo falando dos meus (supostos) ciúmes e que eu deveria conversar isso com o Leo ou pelo menos admitir isso pra mim mesma. Não admito nada. Primeiro, porque não estou com ciúmes, já falei que eu gosto é do Marquinho e não estou nem aí para a vida do Leo, ele fica com quem quiser e isso é problema dele! E, segundo,

porque, mesmo que estivesse, a última pessoa para quem eu admitiria isso seria exatamente o Leo! Mas a Gabi diz que se eu estivesse com ciúmes e deixasse isso transparecer para o Leo, possivelmente as coisas seriam bem diferentes, mas eu realmente não entendo o que mudaria. Ele está com a Vanessa, pronto, isso é fato. Nada do que eu faça ou sinta vai mudar isso. Não que eu sinta alguma coisa. E é muito bom o Leo estar dando um rumo na vida dele, que é o que eu deveria estar fazendo com a minha também.

Pensando nisso tudo, fui descendo as escadas depois da aula, um pouco devagar para dar tempo da Gabi me alcançar, já que ela tinha ficado na sala tirando uma dúvida de Física (por isso a Gabi não precisa de aula particular, quando ela tem dúvidas, ela fica depois da aula e enche o saco do professor até ele esclarecer). Quando eu estava passando pelo corredor do primeiro andar, uma voz conhecida falou meu nome, e eu quase tive um ataque do coração!

"Estefânia, você viu o filme que eu te recomendei?"

Eu virei na direção de onde vinha a voz e lá estava ele, no meio de várias outras pessoas, mas tão mais colorido do que elas todas. Esqueci completamente a vergonha, tristeza e raiva que eu senti por causa do telefonema de ontem e, subitamente, o corredor esvaziou para mim e tudo que eu vi foi aquele oásis na minha frente, de calça cargo preta, blusa de malha branca com um escrito (PAZ) na frente, tênis All Star e uma correntinha bonitinha no pescoço. Eu fiquei – como sempre – completamente sem graça e, em vez de dizer que eu tinha adorado o filme e comentado sobre a sinopse, que é o que faço sobre qualquer filme que qualquer pessoa venha comentar comigo, apenas disse: "Vi...".

Ele ficou sorrindo, esperando eu falar mais alguma coisa, e aí, como viu que era só isso mesmo o que eu tinha pra dizer, perguntou: "Gostou? Valeu a pena?".

"Gostei, valeu muito a pena!", eu falei e continuei olhando pra ele, sem dizer mais nada, que nem uma boba!

Aí ele falou: "Que bom... depois te indico outros, quem sabe nós não vamos juntos?". Nessa hora eu nem consegui dizer nada. Fiquei só rindo, aí ele riu também, deu uma puxadinha de leve no meu cabelo e disse: "Até amanhã".

Um segundo depois a Gabi chegou, me encontrou ainda com aquele sorriso bobo no rosto olhando em direção à sala dos professores, que era onde ele tinha entrado, e perguntou se ela tinha perdido alguma coisa. Nesse momento, eu despertei do meu transe, peguei o caderno que estava na minha mão e comecei a bater na minha cabeça dizendo: "Burra, burra, burra!".

A Gabi me tomou o caderno e pediu que eu explicasse o motivo da burrice. Eu saí descendo as escadas quase chorando de raiva de mim mesma e aí consegui falar pra ela da conversa quase unilateral que o Marquinho tinha tido comigo e que ele tinha praticamente me chamado pra ir ao cinema com ele e que eu não respondi nada!

Ao contrário de me xingar, ela falou que tinha sido ótimo, que agora as coisas estavam se tornando concretas! E que era pra eu pesquisar sobre outros filmes de arte que estavam passando e CONVIDÁ-LO.

Coitada da Gabi, ela realmente é muito iludida. Sabe quando eu vou convidar o Marquinho para fazer qualquer coisa comigo? No dia de São Nunca à tarde! Fala sério, acho que a Gabi não está merecendo o título de melhor amiga, já que me conhece tão mal assim! Primeiro sugerir que eu diga para o Leo que eu estou com ciúmes (sendo que eu não estou!!) e agora isso de chamar o Marquinho para ir ao cinema! Tadinha... enlouqueceu!

Lista de filmes que eu vi neste ano no cinema (até agora):

1. A lenda do tesouro perdido - *
2. Alexandre - ***
3. Perto demais (Closer) - ***
4. Desventuras em série - **
5. Antes do pôr do sol - *****
6. Ray - ****
7. Sideways - ****
8. O aviador - ***
9. Menina de ouro - ****
10. Constantine - *
11. O chamado 2 - **
12. Pooh e o Efalante - ***
13. Miss Simpatia 2 - **
14. Assalto à 13ª DP - ***

15. Violação de privacidade - ***
16. Be cool - O outro nome do jogo - ***
17. A intérprete - ***
18. Mais uma vez amor - ****
19. A família da noiva - **
20. Cruzada - ***
21. A outra face da raiva - *
22. Star Wars: Episódio 3 - ***
23. Sahara - ***
24. O guia do mochileiro das galáxias - ****
25. Tentação - ***
26. Sr. e Sra. Smith - *
27. Espanglês - **
28. Madagascar - ****
29. Uma garota encantada - ***
30. Quarteto fantástico - **
31. Herbie - Meu fusca turbinado - ***
32. Em boa companhia - ***
33. A fantástica fábrica de chocolate - ****
34. De repente é amor - *****
35. A ilha - ***
36. Procura-se um amor que goste de cachorros - ****
37. Penetras bons de bico - **
38. Os gatões - Uma nova balada - **
39. A bela do palco - ***
40. O jardineiro fiel - ***
41. Os irmãos Grimm - ***
42. A feiticeira - *
43. Quatro amigas e um jeans viajante - ****
44. Filhos do paraíso - *****

> *Mikey:* Você não percebe? Da próxima vez que você olhar o céu, vai ser em uma outra cidade. Da próxima vez que você fizer uma prova, vai ser em um outro colégio.
>
> (Os Goonies)

Resultado da prova de seleção do programa de intercâmbio SWEP

Valor total: 100 pontos

A relação contém a nota de todos os candidatos, porém apenas os cinco primeiros foram aprovados. Os demais ficarão como suplentes e, caso ocorra alguma desistência, eles poderão obter a vaga (por ordem de aprovação). Os aprovados deverão imediatamente entrar em contato com José Cristóvão Filho, em horário comercial, para pagar a taxa de inscrição e obter o formulário de aplicação que deverá ser preenchido em quatro vias. Obrigado a todos os participantes.

José Cristóvão Filho – Oficial de intercâmbio do SWEP de Belo Horizonte

1.	Estefânia Castelino Belluz	95
2.	Luiz Carlos Fagundes Silva Ribeiro	92
3.	Gustavo de Farias e Sousa	91
4.	Lúcia Dollabella de Oliveira Félix	84
5.	Ana Patrícia Albuquerque Lopes	82

6.	Sebastião Cançado Gontijo	79
7.	Clarice Pereira Cunha	78
8.	Regina Guimarães de Carvalho	75
9.	Rogério Luiz Aguiar	73
10.	Juliana Santos Muniz	72
11.	Luciano Melo Dias	70
12.	Inácio Azevedo Filho	68
13.	Frederico Carvalho Neves	67
14.	Maria Cândida Maciel da Conceição	65
15.	Daniela Pinto Flores	64
16.	João Flávio Tavares	63
17.	Inês Torres Lopes	61
18.	Catarina Junqueira Linhares	59
19.	Juliana Osório Teixeira	58
20.	Eustáquio Duran Junior	57
21.	Bruno de Aguiar Alves	56
22.	Ana Lúcia Figueira Gomide	54
23.	Patrícia Fagundes de Oliveira	53
24.	Luiza Damasceno Curado	51
25.	Renata Duarte Cruz	50
26.	José Eduardo Lins da Silva	49
27.	Patrick Nunes Savassi	48
28.	Cláudio Guimarães Ramires	45
29.	Ana Beatriz Fonseca Maciel	44
30.	Carolina Fernandes Maia	43
31.	Afonso Marques Barros	42
32.	Guilherme Goulart Lima	41
33.	Leonardo Vasco Rodrigues	40
34.	Mariana Pinto Nogueira	37
35.	Elisa Costa Sá	36
36.	Cecília Leão Dias	35
37.	Tomaz Pires Antunes	32
38.	Gustavo Campos Bicalho	31
39.	Fabiana Neves Prado	28
40.	Maurício Cunha Rabello	25

Hoje, depois da aula, meu pai e minha mãe passaram comigo no SWEP para saber o resultado da prova de intercâmbio. Eu nem estava pensando mais nisso, tinha certeza absoluta de que não ia passar.

Fui pra aula normalmente, vi o Leo com a Vanessa de novo, fui pro Gulagulosa no recreio com o pessoal (a Júlia tirou o aparelho, o sorriso dela ficou lindo!), tive aula do Marquinho (ele estava com uma blusa azul-celeste pintada à mão, calça cargo cáqui e sandália de couro) e só na saída, quando vi que minha mãe estava me esperando no carro junto com o meu pai, foi que eu me lembrei da maldita prova. Não sei por que eles não poderiam ter me feito a gentileza de já ter buscado esse resultado sem eu ter que passar pela vergonha de ter eu mesma que checar a lista e ver meu nome em último lugar!

Meu pai parou em fila dupla enquanto eu e minha mãe descemos na portaria do SWEP. Tinha muita gente saindo e entrando no prédio, acho que por causa do horário do almoço. Entramos no elevador, eu apertei o botão do 11º andar, e minha mãe perguntou se eu estava nervosa. Eu disse que não.

"Eu estou", ela falou, e eu fiquei me sentindo muito mal, meio com pena dela e com raiva de mim por já saber que, em dois minutos, eu iria decepcioná-la.

Chegando lá, a secretária pediu o meu nome todo, sem nem olhar para a cara da gente. Quando eu falei, ela virou pra mim meio assustada e aí quem se assustou fui eu. Será que eu tinha feito uma prova tão ruim assim para dar medo até na secretária?

Ela foi lá dentro, demorou um tempinho e eu já estava começando a ficar nervosa quando ela voltou, seguida pelo diretor do SWEP, que eu só tinha visto uma vez, no dia da prova.

Ele veio sorrindo, cumprimentou minha mãe e aí falou: "Como vai a nossa campeã?".

Eu e a minha mãe ficamos olhando para ele meio sem entender.

"Dona Cristiana, parabéns!", ele falou entregando uma folha para a gente. "A Estefânia passou em primeiro lugar no concurso deste ano! Ela tem todas as qualidades que um bom intercambista deve ter!"

Eu fiquei de boca aberta, sem acreditar nos meus ouvidos e também nos meus olhos, que não paravam de analisar aquela folha com o nome de todos os candidatos.

Ele ficou falando para a minha mãe umas coisas sobre prazos e preços, mas eu não estava prestando atenção em mais nada. Minha cabeça estava rodando e eu só conseguia pensar que iria morar um ano em outro país.

Foi só quando chegamos ao carro que eu realmente senti o impacto do resultado. Minha mãe contou pro meu pai toda sorridente, ele ficou muito feliz também, falou que nós íamos sair pra jantar à noite, para comemorar, e aí ele perguntou: "Quando e para onde você está indo, Fani?".

Eu não tinha a mínima ideia! Falei isso pra ele e aí a minha mãe: "Como não? Você é que escolheu na hora da prova, o diretor acabou de nos mostrar! Você colocou por ordem de preferência: Inglaterra, Estados Unidos e Austrália. Ótimas escolhas! Como você tirou o primeiro lugar, tem direito à sua primeira alternativa. Você está indo para a Inglaterra em janeiro! Pode começar a fazer as malas e a se despedir dos seus amigos!".

E foi naquele momento que eu caí na real e entendi o que é que eu tinha feito com a minha vida...

Como prometido, meus pais me levaram pra jantar à noite, para a gente comemorar a minha aprovação. Na verdade, eles estavam muito mais empolgados do que eu, que ainda estava sem saber direito se era aquilo mesmo que queria. Eu só ficava pensando que, em menos de três meses, eu estaria tão distante daquele restaurante – o meu preferido – aonde eu ia todas as semanas, da minha casa, da Josefina, da minha família, da escola, dos meus amigos e *principalmente* do Marquinho.

No restaurante, além do meu pai e da minha mãe, estavam o meu irmão Inácio, a minha cunhada e a minha sobrinha mais velha (os gêmeos já estavam dormindo e ficaram com a babá). O Alberto não foi porque durante a semana fica em Divinópolis por causa da faculdade, mas me ligou mais cedo para dar parabéns.

O garçom tinha acabado de colocar a pizza na mesa, meu pai ia começar a fazer um brinde, quando a Gabi chegou, toda esbaforida e com um buquê de flores na mão! Eu nem sabia que ela vinha, tinha convidado só por convidar e ela não tinha dado certeza, porque quarta à noite é dia da aula de espanhol dela.

"Desculpem o atraso, fiz o meu pai rodar a cidade inteira comigo até achar uma flora que ficasse aberta até esse horário!", ela disse e me entregou as flores.

Eu fiquei feliz, mas fiquei também tão triste... eu não queria me separar da Gabi!

Eu mal tinha dado a primeira garfada quando ouvi a minha mãe dizendo: "Olha só quem veio também...".

Eu me virei para a direção que ela estava olhando e nem acreditei quando vi o Leo, rindo meio sem graça, daquele jeitinho dele todo atrapalhado, sem saber onde colocar as mãos.

Ele foi chegando cumprimentando todo mundo, e eu olhei pra Gabi para perguntar como ele tinha ficado sabendo que eu tinha passado e que a gente estava ali, mas ela estava olhando muito compenetrada para a pizza dela, e na mesma hora eu entendi quem tinha soltado a informação...

Quando ele chegou onde eu estava sentada, eu me levantei pra cumprimentar e aí ele falou: "Achou que eu não viesse, né?".

Eu nem respondi nada, só dei um abraço nele e aí percebi que meu coração estava batendo acelerado... puxa, mesmo com a história da Vanessa ele tinha vindo comemorar comigo!

De repente eu fiquei muito feliz, pedi pro meu irmão pular uma cadeira para que o Leo pudesse se sentar do meu outro lado e, aí sim, falei: "Pai, agora você já pode fazer o brinde!".

A Baronesa: Nada é mais irresistível para um homem do que uma mulher apaixonada por ele.

(A noviça rebelde)

**Formulário de Aplicação do SWEP
Small World Exchange Program**

Favor preencher as quatro páginas a caneta e em letra de forma.

1ª Página

PRIMEIRA PARTE – DADOS PESSOAIS
Nome: Estefânia Castelino Belluz
Apelido: Fani
Idade: 16 anos
Mãe: Cristiana Albuquerque Castelino Belluz – **Profissão:** Empresária
Pai: João Otávio Lopes Belluz – **Profissão:** Dentista
Irmãos: Inácio Castelino Belluz, Alberto Castelino Belluz
Escolaridade: cursando o 2º ano do Ensino Médio (2º colegial)
Cidade, Estado e País de origem: Belo Horizonte, Minas Gerais, Brasil
E-mail: fanifani@gmail.com

SEGUNDA PARTE – INFORMAÇÕES E INTERESSES
Animais de estimação: Uma tartaruga – Josefina
Hobby: Cinema, DVDs, Internet
Namorado(a): Não tenho
Fuma? Não
Bebe? Não
Religião: Católica

TERCEIRA PARTE – CUIDADOS MÉDICOS
Alergias: Mofo, poeira, picada de inseto
Toma algum medicamento diário? Não
Tem alguma dieta especial: Não

(Rubrique essa página e passe para a próxima)

O resto da semana voou. Todo mundo ficou sabendo que eu tinha passado em primeiro lugar na prova do programa de intercâmbio, graças à Gabi e à minha mãe. No colégio, as pessoas só vinham conversar comigo sobre esse assunto, perguntando para que cidade da Inglaterra eu iria e a data certa. Eu não sabia responder a nenhuma das perguntas. Pelo que o pessoal do SWEP tinha falado, possivelmente em três semanas a família que ia me receber entraria em contato comigo por e-mail, aí eu ficaria sabendo para qual estado e cidade iria. Quanto à data, eles falaram que o certo é que seria em janeiro, que assim que marcassem o dia iriam avisar, para a gente já comprar as passagens.

O Leo, apesar da *trégua* de quarta-feira à noite no jantar, continuou meio afastado e ainda com a Vanessa. Acho que comecei a me acostumar a não tê-lo mais por perto.

Na sexta-feira teve aula do Marquinho. A Gabi tinha me perguntado, um dia antes, se eu não ia mais ligar pra ele e eu contei para ela do jeito que ele me tratou da última vez que eu liguei. Ela ficou pensativa por um tempo e aí falou que eu devia realmente tentar deixar as coisas acontecerem naturalmente e *ao vivo*.

E foi o que eu fiz (ou pelo menos tentei fazer). A aula dele era no último horário (ele estava com calça jeans desbotada e uma blusa clarinha estilo bata) e eu combinei com a Gabi de, no fim do horário, ela ir até a mesa dele para fazer alguma pergunta qualquer sobre a matéria. Normalmente, eu é que fico decorando perguntas inteligentes para que ele me ache muito interessada em Biologia, mas desta vez ela é que ia ter que fazer esse papel.

O sinal bateu, os alunos começaram a sair, e a Gabi – conforme o combinado – foi até a mesa dele e começou a fazer a tal pergunta, apenas para atrasar a saída dele da sala. Nesse meio-tempo, eu guardei os meus cadernos, mas deixei de fora o meu fichário e, por cima dele, os papéis de aplicação do programa de intercâmbio que eu estava começando a preencher. Por cima de tudo, a folha com os nomes dos aprovados.

Fui chegando perto, como se eu estivesse apenas esperando a Gabi, e aí ela prosseguiu com o nosso plano.

"A Fani tem a matéria toda anotada", ela falou para o Marquinho e em seguida olhou para mim, com a cara mais inocente do mundo. "Fani, será que você me empresta o seu caderno para o Marquinho me explicar aquele exercício de genética que eu não anotei na quarta-feira?"

E exatamente como planejamos, eu coloquei o meu material em cima da mesa dele e comecei a abrir a minha mochila.

Deu mais certo do que a gente imaginava. Eu achei que ele só ia perguntar o que era aquilo, mas ele pegou a folha, leu atenciosamente, olhou para mim, sorriu e perguntou: "Vai abandonar a gente, Fani?".

FANI!! Ele me chamou de Fani! Ele nunca tinha me chamado assim antes, sempre era aquela coisa horrorosa de Estefânia, acho que ele ouviu a Gabi me chamando pelo apelido e gostou...

Eu ri, e aí a Gabi – pra me ajudar – disse: "Vai sim, no começo do ano que vem... são as suas últimas aulas que ela está assistindo...".

"Então a gente tem que fazer uma comemoraçãozinha de despedida, né?", ele falou depois de me encarar um pouquinho. "Afinal de contas, pelo que eu estou vendo aqui nesta folha, não é só em Biologia que você é boa... você tirou o primeiro lugar nessa prova também!"

Aí ele virou para a Gabi pra saber sobre a dúvida dela, mas ela só disse: "Sabe o que eu vou fazer, Marquinho? Como a Fani está super por dentro da matéria, vou pedir para ela me explicar. Se ainda restar alguma questão, na próxima aula você me ensina...".

Na hora em que chegamos ao corredor, onde a gente teria que se separar (já que os alunos precisam descer as escadas para a saída e ele tem que passar antes na sala dos professores), ele parou, olhou pra gente e falou: "Depois combinamos então", e virando para mim, me deu DOIS beijinhos nas bochechas dizendo: "Parabéns de novo, Fani", e aí, olhando bem nos meus olhos, falou bem baixinho para que só eu escutasse: "Vou sentir sua falta, menina misteriosa...".

!!

Eu quase desmaiei!! Fiquei tão vermelha que a Gabi começou a ficar preocupada com a possibilidade de eu explodir!!

Ela acha que ele estava blefando, que no mínimo havia percebido que eu tinha uma quedinha por ele, devido à sem-gracice que eu ficava quando ele estava ao meu lado, e associou isso ao fato da "menina misteriosa" ter dito ao telefone que era aluna dele. Mas ela disse que isso não tinha a menor importância, que o que valia é que ele parecia estar interessado, me chamando pra sair, elogiando e tudo.

Mas eu não consigo achar isso bom. Tipo, quando eu comecei a paquerar o Marquinho, no começo do ano, era uma coisa meio de brincadeira, apenas pra dar um colorido nas aulas. A coisa foi crescendo, eu fui realmente ficando encantada pelo jeitinho dele, mas nunca imaginei que isso pudesse se tornar real... ele é dez anos mais velho do que eu! Pelo menos foi o que ele disse no primeiro dia de aula, que tinha dois anos que ele dava aula no colégio, desde os 24... A Gabi diz que isso não tem nada a ver, que o que importa é a cabeça, mas eu acho que o meu pai não vai concordar nem um pouco com isso! Se bem que ele é sete anos mais velho do que a minha mãe... mas quando eles se conheceram ela tinha 19, e não 16 como eu... mas tipo que eu faço 19 daqui a três anos, não é tanta diferença assim, e aí a gente pode namorar mais uns dois – ao todo vão ser cinco anos de namoro! – e casar igual a ela, quando eu tiver 22...

Acho que eu não tenho que me preocupar com isso. É óbvio que, quando meus pais conhecerem o Marquinho, vão ficar tão encantados com ele quanto eu! Eles não vão querer nem que eu espere, vão exigir que nós fiquemos noivos imediatamente!

Ai, vai ser tão chique ir pra aula de aliança... aposto que a Vanessa vai ficar morrendo de inveja de mim!

21

> Jane: Tem poucas coisas mais tristes nessa vida do que ver alguém indo embora depois de te deixar, e assistir a distância entre os seus corpos se expandir até não existir nada... além de espaço vazio e silêncio.
>
> (Alguém como você)

O fato é que eu não consegui pensar mais em nada depois da aula. Fui pra casa, almocei, não fiz os meus deveres nem fui pra academia. Ao invés disso, fiquei juntando o meu nome todo com o do Marquinho, para ver como ficariam os nomes dos nossos filhos, li o meu horóscopo e o dele, assisti a dois filmes de amorzinho no DVD, liguei para a Gabi umas vinte vezes para ela me narrar detalhadamente a cena do final da aula (apesar de eu saber cada minuto de cor, sempre é mais gostoso a gente escutar pela boca de outra pessoa) e eu poder ficar revivendo aqueles sentimentos...

O dia acabou e eu não fiz nada além disso. No fim, a Gabi até pediu encarecidamente para eu deixar que ela estudasse, já que pelo visto eu não *precisava*. Aí eu falei pra ela que precisava sim, mas que as provas eram só na outra semana, que eu teria muito tempo para isso e que ela estava se preocupando antes da hora. Ela falou a mesma coisa que minha mãe sempre fala, que estudar na véspera não adianta nada, mas eu não concordo, acho que, quanto mais fresco o estudo está, mais fácil é de lembrar na hora da prova.

No sábado, eu acordei ainda nas nuvens, mas nem deu tempo de sonhar muito, pois fiquei o dia inteiro em um churrasco da minha família (aniversário de uma tia-avó) em um sítio meio afastado da cidade, pros lados de Itabirito. Chegamos tarde e eu fui dormir logo porque no dia seguinte, em pleno domingo, eu e a Gabi teríamos que ir ao colégio para participar de um trabalho de Geografia e ganhar uns pontos extras. O trabalho não era obrigatório, o professor – muito gente boa – é que resolveu ajudar, já que muitos alunos estavam "dependurados", precisando de nota. Não era o caso da gente, mas sempre é bom ganhar uns pontinhos a mais, aí fica uma matéria a menos pra se preocupar nas provas finais.

O trabalho era bem fácil, só ficar na porta do colégio, em duplas, entrevistando pessoas que passavam, uma espécie de censo demográfico. Apesar disso, pouca gente compareceu, talvez pelo dia lindo de sol que estava fazendo.

Eu e a Gabi estávamos planejando acabar aquilo logo e ir para o clube, quando, de repente, nós vimos o Marquinho descendo de um táxi, todo esportivo (bermuda e camiseta brancas, tênis cinza, boné azul-marinho).

Ele foi entrando no colégio sem nem notar a nossa presença. Eu percebi que ele estava falando ao celular e a Gabi me cutucou. Ela fez sinal para a gente chegar mais perto, e então, com a desculpa de ir ao bebedouro, entramos também no colégio e ficamos conversando ali pertinho dele, sem dizer nada com nada, apenas tentando ouvir o que ele estava falando ao telefone.

Ele não reparou a gente, a princípio, de tão entretido que estava na conversa. Ele estava dizendo algo assim: "Sim, já estou com tudo, vou te esperar aqui na frente da escola, estou saindo, você está chegando? Ótimo. Beijão, tchau!".

Quando ele nos viu, ficou meio sem graça, guardou o celular no bolso, perguntou o que a gente estava fazendo no colégio em um domingo bonito daqueles. Eu, pra variar, fiquei apenas sorrindo, mas a Gabi explicou e ainda perguntou o que *ele* estava fazendo ali em pleno domingo.

Ele falou que tinha ido só buscar a agenda que havia esquecido lá na sexta, pois precisava de um endereço que estava anotado nela. Deu tchauzinho com a mão, saiu novamente do colégio, mas foi interceptado por duas colegas nossas, que perguntaram se podiam fazer a entrevista do trabalho de Geografia com ele.

Nessas alturas, eu e a Gabi já estávamos lá fora também e ficamos atrás dele, bem pertinho, pra não perder nenhuma palavra.

"Nome: Marco Antônio. Idade: 26 anos. Profissão: Biólogo e Professor. Estado Civil: Casado."

A Gabi até engasgou. Eu fiquei gelada, meu coração quase parou, fiquei sem ar e, mesmo assim, notei que ele virou, nos viu e olhou para o chão meio sem graça. Aí ele virou novamente para as meninas que o estavam entrevistando e falou: "Olha só, estou realmente com muita pressa, vamos ter que deixar isso pra depois".

Nesse momento – como se não bastasse o que eu tinha acabado de ouvir – parou um carro cinza na frente do colégio com uma loura bem bonita na direção. Ela acenou para o Marquinho e ele, sem se despedir de ninguém, entrou no carro. Ela então, sem cerimônia nenhuma, deu um beijão nele na frente de todo mundo. Na boca...

Em seguida ela arrancou, e o que sobrou de mim ficou ali, olhando para o meio da rua, até o carro deles sumir de vista.

22

> **Homem de Lata:** Agora eu sei que tenho um coração, porque ele está partido.
>
> (O mágico de Oz)

Acho que só quem já passou por isso sabe o que é ter o coração arrancado do peito. A sensação é exatamente essa, como se estivesse faltando um órgão vital dentro de mim. Como se eu estivesse sangrando por dentro.

Depois daquele momento de decepção, a Gabi agiu rápido. Pegou as nossas planilhas, entregou para o professor e me enfiou dentro do primeiro táxi que passou. Foi a conta. As lágrimas começaram a rolar e a cada minuto parecia que aumentavam mais, a ponto do motorista perguntar se a gente queria que ele nos levasse para algum hospital. A Gabi agradeceu e só pediu para ele tirar a gente dali da frente do colégio o mais rápido possível. Ele obedeceu sem perguntar mais nada e só quando a gente já estava a uns dois quarteirões de distância voltou a perguntar para onde a gente queria ir. Eu continuava chorando, e a Gabi então pediu pra ele nos deixar no BH Shopping, já que ela sabia que naquele estado eu não ia querer ir pra casa nem pra lugar nenhum por perto.

Nós fomos direto pro banheiro, eu lavei meu rosto, mas as lágrimas simplesmente não paravam. Ficamos lá dentro um tempo, a Gabi tentando me consolar, dizendo que tinha sido melhor assim, que agora eu ia fazer intercâmbio sem amarras aqui e também que, da próxima vez, era para eu me apaixonar por alguém da minha idade, sem perigo de ser casado. Falou mal do Marquinho, que ele era um "galinha", que devia fazer isso com qualquer aluna que se interessasse por ele, que ela viu que ele estava me dando bola e que, sendo ele casado, isso só provava o quanto ele era mau-caráter e não merecia as minhas lágrimas.

A gente saiu do banheiro, eu munida com metros de papel higiênico, e fomos sentar perto da sorveteria, porque, segundo a Gabi, sorvete tem um componente que inibe as glândulas que fabricam lágrimas... não acreditei, mas pelo menos consegui achar um pouco de graça no esforço que ela estava fazendo para me animar.

Ela foi comprar os sorvetes, eu fiquei sentada guardando a mesa (naquele horário, às duas da tarde, o shopping estava começando a encher) e comecei a olhar na direção do cinema, tentando ver se tinha estreado algum filme novo que eu não estivesse sabendo. Bati o olho na fila da bilheteria e de repente avistei as últimas pessoas que eu queria ver naquele momento: o Leo e a Vanessa.

Eu ainda tentei disfarçar, olhei pro outro lado rápido, coloquei a mão na cara, mas foi tarde demais, eles já tinham me visto. Ou, pelo menos, ele tinha, já que veio vindo na minha direção enquanto ela continuou na fila.

Ele chegou, abaixou pra me cumprimentar com beijinhos e de repente recuou, franziu as sobrancelhas e perguntou todo preocupado: "O que houve? Por que você está chorando, Fani? Aconteceu alguma coisa?".

Eu não estava mais chorando, mas não sei o que acontece comigo que sempre que alguém fala que eu estou fazendo ou sentindo alguma coisa – mesmo que eu não esteja – aquela coisa vem. Por exemplo, se alguém fala que eu estou vermelha de vergonha, eu fico vermelha. Se me falam que minha orelha está coçando, daí a um segundo ela começa a coçar. Não me pergunte o porquê, eu também não sei.

E então foi a conta de falar que eu não estava chorando que as lágrimas recomeçaram. Ele sentou à mesa comigo, ficou passando a mão no meu cabelo, tirando a franja do meu rosto e dizendo: "Ô, minha linda, assim eu fico triste também, me fala o que aconteceu que eu vou lá e resolvo pra você...".

Mas isso só me fez chorar ainda mais, e aí, nesse momento, chegaram a Gabi e a Vanessa, cada uma vindo de um lado.

A Gabi colocou um *sundae* gigante na minha frente e ficou falando que, se isso não acabasse com o meu choro, quem iria chorar era ela... eu enxuguei as novas lágrimas com o resto do papel higiênico, o Leo continuou a me olhar meio sério, para certificar se eu estava parando mesmo, aí eu olhei pra cima e vi que a Vanessa estava atrás dele com uma cara meio fechada, e a única coisa que ela falou foi: "Nossa, eu ia chorar é depois de comer um sorvete desse tamanho, vocês sabem quantas calorias tem nisso aí?".

O Leo levantou rápido, perguntou se ela já tinha comprado os ingressos e se podia fazer o favor de esperar por ele na fila de entrada. Ela revirou os olhos, me lançou um olhar de desprezo, deu um beijo no rosto dele, virou as costas e foi andando em direção ao cinema, sem falar mais nada.

O Leo deu um suspiro, sentou de novo do meu lado, ficou me olhando bem de pertinho e aí falou: "Posso provar pra ver se esse *sundae* está gostoso mesmo?".

Eu dei uma colherada pra ele. Ele provou, falou "hummmm", virou pra Gabi e disse: "Você estava certa, com um sorvete desses qualquer motivo pra choro desaparece!", e aí levantou, beijou a minha cabeça, falou pra eu ficar bem e que ele ia me ligar mais tarde. Deu tchau pra Gabi e foi andando pro cinema.

Eu fiquei olhando ele indo, vi que se encontrou com a Vanessa no saguão e eles começaram a discutir alguma coisa, mas aí entraram na sala e não deu pra ver mais nada.

Depois de terminar o sorvete e já com o choro realmente controlado, demos umas voltas pelo shopping, mais para dar um tempo até que o meu rosto desinchasse. A Gabi foi comigo até em casa, perguntou se eu queria ver um DVD ou alguma coisa assim, eu falei pra ela que estava tudo bem, que eu precisava só de tomar um banho e colocar meus pensamentos em ordem. Ela então me deu um grande abraço, falou que, qualquer coisa, qualquer hora que eu precisasse, era pra ligar pra ela, até de madrugada.

Depois do banho, fiquei pulando de canal em canal da televisão até anoitecer e, quando eu estava quase dormindo, o Leo me ligou. Perguntou se eu tinha melhorado e se eu queria conversar sobre o assunto que tinha me deixado daquele jeito. Eu falei que não. Ele não insistiu, só falou que em qualquer problema eu podia contar com ele, que mesmo que ele estivesse meio distante – e nessa hora ele deu uma pausa – continuava gostando de mim do mesmo jeitinho, que não queria que eu o deixasse de fora da minha vida.

Nos despedimos, eu desliguei, apaguei a luz do abajur e, sem perceber, comecei a chorar de novo, bem baixinho, até cair no sono e, enfim, esquecer a dor.

23

> *Cameron:* Eu estou morrendo.
> *Ferris:* Você não está morrendo, você apenas não consegue pensar em nada de bom.
>
> (Curtindo a vida adoidado)

Esta é supostamente a última semana de aula do ano e, contraditoriamente, a que demora mais a passar. Todos os professores ficam fazendo revisões, nada acontece de novo e ainda tem a tensão das provas finais na semana que vem.

Eu comecei a semana bem desanimada, quase não fui à aula na segunda-feira ainda pelo trauma do dia anterior, mas minha mãe nunca me deixaria matar aula no fim do semestre, que – segundo ela – é quando os professores dão os pontos de participação.

Pois se depender da teoria da minha mãe, quem estiver precisando de ponto de participação pra passar de ano já levou bomba... a confusão da sala era tanta que não teve um professor que não perdesse a paciência. Acho que todos os alunos estavam na expectativa tanto pelas provas quanto pelas férias e, com isso, cada um ficava tentando falar mais alto do que o outro, comentar, participar das conversas alheias, tirar dúvidas antigas... como se não bastasse, alguém inventou de levar uma camiseta do uniforme para os colegas assinarem como lembrança. No dia seguinte, todo mundo imitou e só se viam camisetas passando, pessoas rindo de algumas assinaturas, outras elogiando... acho que a única pessoa que não estava naquele clima descontraído era eu.

Meus sentimentos estavam completamente misturados. Eu não queria acreditar que o Marquinho era casado, me perguntei várias vezes se eu não teria entendido errado, mas a Gabi disse que ela tinha escutado perfeitamente e que era isso mesmo o que ele tinha dito. Eu argumentei que ele não usava aliança, mas ela falou que muita gente não gosta de usar porque incomoda ou para não ter perigo de perder ou estragar, e que talvez – numa possibilidade ainda pior – ele possa até usar perto da mulher, mas esconder quando fica longe dela.

O Leo, depois de insistir várias vezes para eu contar o motivo da minha tristeza, desistiu e falou que, se eu quisesse me abrir, poderia procurá-lo a qualquer momento. A Gabi chegou à conclusão de que eu precisava daquele tempo de introspecção e também me deixou quieta no meu canto. O resto do pessoal atribuiu o meu isolamento ao meu futuro intercâmbio e só falavam que era pra eu aproveitar os últimos dias de aula e deixar para ficar pensativa quando já estivesse viajando.

Por incrível que pareça, o tal intercâmbio era o único pensamento que me aliviava. Eu só ficava pensando que janeiro podia já ser depois de amanhã, para eu não ter que me preocupar com provas, com férias, com Natal, com nada.

Chegou quarta-feira. A Irmã Maria Imaculada, vendo o estado em que a sala se encontrava, pediu para que a gente colocasse as carteiras em círculo porque ela queria fazer um exercício para a gente relaxar, atribuindo o tumulto dos alunos ao nervosismo pelas provas finais. Eu fiquei só imaginando o que iria virar aquela sala se relaxasse ainda mais...

Ela pediu que cada um arrancasse uma folha do próprio caderno e escrevesse em uma letra bem legível o nosso nome completo, no alto da folha. Depois, falou para todo mundo ir passando as folhas para a direita até ela mandar parar e cada um ficar com uma folha com o nome de outra pessoa na mão, mas que não era para a gente falar com a folha de quem tinha ficado.

Por incrível que pareça, todo mundo estava calado, prestando muita atenção nas instruções e tentando entender como aquele jogo iria terminar.

Ela continuou a explicação: "Em seguida, você vai escrever em apenas uma linha e com letra de forma o que você acha da pessoa cujo nome está na folha que você está segurando, sem assinar. Apenas escreva, passe para a direita e faça a mesma coisa com todas as folhas até que todo mundo tenha escrito sobre todas as pessoas. Caso você pegue a sua própria folha, não leia, apenas passe para a direita rapidamente. Quando terminar, todos irão receber a sua folha de volta e aí cada um poderá fazer uma autoanálise a partir do que ler, a partir da percepção da imagem que as outras pessoas têm de você".

A primeira folha que caiu na minha mão foi a do Laerte, um menino que senta na primeira fileira, com quem eu devo ter conversado umas três vezes na vida! O que eu poderia escrever sobre ele? Como a Gabi, que estava sentada à minha esquerda, já estava me passando a folha que estava com ela, escrevi apenas: "Gente boa", e passei a folha pra direita.

A próxima folha era da Cris, a menina mais tímida da sala, mas que sempre sorri pra todo mundo. Escrevi: "Tímida, mas tem um sorriso muito bonito", e passei.

E assim folhas foram indo e vindo, até que a com o nome da Vanessa chegou às minhas mãos. Eu não tinha a menor ideia do que ia escrever, minha vontade lá no fundo era de escrever um palavrão, mas ela ia adivinhar que tinha sido eu na hora, apesar de eu achar que, fora as amigas dela (e o Leo, lembrei com pesar), ninguém escreveria uma palavra positiva sobre ela. Escrevi só: "Chata!", e mandei a folha pra direita.

Em seguida veio a do Leo. Mais problema. O que eu ia falar do Leo sem que ele descobrisse que era eu? Resolvi escrever uma frase do livro *O Pequeno Príncipe*, que mostrava o que eu gostaria de dizer, mas que não deixava explícito que era eu quem tinha escrito: "*Você se torna eternamente responsável por aquilo que cativa...*" e, achando pouco, completei com: "Espero que você não encha o saco de ter que ser eternamente responsável por mim!". Reli umas cinco vezes, achei bobinho, me deu vontade de escrever outras coisas, mas a Gabi já estava me passando outra folha e a Irmã começou a reclamar que a gente estava demorando muito e com isso algumas pessoas estavam recebendo duas folhas ao mesmo tempo enquanto outras ficavam sem nenhuma.

Algum tempo depois, quando todo mundo terminou de escrever sobre todo mundo e a sala já estava começando a ficar tumultuada de novo, ela recolheu as folhas e foi chamando cada um pelo nome, para buscar a sua.

Estefânia Castelino Belluz (Fani)

1. BONITINHA.
2. GENTE BOA.
3. NÃO CONHEÇO BEM, MAS ESPERO QUE SEJA FELIZ.
4. QUIETINHA.
5. INTELIGENTE, SEMPRE TIRA BOAS NOTAS.
6. LEGAL DEMAIS!
7. FILHINHA DE PAPAI.
8. MUITO RESERVADA PRO MEU GOSTO, PODERIA SOLTAR MAIS A FRANGA...
9. ANTISSOCIAL.
10. GATINHA.
11. LEGALZINHA.
12. NADA A DECLARAR.
13. ODEIO ESSA PESSOA!
14. INVEJOSA!
15. CHATINHA ATÉ NÃO PODER MAIS!
16. ENTRA MUDA E SAI CALADA.
17. QUER CASAR COMIGO?
18. SUUUUUUPERLEGAL!
19. CONHEÇO POUCO, MAS ACHO MUITO SIMPÁTICA.
20. GRACINHA DE PESSOA!
21. É UM TCHAN!
22. MUITO DOCE.
23. A MELHOR AMIGA QUE ALGUÉM PODERIA TER!
24. TE ADORO, MENINA! PENA QUE VOCÊ NÃO ME ENXERGA.
25. SEU ESTILO É UM MUST!
26. PARECE QUIETINHA, MAS NÃO É...
27. ADORA PASSAR BILHETINHOS.
28. GENTE BOA DEMAISSSSSS!!
29. GOSTO DELA. MAS PODIA SE SOLTAR MAIS.
30. É O AMOR DA MINHA VIDA. O TRISTE É QUE ELA GOSTA DE OUTRO...
31. TE ADORO! UM BEIJO!
32. FOFINHA.
33. A MENINA MAIS LEGAL DA SALA.
34. DIVERTIDA.
35. LEGAL.
36. GOSTARIA QUE ELA FOSSE MINHA AMIGA.
37. NADA CONTRA.
38. MEIO EMBURRADA, MAS PARECE SER DO BEM.

Eu li umas três vezes, a sala já estava uma bagunça de novo, todo mundo trocando folhas, querendo saber quem escreveu tal coisa, muitos risos, confusão total. Se a Irmã queria relaxar a turma, acho que ela atingiu seu objetivo... até eu comecei a entrar no clima, de tão curiosa que fiquei com alguns dos depoimentos a meu respeito.

A Gabi trocou a folha dela comigo e, quando mal tinha começado a ler, soltou um grito: "Ah, coitada dessa Vanessa, quem é filhinha de papai é ela!".

Eu falei pra ela que isso não era nada e mostrei onde realmente começavam os xingamentos. Pelas nossas contas, todos os depoimentos negativos deviam ter vindo mesmo da *gangue* da Vanessa. Tudo bem, o fato delas não gostarem de mim não era surpresa nenhuma.

Mas não eram as críticas que estavam me intrigando, e sim os elogios... a Gabi ia lendo, comentando todos, de repente apontou para uma das linhas e começou a rir: "Olha esse aqui – 'QUER CASAR COMIGO?' – ah, com certeza é do Leo!".

"Não, tá doida?", eu repliquei. "O Leo deve ter escrito esse 'QUIETINHA' aqui!".

Aí ela: "Ah, foi sim, com certeza...", e continuou a ler, até chegar onde estava escrito *"TE ADORO, MENINA! PENA QUE VOCÊ NÃO ME ENXERGA"*. "Esse também pode ter sido o Leo", ela falou.

Mas aí ficou fazendo uns cálculos que esse só podia ser do Juliano ou do Alan, que estavam sentados do lado dela, já que o recado dela tinha sido o de cima... mas as folhas no final estavam tão misturadas que não dava pra ter certeza... ela continuou a ler e de repente apertou a minha mão.

"Faniquita do céu... você leu isso aqui? *'É O AMOR DA MINHA VIDA. O TRISTE É QUE ELA GOSTA DE OUTRO...'*, você leu isso?", ela falou deixando a minha mão até vermelha por causa da força com que estava segurando.

Claro que eu tinha lido. Li tudo umas 27 vezes, antes dela tomar a folha e começar a analisar.

Eu falei isso pra ela, que me olhou com uma cara superempolgada e aí eu falei: "E daí?".

"Como assim 'e daí', ficou doida?", ela falou, finalmente largando a minha mão. "Uma declaração de amor dessas e tudo o que você tem a dizer é *'e daí'*?!"

Eu falei pra ela que era *óbvio* que isso era gozação de algum dos meninos, mas ela falou que o que era óbvio era a minha cegueira, que lógico que isso era um recado do Leo pra mim.

Eu comecei a rir. Tudo bem que ela tenha tido essa ideia fixa antes do Leo ficar junto com a Vanessa, mas agora? Ela ia continuar batendo nessa tecla mesmo com tudo o que está rolando entre eles? Eu falei isso pra ela, mas ela só levantou a sobrancelha e falou: "Então, se não foi ele, quem foi?".

Tomei a folha dela e virei pra frente sem falar nada. Não tenho a menor ideia de quem escreveu. Mas, se alguém descobrir, me avise por favor.

> *O Condutor: Algumas vezes as coisas mais reais deste mundo são as que a gente não pode ver.*
>
> (O Expresso Polar)

Só tirei os olhos da folha com os depoimentos na hora que a aula de Biologia começou. Mas, desta vez, não foi por querer olhar para o Marquinho, e sim porque eu *não* queria que os nossos olhares se cruzassem nem por acaso!

Apesar de tudo o que aconteceu, meu coração ainda bateu mais forte quando eu o vi entrando na sala, mas junto com o ritmo cardíaco acelerado não veio aquela costumeira empolgação que eu sentia, e sim uma mágoa misturada com raiva e vergonha por imaginar que ele devia estar com *pena* de mim! Quando o sinal bateu, eu e a Gabi já estávamos com tudo na mochila e fomos as primeiras a sair da sala, para não ter chance dele puxar assunto.

A gente estava na porta do colégio esperando nossos pais, quando a Gabi me lembrou do jogo da aula de Educação Religiosa e perguntou se eu realmente não estava curiosa pra descobrir quem tinha escrito cada depoimento. Eu falei pra ela que estava um pouco, mas que, além de ser impossível saber quem tinha escrito o quê, também não tinha jeito de distinguir o que era brincadeira do que era sério.

Ela então tirou a folha dela e me deu pra ler. Eu li. Quase todo mundo tinha escrito que ela era inteligente, maluquinha e original, apenas mudando as palavras. Eu devolvi a folha e ela me perguntou se isso era mentira, ou se parecia que alguém estava debochando dela ou fazendo algum tipo de brincadeira. Eu disse que não, que ela era mesmo muito inteligente, tinha cara de doida e que eu realmente não conhecia ninguém mais original do que ela.

"Pois eu também concordo com tudo o que li ao seu respeito", ela falou. "Agora, quer fazer o favor de confiar mais no seu taco e tentar descobrir quem é o seu admirador secreto?"

Nesse momento, o meu pai chegou. Eu me despedi da Gabi dizendo que ia telefonar para a gente terminar a conversa mais tarde.

"Na hora em que você quiser", ela falou, andando em direção ao carrinho de balas. "Eu já sei quem ele é mesmo..."

Eu entrei no carro, olhei pra ela mais uma vez, mas ela já estava superentretida escolhendo um chocolate.

Cheguei em casa e, antes mesmo de almoçar, peguei a tal folha. Não sei por que, mas ela me acalentava, como se fosse uma espécie de refresco, de alívio, um raiozinho de sol no meio da escuridão em que eu estava.

Li tudo novamente, tentando enxergar pelos olhos da Gabi. E se fosse verdade? E se as pessoas que escreveram aquelas frases realmente sentissem algo a mais por mim? Peguei uma folha e anotei as que mais despertaram a minha curiosidade:

> *Quer casar comigo?*
> *Te adoro, menina! Pena que você não me enxerga.*
> *É o amor da minha vida. O triste é que ela gosta de outro...*

Não consegui chegar à conclusão de quem poderia ter escrito SERIAMENTE nenhuma das frases. Peguei uma lista com os nomes de todos os alunos da sala, escrevi em outra folha só o nome dos meninos e comecei a analisar um por um, tentando lembrar se algum deles algum dia tinha dado algum sinal de interesse por mim.

> *Alan* — Super gente boa, mas a gente só conversa sobre assuntos escolares, no máximo sobre alguma festa.
> *Adriano* — Tem namorada. E só fala "oi" e "tchau" pra mim.
> *Alexandre* — Não conta, está com caxumba e não tem ido à aula por isso.
> *Bernardo* — Tem namorada. E bonita.

Carlos André - Da turma do fundão, já trocamos uns bilhetinhos, mas acho que ele gosta é da Gabi, vive enchendo o saco dela.
Daniel - Namorado da Camila da outra sala.
Erick - Sem chance. Gay assumidíssimo!
Ernesto - Nunca conversei na vida. Aliás, acho que ele é mudo.
Guilherme - O cara mais lindo do colégio inteiro. E o mais metido também. Nunca ia dar bola pra mim, uma simples mortal...
Juliano - Do fundão também. Bonitinho e gente boa, já conversei com ele várias vezes... mas o assunto sempre foi a namorada dele que está fazendo intercâmbio na Espanha...
Laerte - Da turminha dos nerds. Nada a ver! Ele nunca olhou pra minha cara, nem nas pouquíssimas vezes em que conversamos.
Leonardo - O Leo. Acho que está bem óbvio que o tipo de mulher que ele gosta é o meu oposto: loura, chata e metida a besta! Gostaria tanto de ver o que ele escreveu pra Vanessa na folha dela...
Lucas - Se o cumprimentei algum dia na vida foi muito. Senta do outro lado da sala.
Marcus Vinícius - Bonitinho e ordinário. Não iria me mandar indiretas escritas, ele canta todo mundo é na cara dura mesmo.
Paulo Roberto - nerd também. Já pedi o caderno dele de Física emprestado umas duas vezes. Ele emprestou. Mas pediu pra eu não devolver com marcas de gordura!
Renato - Não foi à aula. Então não escreveu nada, portanto não conta.
Rodrigo - Vive pros lados da turma da Vanessa. Deve ter antipatia de mim também.
Vladmir - Todo mundo sabe que ele vai ser padre. Inclusive a Irmã Imaculada está começando a prepará-lo para o Seminário.

Ou seja, muito óbvio que nenhum deles escreveria a sério nenhum dos três depoimentos que eu anotei. O que me faz voltar à minha hipótese original: estão rindo da minha cara.

Foi isso que eu falei pra Gabi quando liguei pra ela depois do almoço. Li todas as análises que eu fiz sobre cada um dos meninos e ela começou a rir: "Pra alguém que está só *um pouco* curiosa, até que você está fazendo muito esforço... pena que é desnecessário, já que a verdade está na sua cara e você insiste em não ver!".

Eu fiquei com vontade de desligar o telefone, mas contei até dez, respirei fundo e perguntei já sabendo a resposta: "E que verdade é essa?".

Ela deu um suspiro e falou: "De novo? Quantas vezes vou ter que te falar que está muito claro que foi o Leo? Leia de novo pensando nele, você vai ver que consegue até escutar a voz dele por trás das palavras!".

Dessa vez quem riu fui eu: "Gabi, minha querida, acho que você está cometendo um deslize nessa sua lógica perfeita... não é apenas *um* recado intrigante. São três!".

Ela deu outro suspiro e perguntou: "Você por acaso leu sua folha de depoimentos direito?".

Ela nem me deu tempo pra responder e já continuou: "Lógico que não. Tem um detalhe óbvio que foi a primeira coisa que eu reparei, mas claro que você não tem espaço nessa sua cabeça sonhadora para questões práticas".

Eu não estava entendendo do que ela estava falando. Fiquei calada, ela também, e aí, depois de um tempo, ela falou: "Fani, quantas pessoas tem na sala?".

Eu, que estava com a lista dos alunos em cima da minha escrivaninha, conferi e respondi: "38".

"Você não escreveu pra você mesma, né?", ela perguntou, e eu, começando a entender um pouquinho da lógica dela, disse que não.

"Então sua folha deveria ter 37 depoimentos", ela explicou. "Quantos tem?"

Eu peguei a folha correndo e tomei um susto.

"Trinta e oito! Você acha que alguém escreveu duas vezes?"

Ela deu um risinho e respondeu: "Acho que alguém escreveu *quatro* vezes! Por acaso você viu o Renato e o Alexandre na sala hoje? Ou você acha que mesmo matando aula algum deles pode ter escrito, por exemplo, por telepatia?".

Eu ainda estava assimilando a nova informação e ela falou: "Quando seu raciocínio lento chegar à conclusão de que todas as pistas apontam para o Leo, você me liga de novo... beijo, tchau".

25

> <u>Oliver Barrett IV</u>: Veja bem, eu acho que você está com medo. Você ergue essa grande redoma de vidro em volta de você para não se machucar, mas isso também te protege de ser tocada. É um risco, não é?
>
> (Love story - Uma história de amor)

No fim da tarde, depois de pensar muito, resolvi ligar para o Leo. Desde que a Gabi desligou o telefone, eu fiquei pensando sobre os últimos acontecimentos da minha vida:

1. Minha mãe inventou que eu tinha que fazer intercâmbio.
2. As bodas de prata dos pais da Gabi, que foi quando ela começou com essa ideia fixa de que o Leo gosta de mim.
3. O Leo começou a se interessar pela Vanessa, provando que a teoria da Gabi não tinha o menor fundamento.
4. Passei na prova do intercâmbio e o Leo, apesar da Vanessa, foi comemorar comigo.
5. O Marquinho quase me fez acreditar que poderia estar me dando bola.
6. Quando eu comecei a acreditar, o destino me provou o contrário, esfregando a mulher dele na minha cara.
7. O Leo, apesar de estar com a Vanessa do lado, ficou preocupado com a minha tristeza.
8. O jogo da aula de Ed. Religiosa em que eu (supostamente) recebi três declarações de amor e a Gabi fica dizendo que todas elas vieram da mesma pessoa. O Leo.

Não pela insistência da Gabi, mas por reconhecer que em quase tudo o Leo estava envolvido, resolvi ligar pra ele, só para provar pra mim mesma que era apenas coincidência. Claro que eu não ia perguntar se era ele que havia escrito aquelas frases, mas, conversando a respeito do jogo, talvez ele desse alguma pista do que realmente tinha escrito pra mim.

A mãe dele atendeu. Não sou convencida e odeio me gabar, mas isso não dá pra passar despercebido: a mãe do Leo me adora! Foi ouvir a minha voz que ela começou o falatório, sem nem me dar espaço pra responder: "Fani, fofinha! Você sumiu! Está tudo bem por aí? Sua mãe está boa? Menina, outro dia fiz aquela torta de morangos com chantilly que você e o Leo adoram, eu crente que ele ia te trazer pra lanchar aqui e qual foi minha surpresa quando ele chegou com uma outra menina, muito mal-educada por sinal! Não quis nem provar da torta porque eu disse que não sabia quantas calorias tinham nela!".

Aí não, né? O Leo namorar a Vanessa, *tudo bem*. Mas levar ela pra comer a minha torta preferida na casa dele? E ela ainda fazer desfeita pra Dona Maria Carmem? Senti de novo aquele sentimento de quando fiquei sabendo que eles estavam juntos. Como se estivessem mexendo nas minhas gavetas e revirando tudo... como se estivessem usando os *meus* pertences sem a minha autorização.

Eu fiquei calada, sem achar o que dizer, e ela, então, perguntou: "Você queria falar com o Leo, né? Ele não está agora, querida. Parece que foi comprar um presente pra essa menina de quem eu te falei. Acho que é aniversário dela no fim de semana, ou alguma coisa assim...".

De novo meu estômago revirou. Fiquei lembrando do meu aniversário, quando o Leo me deu um presente superoriginal. Um CD que ele mesmo tinha gravado e mixado, com músicas de que ele gostava e que queria que eu gostasse também.

O Leo tem mania de gravar CDs. Ele diz que não tem a mínima graça dar de presente CDs comprados em lojas, que isso qualquer um faz. Que muito mais importante é o tempo gasto escolhendo o repertório, imaginando o que a outra pessoa vai gostar de ouvir, fazer uma boa ordem das músicas, mixar para dar um toque pessoal, embrulhar, entregar e – o mais importante segundo ele – saber o que a pessoa achou depois de escutar.

Fiquei imaginando se o Leo ia fazer isso pra Vanessa também, e desta vez – confesso – senti uma pontinha de ciúmes. Não dele, mas de não ser mais a única da sala a ganhar um CD gravado com tanto carinho. Mas aí lembrei que a mãe dele havia dito que ele tinha saído pra *comprar* um presente, mas mesmo assim a sensação ruim não foi embora.

Liguei o computador pra ver se a Gabi estava no bate-papo. Estava.

Funnyfani está Online

Gabizinha: Ué, milagre, você na internet no meio da semana?

Funnyfani: É, deu vontade.

Gabizinha: Sua mãe está sabendo dessa sua vontade? Deixa ela te pegar no computador por algum motivo sem ser trabalho escolar, ainda mais uma semana antes das provas.

Funnyfani: Ela está superboazinha comigo por causa do intercâmbio. Incrível como um simples acontecimento pode mudar tanto uma pessoa...

Gabizinha: ...reticências...

Funnyfani: Reticências? O que você quer dizer com isso?

Gabizinha: Quero dizer que reticências sempre querem dizer uma coisa a mais do que a escrita. Essa frase que você terminou com reticências. Fala muito mais do que você imagina...

Funnyfani: Ai, Gabi, lá vem você. Será que a gente não pode conversar um segundo sem você ficar analisando tudo o que eu faço, falo ou escrevo?

Gabizinha: Claro que podemos. Mas acho que quem devia estar analisando sentimentos e atitudes atualmente não era eu...

Funnyfani: Ah, tá. E o que - segundo a sua teoria - essas reticências suas aí querem dizer?

Gabizinha: Nada...

Funnyfani: Gabi!!! Para com isso, que mania de me provocar que você está!

Gabizinha: Ih, tá de TPM, Fani? Que stress é esse?

Funnyfani: Isso é outra coisa que eu não suporto! Qualquer coisa que eu diga que não agrade, todo mundo vem me perguntar se eu estou com TPM! Vocês acham que só TPM é motivo para uma pessoa ficar com raiva?

Gabizinha: Não, de maneira alguma. Mas você pode me falar o motivo?

Funnyfani: Que motivo?

Gabizinha: Da raiva! Você falou que não é TPM! O que é então? O Marquinho ainda?

Funnyfani: Não me fale esse nome. Estou com antipatia!

Gabizinha: Você não gostava dele. Era só obsessão, ideia fixa.

Funnyfani: Ô, sabe-tudo, como você tem tanta certeza disso?

Gabizinha: Com três dias você já está com antipatia... se você gostasse dele mesmo, ia estar muito triste ainda. Ou decidida a terminar com o casamento dele, em uma hipótese mais drástica.

Funnyfani: Eu nunca pensaria em atrapalhar o casamento de uma pessoa!

Gabizinha: Porque você não gostava mesmo dele. E quando eu digo "atrapalhar o casamento", não digo que você iria conseguir, mas que sim, se gostasse *realmente* dele, a mulher não seria empecilho, você continuaria a dar bola pra ele, pra ver até onde ele iria chegar, pra provar pra você mesma que ele poderia se interessar mais por você do que por ela...

Funnyfani: Acho que você está vendo muita novela. Eu nunca ia atrapalhar o relacionamento de ninguém.

Gabizinha: Nem o do Leo e da Vanessa?

Funnyfani: Tava demorando...

Gabizinha: Responde...

Funnyfani: Por que eu faria uma coisa dessas?

Gabizinha: Hum. Talvez pra ter seu amigo de volta? Ou quem sabe, talvez, para ter *mais* que um amigo de volta...

Funnyfani: Grrrrrrrrrrr! Para, Gabi, já te falei que não gosto desse assunto!

Gabizinha: A-há! Acabei de descobrir o motivo da sua raiva! Realmente não é TPM...

Funnyfani: Gabi, vou desligar se você continuar com esse papo!

Gabizinha: Pode desligar, você pode fugir de mim, mas

acho que já passou da hora de você parar de fugir dos seus sentimentos... admita de uma vez que está com ciúmes do Leo!

Funnyfani: Não estou com ciúmes do Leo! Aliás, posso até estar um pouquinho, sim... mas são ciúmes de amigo...

Gabizinha: Então você admite que não quer que o Leo se afaste de você, que você sente falta da companhia constante dele?

Funnyfani: Claro que admito! Eu nunca escondi isso!

Gabizinha: E admite também que gostaria que ele não estivesse namorando, para continuar compartilhando com você os bilhetinhos, os intervalos, os fins de semana...

Funnyfani: ...

Gabizinha: E o que essas reticências querem dizer agora?

Funnyfani: Não sei se admito que eu gostaria que ele não estivesse namorando! Certamente eu não queria que ele estivesse com a Vanessa!

Gabizinha: Fani, o que você não entendeu ainda é que a Vanessa é o de menos. Coincidentemente ele foi ficar com alguém de quem você já não gostava, mas você ia ficar com raivinha de qualquer menina que roubasse o seu posto, que tirasse aquela disponibilidade que o Leo tinha de ficar ao seu lado.

Funnyfani: Mas ele tinha que escolher justamente a Vanessa?

Gabizinha: Acho que não foi bem ele que escolheu, ela deve ter dado corda e ele se enrolou todinho. Mas acho que ainda não é tarde pra você ir lá e desenrolá-lo...

Funnyfani: O que faz você pensar que eu conseguiria fazer isso?

Gabizinha: Muito simples. Já que falamos de escolhas, eu acho que, se você tivesse dado a ele a possibilidade de escolher, ele estaria com outra namorada agora... Olha só, minha mãe tá me chamando, tenho que desligar. Nos vemos no colégio amanhã, tchau!

Gabizinha está Offline

Funnyfani está Offline

> Watts: Parta o coração dele,
> que eu parto a sua cara.
> (Alguém muito especial)

O resto da semana passou muito devagar e o fim de semana mais ainda. O mais chato foi ter que estudar para as provas sozinha. A Gabi não gosta de estudar em dupla, e eu tenho que admitir que realmente senti falta do Leo naquele momento. Eu sempre estudava com ele. O Leo é ótimo em Física, exatamente a matéria que eu mais detesto! E ele tem um jeito de explicar melhor que qualquer professora particular... Fiquei pensando se ele não ia aparecer, como sempre aparecia quando tínhamos provas, cheio de cadernos e bombons (como recompensa pelo nosso esforço, segundo ele), mas o interfone ficou mudo o fim de semana inteiro.

Fiquei estudando sozinha o tempo todo, trancada no quarto, não fui ao cinema, não tomei sorvete, não vi DVD, não fiz nada. Conversei com a Gabi algumas vezes pelo telefone, mas ela estava toda preocupada, morrendo de medo de afundar em Química; ela precisava tirar 8 em 10 na prova, senão, com certeza, ficaria de recuperação. Então, só parei de estudar para comer alguma coisa, ir ao banheiro e rezar para a semana passar bem rápido e as férias começarem logo para acontecer algum movimento na minha vida. Eu nem imaginava como as coisas iam ficar movimentadas já na segunda-feira...

Eu estava saindo da prova de Inglês e indo pra biblioteca estudar mais um pouco para a prova de Química, que ia ser depois do intervalo.

Pelo menos disso eu gosto nesse colégio, nas semanas de provas eles tiram todas as aulas e deixam vários horários vagos pra gente ficar estudando.

Resolvi passar na cantina só pra comprar um refrigerante e vi que a Vanessa estava sentada lá, com duas das "amigas-clones" dela. Elas estavam de costas, não me viram chegar. Eu estava torcendo para que elas não me notassem, pra eu não ter que ouvir uma alfinetada qualquer, e passei bem de mansinho por trás delas. Foi aí que, sem querer, eu ouvi uma parte da conversa.

A Vanessa estava com um CD na mão, com uma cara de desprezo e rindo muito. Quando eu olhei para o CD, reparei que era do Leo, com a típica capa azul que ele coloca em todos os CDs que grava. Eu então parei pra escutar o que ela estava dizendo.

"... aí você imagina que ele me deu este CD de aniversário, falou que gravou pra mim e que depois queria saber o que eu tinha achado? Será que esse garoto não se enxerga? *Fazer* um presente em vez de comprar? Quem ele está achando que eu sou? Caramba, e, com o dinheiro que a família dele tem, ele poderia ter me comprado vários CDs *de verdade*, ou uma roupa bonita, ou até uma joia! Ainda bem que eu ganhei também flores e bombons anônimos, certamente vindos do Rafael, aquele filho do amigo do meu pai, que eu contei pra vocês que fica me cantando... pois, da próxima vez, eu vou dar bola pra ele. Vou continuar com esse pirralho do Leo só porque é bom pro ego ser bajulada, mas só mesmo enquanto eu não arrumo outro namorado mais à minha altura."

Eu não quis ouvir mais nada. Me subiu uma raiva e, quando eu vi, já tinha arrancado o CD da mão dela e falado bem alto que era pra não deixar dúvidas: "Escuta aqui, se você está pensando que vai fazer o meu amigo de bobo, está muito enganada! Eu te PROÍBO de fazer isso! O Leo é muito ingênuo e acredita demais nas pessoas, mas eu *não* vou deixar você pisar nele!".

Ela puxou de volta o CD e falou no mesmo tom que eu: "Querida, você teve a sua chance... se alguém fez o garoto de bobo, esse alguém foi você, que ficou esse tempo todo com ele do seu lado só faltando implorar pra ser notado e você o tratando como um amiguinho, perdendo seu tempo olhando para aquele professor cabeludo nosso que não sabe que a época do Woodstock já passou há muito tempo! Agora é minha vez e você *não* vai me atrapalhar!".

Como eu perco a voz em todas as situações importantes em que eu preciso dar uma resposta imediata, claro que dessa vez não seria diferente. Fiquei completamente sem palavras.

Ela guardou o CD na mochila e saiu da cantina, rindo com as amigas como sempre.

Fui para a biblioteca morrendo de vergonha, mas não deu mais pra estudar, não consegui pensar em outras coisas além das palavras da Vanessa. Além de ter falado exatamente o que a Gabi sempre fala a respeito do Leo gostar (ter gostado?) de mim, ela ainda mostrou que sabia perfeitamente do meu interesse pelo Marquinho! E eu que pensei que ninguém, além da Gabi, soubesse disso! Será que a Gabi andou contando pra todo mundo?

Eu queria falar com ela imediatamente, mas não consegui descobrir onde ela estava. No fim do horário vago, quando bateu o sinal para começar a prova, vi que ela saiu correndo de dentro do banheiro, com uma cara muito preocupada. Eu cheguei perto, mas, antes que eu pudesse falar qualquer coisa, ela disse: "Agora não, Fani, não fale nada, por favor. Se alguém falar qualquer coisa, a matéria que eu decorei vai sumir toda da minha cabeça!", e saiu correndo pra sala antes que eu tivesse chance de responder.

Por sorte, eu já passei em Química. Não consegui me concentrar em pergunta nenhuma, então resolvi responder qualquer coisa nas questões abertas e chutar qualquer letra nas de múltipla escolha. Fui a primeira a sair da sala. Fiquei lá embaixo, na porta do colégio, ansiosa pela saída da Gabi, mas, pelo que eu conheço dela, com certeza ela seria a última a sair, porque ia ficar conferindo cada detalhezinho das respostas até o final do horário!

Eu estava andando de um lado pro outro quando a Natália saiu, me viu e veio falando em minha direção: "Nossa, que cara de preocupação! Você precisava de muito ponto?".

Eu falei pra ela que já tinha passado, mas acho que não consegui desfranzir a testa, porque ela perguntou se eu estava preocupada então com as próximas provas.

"A semana de provas é o menor dos meus problemas...", eu falei, meio que pensando alto.

Ela perguntou se então era ansiedade pelo intercâmbio chegando e, de repente, me peguei contando pra ela o que eu tinha ouvido na cantina mais cedo, tomando o cuidado de omitir a parte que a Vanessa tinha falado que eu gostava do Marquinho. E que o Leo gostava de mim.

"Fani! Você *precisa* contar isso pro Leo! Ele é seu amigo! Você gostaria que ele visse alguém fazendo você de boba e não te contasse?"

Eu dei um grande suspiro e falei que o caso era *muito* mais complicado.

Tem muito tempo que eu e a Natália não conversamos, o que é um pouco estranho, porque quando éramos crianças costumávamos ser melhores amigas, a gente sempre morou perto, dormíamos uma na casa da outra todo fim de semana, aonde uma ia, a outra ia junto. Mas aí a gente cresceu, começamos a estudar em horários diferentes, ela arrumou outras amigas, eu também comecei a andar com outras pessoas e naturalmente nos distanciamos, apesar de nunca termos perdido o contato. Mesmo depois que eu fui pro colégio dela, nunca mais voltamos a ser como antigamente... mudamos bastante, ela se tornou mais extrovertida, eu mais introvertida, ela só pensa em menino, eu acho que menino só dá dor de cabeça, ela tem as amigas da sala dela, eu tenho a Gabi... mas de vez em quando eu sinto falta de uma característica que só a Natália tem... ela é *quase* tão sonhadora quanto eu. E acho que, por isso, ou talvez por ela me conhecer tanto, por tantos anos, ela sempre capta pela minha expressão o que se passa dentro de mim, mas nunca me recrimina ou ri da minha cara... muito pelo contrário, ela acaba sempre falando aquilo que eu quero escutar, que é inevitavelmente uma extensão do meu sonho com desfechos ainda mais inesperados que os que eu sonharia por mim mesma.

"Fani, nós precisamos conversar!"

Ela foi me puxando pela mão até umas escadinhas que tem na frente do colégio. Sentamos e ela começou: "Eu sei que a gente está meio distante, que eu não sei nada direito do que está acontecendo com você e que eu tenho andado muito centrada só nos meus problemas... mas você é minha amiguinha de infância, Fani... eu sinto falta de participar da sua vida!".

Eu fiquei olhando pra ela sem falar nada um tempo e, aí, de repente, perguntei: "E o Mateus, como vai?".

"Ai, Fani", ela falou, abrindo o maior sorriso, "você acredita que no fim de semana eu encontrei com ele no...". De repente, ela parou e falou: "Não. Você sempre desvia o assunto. Desta vez nós estamos falando de *você*!".

"Sim, mas eu realmente queria saber sobre o Mateus... como você começou a gostar dele mesmo?", eu perguntei só por perguntar, porque eu já tinha ouvido aquela história umas 324 vezes. Ela estava no Sexta-Mix, que é um evento que tem toda primeira sexta-feira do mês no clube, aonde as pessoas vão supostamente pra dançar, mas o que acontece é que lá pelo meio eles inventam de colocar música lenta e todo mundo tem sua chance ideal de ir conversar com quem está paquerando, uma vez que o clima já está armado... eu só fui uma vez, mas fiquei meio sem graça, já que não sou muito de dançar.

A Natália começou a contar o caso pela 325ª vez: "Foi no Sexta-Mix... inclusive vai ter um nesta sexta, Fani, você tem que ir!".

Como eu não disse nada, ela continuou com aquela expressão sonhadora, como se estivesse vivendo naquele momento a cena que estava me contando: "Bom, eu estava na pista de dança quando vi chegando um monte de meninos mais velhos, tipo de faculdade, tomando cerveja e fazendo bagunça. Eu comecei a sair de perto, já que vi que eles estavam meio bêbados e mexiam com todas as meninas que passavam na frente... foi quando vi no meio deles aquele rostinho mais lindo do mundo, olhos azuis, aquele cabelo castanho lisinho... ele riu pra mim, eu ri de volta, aí o amigo dele veio e perguntou meu nome, eu respondi, e aí ele me falou o nome de todos eles, mas o único nome que eu consegui guardar foi o do Mateus... E aí você já sabe. Apaixonei-me perdidamente e estou assim até hoje...".

Eu sorri pra ela e aí ela perguntou por que eu queria saber isso. Aí eu falei que era só curiosidade, mas na verdade eu queria era saber por que as pessoas resolvem gostar umas das outras...

Ela viu que eu fiquei meio pensativa e perguntou: "E o Marquinho?".

O sorriso que ainda estava no meu rosto sumiu completamente. Eu comecei com aquele meu tique que aparece sempre que eu fico nervosa, de ficar enrolando fio por fio do meu cabelo no dedo e depois escolher um deles para arrancar, e antes de eu pensar em alguma coisa pra responder, ela falou: "Larga o cabelo, Fani, li na *Istoé* que isso aí é doença, viu? É chamada 'tricotilomania', pode parar agora!".

Eu larguei o cabelo meio impaciente e perguntei: "O que tem o Marquinho, ficou doida?".

E ela: "Ai, Fani, para com essa cena! Você não está querendo esconder isso de mim, né? Sei perfeitamente da sua paixão por ele, há séculos!".

"Ex-paixão! Anota aí, EX-PAIXÃO!", eu falei, sem pensar que com isso estaria admitindo.

Ela riu e falou: "A Gabi me contou que ele é casado, aquele farsante... que raiva dele que tive!".

Eu fiz a maior cara de indignação: "Que raiva da Gabi, isso sim! Por que ela tinha que te contar isso? Quem mais sabe que eu *gostava* dele?

Porque, pelo que eu estou entendendo, o colégio inteiro sabe disso e eu aqui achando que era um segredo só meu!".

"Não, a Gabi não tem culpa de nada!", ela falou depressa. "Ela só me contou o caso da mulher dele porque eu perguntei por que vocês foram embora de repente naquele dia do trabalho de Geografia. Mas que você era a fim do Marquinho eu já sabia há tempos, né, Fani? Você vem toda arrumadinha nos dias da aula dele e quando bate o sinal e tem Biologia no quarto horário você é a primeira a ir pra sala... além disso, quando ele passa, você olha com um ar de idolatria tão grande... e também sempre tira as melhores notas nessa matéria. Eu só juntei dois e dois."

Eu fiquei morrendo de vergonha. Agora percebo o papel ridículo que fiz durante todo esse tempo.

"Alguém mais sabe disso, Natália? Que eu gostava dele?", eu perguntei completamente apreensiva.

"Nunca ninguém falou sobre isso comigo", ela disse um pouco pensativa. "Acho que só eu e a Gabi mesmo, mas porque conhecemos você muito bem..."

Eu já ia soltando um suspiro de alívio, quando ela completou: "Ah, e o Leo, né?".

Eu só faltei desmaiar. Como assim o Leo sabia disso?

"Como assim o Leo *sabe* disso?", eu perguntei.

"Ué, não foi você que contou?", ela respondeu com outra pergunta.

Eu devo ter feito uma cara de quem ia começar a chorar, porque ela ficou toda: "Não, espera, pode ser que ele não saiba... mas é que, um dia depois que aconteceu o tal caso da mulher dele, eu o vi parando o Marquinho no corredor e perguntando onde ele escondia a aliança... eu confesso que achei o Leo completamente maluco, espero do fundo do meu coração que ele já tenha passado em Biologia, mas achei legal ele estar de certa forma tirando satisfação pra você... por isso achei que ele soubesse, que vocês conversassem sobre isso, sei lá...".

Dessa vez eu realmente comecei a chorar. Não sei se pelo fato do Leo saber e nunca ter me falado que sabia, ou por ele ter afrontado o Marquinho por mim. Ou ainda por eu ter lembrado que o Marquinho era casado. Ou pelo que a Vanessa tinha me dito. Ah, acho que eu tinha mesmo bons motivos para chorar naquele momento.

"Fani, esquece o Marquinho", ela falou tirando um lencinho de papel da mochila e me entregando. "Tem tanto menino bacana aí no mundo, que poderia te fazer tão mais feliz..."

Eu ri, mas dessa vez um riso incrédulo, e perguntei: "Quem? Cite um nome!".

Ela nem piscou e falou: "Ah, o Leo, por exemplo...".

Aí eu fiquei brava: "Natália, vocês estão zoando com a minha cara, isso é um complô, pode falar! Primeiro, a Gabi. Depois, a Vanessa. E agora, você! Todo mundo sabe que eu gostava do Marquinho e acha que o Leo gosta de mim, é isso?".

E ela: "Não, eu não *acho*, eu tenho certeza de que você é a paixão da vida do Leo".

Eu revirei os olhos e ela continuou: "Mas que a Vanessa também tinha certeza disso é novidade, como foi isso? Ela te falou?".

Eu contei novamente o caso da cantina, dessa vez sem esconder nada, e aí ela falou: "Ah, então! Voltamos aonde começamos. Fani, você tem que contar isso pro Leo".

"De jeito nenhum!", eu falei já com o choro controlado. "Ainda mais agora. Ele vai achar que eu estou com dor de cotovelo por causa do Marquinho e que quero estragar a felicidade dele também!"

"Fani", ela falou muito séria, "não só eu, mas todo mundo assustou quando o Leo começou a ficar com a Vanessa. Todo mundo tinha certeza de que o Leo estava fazendo isso só pra te provocar ciúmes, ninguém achava que isso ia durar mais do que uma semana!"

Eu falei pra ela que definitivamente não era por isso que ele estava com a Vanessa, já que ele tinha ido à minha casa exclusivamente para me contar que estava *gostando* dela.

"Isso é apenas mais uma prova, Fani! Ele queria te provocar alguma reação! Como você não dá o braço a torcer e não deve ter manifestado sentimento nenhum, ele continuou com ela e está assim até hoje, acomodou!"

Eu ia começar a replicar, mas ela foi mais rápida: "Olha, eu te conheço muito, mas muito mais do que você imagina... eu participei com você de todas as suas paixões inventadas, sei como você tem capacidade de se apaixonar apenas por olhares e de desapaixonar mais rápido ainda. Mas eu vou te dar um conselho de amiga... o Leo pode ser o seu primeiro amor *real*, tome cuidado para não deixar o tempo passar muito... ele pode começar a gostar realmente da Vanessa, ou de outra menina... e aí, quando você acordar, pode já ser tarde demais...".

27

> *Christian: Meu presente é minha música*
> *E essa é pra você*
> *E você pode contar pra todo mundo*
> *Essa é a sua música*
> *Ela pode ser simples,*
> *mas agora que está pronta*
> *Eu espero que você não se importe,*
> *que eu tenha colocado em palavras*
> *Como a vida é maravilhosa*
> *Agora que você está no mundo.*
>
> *(Moulin Rouge - Amor em vermelho)*

Cansei de esperar a Gabi e fui pra casa. Almocei rápido e fui direto estudar, afinal a prova seguinte era a de Física e eu precisava conseguir tirar sete em dez!

O problema é que a conversa com a Natália não saía da minha cabeça e muito menos as coisas que a Vanessa tinha me falado. Eu comecei a estudar e, no meio das funções e vetores, meu pensamento voou pra longe, comecei a lembrar da mãe do Leo dizendo que ele tinha levado a Vanessa lá.

Pensei que meu problema fosse – como sempre – a Física, troquei de livro, peguei o de Português, e, de repente, sem que eu percebesse, as únicas frases em português que me vinham à cabeça eram as três incógnitas anônimas da folha de depoimentos. Passei a estudar História, mas, quando reparei, a história que eu estava estudando era outra, a do

Leo entregando meu CD de aniversário num papel meio amassado, mas que ele deve ter feito o maior esforço para embrulhar... ao contrário da Vanessa, eu dei o maior valor para o fato dele ter "fabricado" o meu presente.

Cansei de lutar contra os meus pensamentos, fechei os livros mesmo sem ter estudado nada e fui em direção ao meu porta-CDs. No meio de tantos outros, tinha um de capinha azul, sem nome de nenhum artista, mas que eu sabia de cor que era o CD do Leo. Peguei e comecei a olhar a lista de músicas gravadas nele. Meu aniversário foi em março, na época eu escutei muito o CD, mas agora, tanto tempo depois, nem me lembrava mais direito das músicas.

De: Leo
Para: Fani

Com: Muito carinho!!!

CD – Internacionais Atemporais

1. Enjoy the silence – Depeche Mode
2. Can't take my eyes off of you – versão Boys Town Gang
3. Heal the pain – George Michael
4. All through the night – Cyndi Lauper
5. Every little thing she does is magic – The Police
6. Give me love – George Harrison
7. Wonderwall – Oasis
8. More than a woman – Bee Gees
9. That thing you do – The Wonders
10. Sweet child o' mine – Guns and Roses
11. Something – The Beatles
12. Losing my religion – R.E.M.

Coloquei o CD no modo *random*, para as músicas tocarem sem uma ordem específica e comecei a prestar atenção nas letras[*]:

"Who needs a lover that can't be a friend, something tells me I'm the one you've been looking for..." – Heal the pain

"Painful to me, pierce right through me, can't you understand, oh my little girl..." – Enjoy the silence

"Though I've tried before to tell her of the feelings I have for her in my heart..." – Every little thing she does is magic

"Trying to touch you, reach you with heart and soul..." – Give me love

"Oh, the sleep in your eyes is enough, let me be there, let me stay there awhile..." – All through the night

"Girl, I've known you very well, I've seen you growing everyday, I never really looked before, but now you take my breath away..." – More than a woman

"You never even knew about the heartache I've been going through..." – That thing you do

"Every whisper, every waking hour I'm choosing my confessions, trying to keep an eye on you like a hurt lost and blind fool..." – Losing my religion

"Now and then when I see her face, she takes me away to that special place..." – Sweet child o'mine

"There are many things that I would like to say to you but I don't know how..." – Wonderwall

"Something in the way she knows and all I have to do is think of her..." – Something

---

[*] "Quem precisa de um amor que não pode ser amigo? Algo me diz que eu sou aquele que você procura..." (Heal the pain); "Dói em mim, me perfura por dentro, você não pode entender, oh, minha menininha..." (Enjoy the silence); "Embora eu tenha tentado dizer o que sinto por ela em meu coração..." (Every little thing she does is magic); "Tentando te tocar e te alcançar com o coração e a alma..." (Give me love); "Oh, o sono em seus olhos já é o suficiente, deixe-me ficar perto, deixe-me ficar por um tempo..." (All through the night); "Menina, eu te conheço muito bem, eu te vi crescendo dia após dia, eu nunca prestei muita atenção, mas agora você tira o meu fôlego..." (More than a woman); "Você nem sequer sabe como o meu coração tem sofrido..." (That thing you do); "Cada sussurro, a cada hora acordado estou escolhendo minhas confissões, tentando ficar de olho em você, como um bobo magoado, perdido e cego..." (Losing my religion); "Às vezes quando olho para o rosto dela, ela me leva para aquele lugar especial..." (Sweet child o'mine); "Existem muitas coisas que eu gostaria de dizer para você, mas eu não sei como..." (Wonderwall); "Alguma coisa no jeito que ela sabe, e tudo o que me resta fazer é pensar nela..." (Something).

Cada uma que eu escutava realmente parecia que eu nunca tinha escutado antes. Não podia ser. Eu não podia ser tão cega assim. Ouvi tudo de novo prestando muita atenção em alguns trechos, peguei até meu dicionário inglês-português para não restarem dúvidas. Será que o Leo estava com a intenção de me mandar mensagens secretas por meio dessas músicas e eu não tinha captado? Mas ele me deu esse CD em março! Não acredito que, se ele realmente gostasse de mim mais do que como amiga, ele ficaria esse tempo todo sem fazer nada... bom, na verdade ele fez, me deu esse CD, mas será que essas músicas realmente queriam dizer o que eu achava que elas queriam dizer? Ou será que eu estava apenas influenciada pelo ponto de vista da Gabi, da Vanessa e agora da Natália também?

Olhei para o CD de novo e fiquei pensando... então vamos imaginar que ele realmente tivesse gostado de mim... porque com certeza agora ele não gosta mais, deve ter desistido por eu não ter sacado o que ele estava querendo me dizer... Será que isso é bom? Sinal de que agora a gente pode continuar sendo só amigos... como antes? Mas se *antes* ele gostava de mim... e eu gostava do jeito que ele me tratava achando que era o jeito que ele tratava uma amiga, significa que eu gostava dele não como amigo? Mas aí ele parou de me tratar daquele jeito porque começou a namorar a Vanessa... será que ele trata a Vanessa tão gracinha como me tratava? Ou... será que o Leo como namorado consegue ser ainda mais fofo do que como amigo?

O telefone começou a tocar, me desconcentrando do meu quebra-cabeça, e em seguida a minha mãe começou a gritar, mandando que eu atendesse à Natália.

Eu mal tinha falado "alô" e ela veio com a bomba: "Fani, está tudo resolvido, você nem precisa se preocupar. Eu encontrei o Alan no ponto de ônibus e perguntei como quem não quer nada se ele tinha visto o Leo hoje. Ele estava meio bravo, falou que o Leo agora não aparecia mais, só ficava 'com aquela menina lá', que o time de futebol estava desfalcado, que 'o cara não era mais o mesmo'. Aí eu falei pra ele que EU tinha visto a Vanessa hoje rindo do presente que ele tinha dado pra ela e sabe o que ele falou? Que ele ia hoje mesmo na casa do Leo contar pra ele. Que qualquer tentativa era válida pra ter o 'velho Leo de volta'. Viu só? Resolvi tudo e você agora pode estudar Física sem ficar com minhoca na cabeça, que eu sei perfeitamente que você deve estar..."

"Natália, eu vou te matar!!!" Eu gritei tão alto que minha mãe veio ver o que estava acontecendo. Quando ela viu que era *só* eu no telefone, resmungou alguma coisa e fechou a minha porta. Eu então continuei: "Sua louca!! Claro que agora o Leo vai perguntar pra Vanessa e ela vai falar pra ele que isso é invenção da minha cabeça por eu estar com INVEJA dela!".

A Natália ficou um pouquinho calada e de repente falou, com uma voz meio ofendida: "Puxa, Fani, você é muito mal-agradecida, viu! Eu resolvo o problema pra você, você grita comigo e ainda subestima a minha inteligência?".

Eu fiquei meio sem graça, sei que a intenção dela era boa, mas – francamente, né? – ela não tinha nada que ter envolvido outra pessoa nisso! Eu comecei a falar isso pra ela, mas ela me cortou: "Em primeiro lugar, o Leo não vai tirar satisfação com a Vanessa. Você acha que ele vai chegar pra ela e perguntar se ela realmente gostou do CD ou se estava *mentindo* pra ele? E, mesmo que ele fizesse isso e ela falasse que você inventou tudo, você acha que o Leo iria acreditar nela ou em você?".

Ela nem me esperou responder: "Mas só pra você ficar mais tranquila, Fani, eu pensei nisso também. Mandei o Alan falar que *ele* estava na cantina e escutou a Vanessa falar do CD com as amigas dela".

Eu dei um suspiro de alívio, mas sem me sentir verdadeiramente aliviada. Nos despedimos e eu desliguei, pensando que realmente iria estudar e varrer pensamentos indevidos da minha cabeça.

Foi só aí que eu percebi que o CD ainda estava tocando...

"So if you feel like I feel, please let me know that it's real, you're just too good to be true..." – Can't take my eyes off of you*

---

* "Então se você sente o mesmo que eu, por favor, deixe-me saber que é real, você é boa demais para ser verdade, não consigo tirar meus olhos de você..." (Can't take my eyes off of you).

> George Downes: É incrível a clareza que vem com o ciúme psicótico.
> (O casamento do meu melhor amigo)

Nem acreditei quando sexta-feira chegou, parecia que a semana não ia acabar nunca mais! Fiz todas as provas meio no automático. Eu realmente achava que não tinha ido bem o suficiente em Física, mas agora só me restava rezar e esperar o resultado sair na sexta-feira seguinte, que seria também o dia da festa de final de ano da nossa sala.

A Natália me contou que o Alan falou no mesmo dia para o Leo a respeito do desprezo da Vanessa em relação ao presente dele, mas, ao contrário do que ela esperava, ele e a Vanessa continuavam juntos, apesar dele ter ficado meio chateado.

Confesso que eu fiquei decepcionada. Se alguém me contasse que qualquer pessoa tivesse rido de um presente que eu passei horas fazendo, eu ficaria com muita raiva dessa pessoa! E mesmo sem ter feito, tomei as dores do Leo e fiquei ainda com mais raiva da Vanessa. E também muito curiosa para saber quais músicas o Leo tinha gravado pra ela. Será que ele havia colocado as mesmas do meu CD?

Na sexta à noite, mais para agradecer ao empenho da Natália, que não parou de tentar me animar a semana inteira, topei ir ao Sexta-Mix, depois de ficar umas três horas convencendo a Gabi a ir também.

O pai da Natália nos levou, e o meu ia buscar às duas horas da manhã *em ponto*, o que ele fez questão de repetir 20 vezes. Chegamos lá e já estava cheio. A Júlia, a Priscila e o Rodrigo estavam na fila, e eles ficaram meio admirados, mas pareceram felizes de nos encontrarem.

Eu estava completamente sem graça. O colégio inteiro estava lá e também todas as pessoas que a gente sempre vê no clube e no shopping.

Exatamente às dez da noite as portas se abriram e a gente entrou, junto com a multidão. O Sexta-Mix é no salão do clube, que é enorme por sinal, mas em poucos segundos estava lotado de gente. Acho que todo mundo resolveu aparecer nessa sexta, talvez por causa das férias.

Arrumamos um lugar pra sentar, começamos a olhar as pessoas chegando, a nos situar, a procurar mais rostos conhecidos... aí o Rodrigo e a Priscila foram dançar, a Gabi disse que ia buscar uma bebida, a Natália foi com a Júlia procurar o Mateus e eu tive que ficar sentada guardando a mesa.

Eu estava lá, olhando para a multidão, pensando se não devia ter pedido pro meu pai buscar uma hora antes, quando o holofote focalizou lá no meio a última pessoa que eu esperava encontrar ali... o Leo. Não que ele não goste do Sexta-Mix, muito pelo contrário, normalmente ele não perde um, mas é que eu pensei que, já que ele está com a Vanessa e o Sexta-Mix não é um programa muito típico de casais (porque todo mundo vai pra paquerar), ele não apareceria...

Fiquei tentando enxergar se a Vanessa estava do lado dele, mas o holofote já tinha movido e não deu pra ver mais nada. A Gabi chegou, e eu a chamei pra dar uma volta. Ela fez uma cara meio de desânimo, e aí eu perguntei se ela poderia então guardar a mesa. Ela falou que sim, mas que não era pra eu demorar muito. Eu concordei e saí correndo pro meio da pista de dança.

Encontrei a Natália e a Júlia no caminho, falei que a Gabi estava guardando a mesa, elas falaram que achavam que ninguém mais ia sentar, que ela não precisava ficar lá, mas eu não tinha tempo pra voltar. Continuei meu caminho em direção ao meio do salão. Cheguei lá, olhei pra todos os lados, andei em todas as direções e nada! Comecei a pensar que eu tinha confundido, apesar do Leo ser meio inconfundível... rodei mais um pouco e aí resolvi voltar pra mesa.

Chegando lá, vi que a Gabi não estava sozinha, estava sentada com duas pessoas. Um menino que eu nunca tinha visto na vida e... o Leo.

Eu ri pra ele, a Gabi me apresentou ao outro menino, disse que o nome dele era Cláudio, que ele estava fazendo companhia pra ela enquanto eu não chegava. Aí, o tal do Cláudio me cumprimentou e se virou de novo pra Gabi, perguntando se ela não se importava que ele continuasse sentado lá, mesmo que eu tivesse chegado, já que o papo estava tão interessante...

Eu e o Leo trocamos olhares, depois eu olhei pra Gabi e ela nem me viu, já estava entretida no tal *papo interessante* de novo... O Leo levantou e perguntou se eu queria tomar alguma coisa. Eu fui andando com ele em direção ao bar e perguntei que Cláudio era aquele. Ele riu e falou: "Não tenho a menor ideia! Quando eu cheguei lá, a Gabi já estava conversando com ele e disse que era pra eu esperar porque você tinha uma coisa pra me falar".

Eu fiz uma cara de surpresa e indignação tão grande que ele começou a rir e falou: "Relaxa, Fani. Eu saquei que a Gabi falou aquilo só pra eu te tirar de lá quando você chegasse. Está na cara que ela ficou interessada nesse Cláudio...".

Eu dei um suspiro de alívio, pelo simples fato do Leo não ter sacado a *real* intenção da Gabi, que era, com certeza, me colocar em uma situação constrangedora com ele.

Aí de repente ele me deu uma olhada de cima a baixo, que, por algum motivo, me fez tremer.

"É, Dona Fani...", ele falou balançando a cabeça de um lado pro outro.

Eu – que não entendi o que aquilo queria dizer – falei: "O que isso quer dizer?".

Vi que ele ficou meio sem graça.

"Nada... isso não quer dizer nada", ele falou baixinho, olhando para o relógio. "Tenho que ir agora."

Eu, percebendo que não queria que ele fosse e me largasse ali naquele lugar cheio de gente desconhecida, com a Gabi provavelmente ficando com um menino, com o resto do pessoal dançando, falei: "Não vai embora, não...".

Ele me olhou de novo de cima a baixo, voltou o olhar para cima, parou no meu rosto, me olhou bem no fundo dos olhos, e eu tremi ainda mais do que naquela primeira olhada. Ele olhou no relógio novamente, ia falar alguma coisa quando alguém veio por trás e tampou os olhos dele.

Eu desviei um pouco pra ver quem era e lá estava ela.

Eu estava evitando me perguntar onde ela estaria, como se quisesse fingir pra mim que ela nunca tinha existido e que era apenas uma invenção ruim da minha cabeça. Mas não era. O Leo passou a mão nas mãos dela, que continuavam tampando os olhos dele, e falou, sem sombra de dúvidas: "Vanessa".

Ela, então, deu um puxão nele e lascou um beijão. Eu fiquei completamente sem lugar. A princípio senti raiva dela, depois dele, e de repente fiquei meio triste. Posso mentir pra Gabi, pra Natália, pra quem eu quiser, mas pra mim mesma não dá... o que eu senti foi realmente ciúmes. Eu nunca tinha visto o Leo beijando ninguém antes...

Fiquei vendo os dois se beijarem e aí percebi que eu não queria mais testemunhar aquilo.

Comecei a sair, sem conseguir tirar o olho dos dois completamente, e então ele desvencilhou-se do beijo, meio sem graça, e falou: "Você já cumprimentou a Fani, Vanessa?".

Eu parei, dei um sorriso meio amarelo pra ela, que – com certeza pra me fazer raiva – veio e me deu dois beijinhos.

"Que bom te ver aqui, querida!", ela falou com aquela voz enjoada dela. "Quando eu ouvi a Natália falar na saída do colégio hoje que até *você* viria ao Sexta-Mix, eu tive que convencer o Leo a vir, afinal, se você, que nunca sai da toca, apareceria, com certeza hoje seria uma sexta-feira especial..."

Então era por isso! Ela só tinha vindo pra me provocar, pra me provar que eu poderia fazer o que quisesse, mas que ela continuava com o Leo. Eu fiquei a fim de dar um soco *especial* na cara dela, mas me segurei. Dei uma olhada pro lado e por sorte vi a Natália entrando no banheiro. Olhei para o Leo, que estava com uma expressão meio sem graça, e então virei pra Vanessa e disse: "Espero que seu Sexta-Mix seja mesmo bem especial, *querida*..." e rumei pro banheiro, sem olhar pra trás.

O banheiro feminino estava naquela bagunça de sempre. Meninas em todos os espelhos retocando a maquiagem ou apenas tentando fazer o cabelo parecer melhor, grupinhos conversando, barulho de alguém vomitando dentro de uma das cabines, barulho de alguém chorando em outra, uma servente sentada observando a movimentação com cara de sono... no meio daquilo tudo eu vi a Natália em um dos espelhos, passando batom.

Eu andei até ela e falei: "Quero ir embora, vou ligar pro meu pai me buscar agora".

Ela me olhou como se eu tivesse ficado doida: "Você está brincando, não é, Fani? A gente acabou de chegar!".

"Não estou", eu respondi séria. "Eu quero ir embora agora, já tive o suficiente."

Ela, percebendo que eu estava falando a verdade, replicou: "Mas se você for, eu vou ter que ir também, meu pai só me deixou vir porque seu pai viria buscar a gente... e o Mateus está aí, inclusive eu acho que hoje eu vou conseguir finalmente ficar com ele, ele está me dando altas olhadas, você não pode fazer isso comigo...".

Ela fez uma cara tão triste que eu falei: "Natália, eu dou um jeito dele vir buscar você mais tarde, ou pago um táxi pra você voltar na hora em que quiser...".

Eu mal tinha falado isso e a porta do banheiro abriu, e por ela entrou uma Gabi toda saltitante. Ela veio em nossa direção, nos abraçou e falou pulando: "Gente, vocês não acham que o Cláudio é lindo?? Ele tem 18 anos, mora em São João del-Rei e veio a BH só pra fazer vestibular! Mas, se ele passar, ele vai morar aqui! Ele está hospedado com o primo dele, que mora pertinho da minha casa...".

Nessa hora ela percebeu que nem eu nem a Natália estávamos compartilhando da felicidade dela. Ela tirou os braços de cima da gente e perguntou: "O que aconteceu?".

A Natália só deu um suspiro e olhou pra mim. Eu falei: "Eu quero ir embora, Gabi. Vou ligar pro meu pai me buscar. Mas vocês podem ficar aí, eu pago um táxi pra vocês voltarem".

Ela olhou pra Natália como se não estivesse entendendo o que eu estava falando e aí disse: "Cadê o Leo? Da última vez que te vi, você estava conversando com ele toda animada, o que rolou?".

A Natália fez uma expressão de que estava começando a entender e disse pra Gabi: "Eu acabei de ver a Vanessa chegando...".

E aí as duas se viraram pra mim, esperando que eu falasse alguma coisa. Eu olhei de uma pra outra e aí falei: "Eu quero ir embora, será que eu posso?".

"De jeito nenhum!", as duas falaram quase ao mesmo tempo.

A Natália tirou uma escova de cabelos da bolsa, começou a pentear meu cabelo, enquanto a Gabi puxava minha saia um pouquinho mais pra cima. Eu me desvencilhei das mãos delas e perguntei: "O que vocês pensam que estão fazendo?".

"Você vai provar pra Vanessa que ela não tem a capacidade de estragar a sua noite", a Natália respondeu.

A Gabi completou, levantando uma sobrancelha: "Inclusive quem vai estragar a noite dela vai ser você!".

Uma riu pra outra e aí eu falei: "Ah, tá. Obrigada por me informarem. Mas será que vocês podem me explicar como e por que eu faria isso?".

Elas se entreolharam e depois me olharam como se eu tivesse três anos de idade. A Gabi falou primeiro: "Você tem que ficar perto dos dois e mostrar que você está se divertindo muito, mas muito mais do que eles dois juntos!".

"E você vai ter que jogar o maior charme pro Leo também", a Natália explicou. "Tipo, não tira o olho dele e, quando ele olhar, dê um sorrisinho meio enigmático e depois tire o olho, bem devagarzinho..."

A Gabi falou de novo: "E se algum menino começar a te olhar, retribua. Se alguém vier conversar com você, dê bola e sorria muito, como se realmente estivesse interessada. Mas só se o Leo e a Vanessa estiverem olhando".

"Como *se* estivesse interessada, não!" A Natália deu um tapinha no ombro da Gabi e em seguida olhou pra mim. "Realmente se interesse. Olhe para todos os meninos e ache mesmo um bem gatinho, dê um jeito de ficar com ele e beije-o bem na frente dos dois!"

Eu fiz uma cara de nojo pra ela e falei: "Natália, no dia em que eu ficar com um cara que eu nunca vi antes na vida, você pode me internar! Você está louca! Vocês duas estão loucas, aliás!".

Acho que a Natália percebeu que não devia ter falado aquilo e tentou consertar: "Tá, tá, eu sei que você não ficaria, mas, pelo menos, finja!".

"Fani, faça o que você quiser, desde que seja com o intuito de provocar ciúmes no Leo e inveja na Vanessa", a Gabi concluiu meio impaciente.

Eu olhei para elas e tornei a perguntar: "Por quê?".

A Gabi tomou a dianteira e falou: "Porque sim! Porque você deve isso pra você mesma e pro Leo também!". E a Natália continuou: "Fani, a Vanessa acha que pode pisar em quem quiser exatamente porque ninguém faz nada... você tem que dar o troco!".

Eu olhei pras duas disposta a falar que não ia fazer nada daquilo, mas aí lembrei da Vanessa rindo do CD do Leo... e depois beijando-o na minha frente e falando que esse Sexta-Mix seria especial...

Pois eu ia provar pra ela o quão especial ele poderia ser. Peguei o batom da mão da Gabi, passei, virei o cabelo de lado, dei um sorrisinho pro espelho, olhei pras duas e falei: "Estou pronta!".

29

> *Constance: Eu acho que a parte mais difícil de ser mulher é ter amigas mulheres.*
> *Finn: Eu acho que a parte mais difícil de ser mulher é não poder ser apenas amiga dos homens.*
>
> (Colcha de retalhos)

Quando eu era criança e entrava de férias, os dias eram todos iguais. Eu não via a menor diferença entre uma segunda e um sábado. Todo dia tinha festa na casa de alguém, todo dia tinha brincadeira na rua, todo dia tinha bolo de chocolate. Incrível como crescer muda tudo. Aqui estou eu, na minha primeira segunda-feira de férias e continuo tão entediada quanto em uma segunda-feira normal.

O fim de semana também não ajudou em nada. Eu sabia que não devia ter ido àquele Sexta-Mix! Mais uma vez, deixei a Natália me convencer e, mais uma vez, voltei chateada pra casa.

A Gabi falou que eu não tinha motivo pra ficar assim, mas tenho certeza de que ela só falou isso por causa daquele menino que ela beijou. Aliás, todo mundo beijou, só eu fiquei lá, fazendo papel de vela! E o pior de tudo foi na volta, no carro, ter que ouvi-las contando pro meu pai os detalhes da noite! Tipo, elas tinham mesmo que colocar o meu pai a par da vida amorosa delas? E elas precisavam colocá-lo a par da *ausência* da minha?

No sábado, eu acordei disposta a ficar sozinha. Desliguei o celular e fui pro Pátio Savassi logo depois do almoço, vi dois filmes, fui às Lojas Americanas olhar se tinha saído algum DVD novo, comprei três na promoção, voltei pra casa, assisti aos DVDs e dormi.

No domingo, eu acordei, fui dar uma corrida com o meu pai e quando voltamos tinha recado da Natália, pra eu ligar pra ela urgente. Como eu sabia que ela ia ficar falando do Leo, da Vanessa ou do Mateus, e eu não estava com a menor vontade de ouvir, não liguei de volta. Fui com a minha mãe para a casa da minha avó e fiquei lá até de tardinha.

Cheguei em casa, e dessa vez tinha recado da Gabi e outro da Natália. Liguei só pra Gabi, mas a mãe dela falou que ela tinha ido ao cinema. Fiquei meio enciumada, a Gabi nunca vai ao cinema sem mim, mas, como eu já tinha visto todos os filmes em cartaz, não liguei muito...

Fiquei vendo um pouco de televisão e, quando começou o Fantástico, resolvi ligar o computador pra checar meus e-mails, já que tinha uns dois dias que eu não checava. Tinha quatro.

De: SWEP <administracao@swep.com.br>
Para: Fani <fanifani@gmail.com>
Enviada: Sexta-feira, 17:45
Assunto: Orientação

Prezada Estefânia,

É com prazer que convidamos você para a primeira reunião de orientação do SWEP que terá lugar daqui a uma semana, na próxima sexta-feira, às 19 horas, no escritório do SWEP de Belo Horizonte.

Favor trazer um caderno de anotações.

Atenciosamente,

José Cristóvão Filho – Oficial de intercâmbio.

De: Gabriela <gabizinha@netnetnet.com.br>
Para: Fani <fanifani@gmail.com>
Enviada: Sábado, 13:16
Assunto: Sexta-mix

Ei, Fani. Já melhorou do mau humor? Estou indo pra fazenda, volto amanhã à noite. Tenho uma novidade pra te contar, mas você vai ter que esperar até amanhã! Tenha um bom sábado!

Beijos!

→ Gabi ←

De: Leonardo <soueuoleo@gmail.com>
Para: Fani <fanifani@gmail.com>
Enviada: Sábado, 14:05
Assunto: Oi.

Fani, me desculpa por eu ter saído ontem bem na hora em que você foi dançar com a gente. A Vanessa disse que tinha que me falar uma coisa lá fora urgente, mas quando chegamos lá ela falou que tinha esquecido. Eu falei pra gente voltar pra dentro então, mas ela disse que queria ir embora. Eu a deixei em casa, estava disposto a voltar pro clube, mas ela ficou um tempão procurando a chave dela, me fez olhar no carro do meu pai inteiro, até no porta-malas! Quando eu desisti e falei que ela devia ter esquecido no Sexta-Mix, ela encontrou dentro da bolsa dela. Mas aí já estava muito tarde pra voltar lá, acabei indo pra casa direto…

Um beijo do Leo.

P.S.: Adorei ver você dançando, achei que você não gostasse de dançar.

De: Natália <natnatalia@mail.com>
Para: Fani <fanifani@gmail.com>
Enviada: Domingo, 13:25
Assunto: Cadê você?

Fani, pelo amor de Deus, me liga! Onde você está? Por que não atende o celular? Você tem que passar na minha casa hoje ainda! Você nem imagina o que eu acabei de achar no clube! Ai, não consigo esperar, vou te con-

tar por e-mail mesmo! Achei a agenda da Vanessa!! Ela esqueceu no vestiário, em cima do balcão! Ah, ela estava no clube só com as amigas dela, o Leo não estava. Você precisa ver essa agenda! E eu quero saber o que eu devo fazer com ela, eu falei pra moça do vestiário que ela era minha quando ela me viu pegando, ela perguntou meu nome todo e eu falei o nome da Vanessa, e aí ela fez questão de conferir na agenda! Mas fico pensando que, se a Vanessa for lá procurar, vai saber que alguém ROUBOU a agenda dela! Fani, o que eu faço? E onde você está que não me liga? Vou tentar te ligar de novo.
Um beijinho!

Natália

Depois de ler e reler tudo, liguei pra Natália imediatamente, mas ela também não estava em casa. Tornei a ligar pra Gabi, para saber da tal novidade, mas ela ainda não tinha chegado. Deixei recado para as duas me ligarem, mas fiquei esperando até as 23 horas, e ninguém deu sinal de vida. Resolvi então dormir, pra acabar logo com o fim de semana chato.

E cá estou eu, nesta segunda-feira ainda mais chata, esperando a Natália ou a Gabi acordarem. Incrível como a vida da gente sempre fica suspensa na mão de outras pessoas...

30

> Andie: Verdadeiro ou falso:
> No amor e na guerra, vale tudo.
> Ben: Verdadeiro.
> Andie: Boa resposta.
> Ben: Boa pergunta!
>
> (Como perder um homem em 10 dias)

A Natália foi me ligar quase ao meio-dia, falando que eu podia passar lá quando quisesse. Ignorei minha mãe falando que era falta de educação chegar na casa dos outros na hora do almoço e fui lá imediatamente.

A Natália veio abrir a porta rindo de uma orelha a outra com a agenda na mão. Tomei dela e fui direto na página do aniversário da Vanessa, pra tentar desvendar uma questão que estava me matando de curiosidade há dias. E lá estava! A capinha do CD com a lista de músicas que o Leo gravou pra ela! Não tinha nenhuma das que ele gravou pra mim – como eu temia –, muito pelo contrário! As músicas gravadas pra ela eram todas modernas, perfeitas para uma *rave*. Nenhuma delas parecia mandar mensagem secreta através da letra...

Fui em direção à página da sexta anterior, para ver se ela tinha falado alguma coisa do Sexta-Mix, mas ela ainda não tinha escrito. Voltei umas páginas, até o dia da cantina, onde eu a escutei falando mal do CD do Leo e, para minha surpresa, tinha apenas um desenho horroroso de uma menina descabelada com um balãozinho em cima escrito: "Eu sou a Stephânia!". Comecei a rir, não sei se pelo desenho ridículo ou por ela ter escrito meu nome errado! A Natália falou que isso só provava a inveja que ela tinha de mim.

Dei outra folheada e, de repente, caiu uma outra folha que estava solta no meio da agenda. Era a folha dos depoimentos, da aula de Educação Religiosa. Agarrei imediatamente e comecei a ler cada depoimento mais sem graça do que o outro! O mais *picante* era o *"CHATA"* que eu tinha escrito. Mas foi a Natália que viu o mais importante, escrito naquela data na agenda:

Brincadeira ridícula da aula de Educação Religiosa. Como se eu não soubesse o que cada pessoa da sala pensa de mim! Mas, para descobrir exatamente o que o Leonardo escreveu a meu respeito, fiz ele escrever em letra de forma vermelha o endereço dele aqui na agenda, para eu poder comparar e descobrir o depoimento dele. Pois o que eu descobri é que ele não tem a menor imaginação. Eu estava crente que ele ia escrever que eu era a musa da vida dele, mas a cabecinha limitada dele escreveu apenas: "Bonita". Que falta de criatividade!

A Natália começou a rir, falando que a Vanessa ainda não tinha sacado que o único motivo do Leo estar com ela até hoje era mesmo porque ela era bonita. Mas eu nem prestei atenção. Corri para o fim da agenda, para a página de endereços, e encontrei lá o que ela tinha falado. O endereço do Leo em letra de forma, escrito de caneta vermelha. Coloquei o endereço do lado da folha dos depoimentos e comecei a reparar minuciosamente a letra. Reparei que, tanto no endereço que ele escreveu quanto no tal "bonita", a letra "O" era meio aberta e que o "I" não estava pontuado.

Em seguida, tirei minha própria agenda da bolsa e peguei a *minha* folha de depoimentos. Fui correndo para onde estavam as três frases que, segundo a Gabi, tinham sido de autoria do Leo. Depois de cinco minutos de análise, constatei que, apesar de cada uma delas ter sido escrita com uma cor diferente, todas as três realmente se pareciam. A *pessoa* que escreveu as tais frases pra mim também não tinha o hábito de colocar ponto no "I". E nem de fechar o "O"...

Fechei a minha agenda e guardei. Em seguida, entreguei a da Vanessa para a Natália. Ela me perguntou o que a gente deveria fazer com aquilo.

Eu mandei que ela jogasse no lixo. Ela riu, olhou pra agenda, olhou pra mim e realmente colocou na lixeira! Eu comecei a rir também e aí ela falou: "O segredo do bom criminoso é eliminar todas as provas...", ao que eu respondi: "E do bom detetive é não perder uma única pista...". Nós rimos uma para outra e fomos em direção à porta, afinal já estava passando da hora do almoço.

Resolvi perguntar se o Mateus tinha dado alguma notícia. Ela fez uma carinha triste e disse que não... e aí falou: "Até o Cláudio ligou pra Gabi...".

Eu fiquei meio admirada, e ela: "Ué, você não sabia que eles foram ao cinema ontem? Ela me mandou um e-mail só pra contar que no sábado de manhã mesmo ele já tinha ligado pra ela convidando...".

Aí eu entendi qual novidade a Gabi queria tanto me contar... eu ri pra Natália e falei: "Essa Gabi é doidinha, né? O tipo dela sempre foi aqueles meninos meio *heavy-metal*, cabeludos, e agora ela cisma com um... vestibulando?!".

A Natália riu e concordou.

Eu falei que não era pra ela se preocupar, que o Mateus ia aparecer, sim, que ele devia estar só se fazendo de difícil. Ela se animou de novo: "Bom, acho que, pelo menos na festa da sua sala, é quase certo a gente se encontrar... todo mundo está comentando que essa festa vai ser o máximo, e ele inclusive perguntou como fazia para conseguir convite. Eu, na mesma hora, tirei da bolsa o convite que você me deu e entreguei pra ele!".

"Ué, e como você vai entrar?", eu perguntei.

Ela deu um risinho e disse: "Claro que você vai me dar outro convite, não é, Fanizinha?".

Eu fiz uma cara de brava, mas em seguida dei um sorriso. Claro que ela merecia outro convite. E pensar que eu passei o ano inteiro evitando a Natália e foi ela que me trouxe de bandeja a resposta para as minhas maiores dúvidas...

"Claro, Natália", eu disse sorrindo. "Dou quantos convites você quiser!"

Ela me deu um abraço e abriu a porta para mim.

> *Henry: E o que acontece se a pessoa destinada para você nunca aparecer, ou ela aparece, mas... você está muito distraído para notar?*
>
> *Leonardo da Vinci: Você aprende a prestar atenção.*
>
> *(Para sempre Cinderela)*

Fui andando pra casa e só vinha um pensamento na minha cabeça... o Leo gosta de mim! Agora eu acredito no que – pelo jeito – estava óbvio para todo mundo... o Leo gosta de mim! O Leo gosta de mim! O Leo... *gostava* de mim! Porque, se ainda gostasse, não estaria com a Vanessa até hoje.

As meninas dizem que ele só está com ela porque eu não dou bola pra ele. Mas será que, se eu desse, ele realmente a trocaria? Não acredito nem um pouco nisso. A Vanessa pode ser chata, esnobe, pretensiosa, convencida... mas não posso negar que ela é muito bonita.

Se, e eu digo SE, ele largasse a Vanessa pra ficar comigo... eu ficaria com o Leo? Tá, eu sei que senti ciúmes dele. Que eu *sinto* ciúmes dele. Mas será que eu gostaria de beijá-lo? Sempre pensei no Leo como um irmão, sei lá... acho meio estranho me imaginar abraçada com ele de um jeito... ah, como a gente abraça alguém por quem sente atração!

Quando percebi, já tinha chegado em casa. O porteiro me cumprimentou e me entregou umas cartas. Fui passando uma por uma enquanto esperava o elevador chegar, para ver se alguém, pra variar, tinha mandado alguma coisa pra mim, já que sempre só chegava correspondência para os meus pais.

Carta não tinha, mas lá estava a minha revista *Caprichosa*! Quando eu tinha 13 anos, eu pedi pro meu pai a assinatura da *Caprichosa*, de

Natal. Acho que estou meio velha pra ler essa revista agora, fico meio com vergonha, mas no fundo eu gosto, continuo lendo todos os meses e não tenho coragem de cancelar a assinatura...

Abri a revista e comecei a folhear, indo pro meu quarto. Minha mãe passou por mim no caminho e falou que cansaram de me esperar pro almoço, que o meu prato estava no micro-ondas. Como eu estava morrendo de fome, mudei a direção e fui direto pra cozinha. Sentei para almoçar e abri a revista de novo. Eu tenho essa mania de ler revistas de trás pra frente. Começo lá na última página e vou lendo tudo até chegar na capa. Mas dessa vez me deu vontade de ler o horóscopo primeiro.

> **PEIXES**
> Até que enfim dezembro chegou! Esse é um dos seus meses preferidos, já que nele estão reunidos o que você mais gosta: festas, família e comida! Mas lembre-se da dieta para o verão! Este dezembro será ainda mais especial. Se você é solteira, olhe em volta porque pode ter alguém querendo sua atenção. Para as comprometidas, muito afeto e carinho, o gato vai estar supercarente e pedindo colo. Não deixe as compras de Natal para a última hora, pois você será muito solicitada no final do mês. Número de sorte: 21. Cor: Rosa-bebê.

Li umas três vezes. Não sou muito de acreditar em horóscopo, mas... realmente dezembro é um dos meus meses preferidos, apesar de eu não ser muito fã de festas. Nem de família. Festa de família então... Agora a parte da comida eles acertaram. Mas infelizmente eu tento esquecer esse detalhe, pra fazer o sacrifício da academia compensar. Alguém está querendo minha atenção. Humm...

Eu já ia virar a folha quando pensei numa coisa. Qual era mesmo o signo do Leo? Doze de julho...

> **CÂNCER**
> O ano realmente foi muito corrido pra você, mas agora é hora de descansar e colher os frutos de todo o esforço! Surpresas boas acontecerão no final do mês, aproveite as oportunidades! Papai Noel trará tudo o que você sempre sonhou, quem sabe até aquela pessoa especial embrulhada de presente? Com toda essa sorte, talvez alguém tente sabotar sua felicidade, já que você estará chamando a atenção. O melhor a fazer é manter distância das pessoas negativas e aproveitar! Número de sorte: 02. Cor: Alaranjado.

Esses horóscopos... se dependesse deles, todo mundo seria feliz pra sempre! Comecei a ler o resto da revista e, na primeira reportagem que eu li, quase caí da cadeira.

E quando você se apaixona pelo seu melhor amigo?

Preciso Dizer Que Te Amo
(Cazuza, Bebel Gilberto, Dé)
Quando a gente conversa
Contando casos, besteiras
Tanta coisa em comum
Deixando escapar segredos
E eu não sei que hora dizer
Me dá um medo, que medo
É que eu preciso dizer
Que eu te amo
Te ganhar ou perder sem engano
Eu preciso dizer que eu te amo
Tanto...

E até o tempo passa arrastado
Só pr'eu ficar do teu lado
Você me chora
Dores de outro amor
Se abre e acaba comigo
E nessa novela eu não quero
Ser seu amigo

É que eu preciso dizer
Que eu te amo
Te ganhar ou perder sem engano
Eu preciso dizer que eu te amo
Tanto...

Eu já nem sei se eu tô misturando
Eu perco o sono
Lembrando cada riso teu
Qualquer bandeira
Fechando e abrindo a geladeira
A noite inteira

É que eu preciso dizer
Que eu te amo
Te ganhar ou perder sem engano
Eu preciso dizer que eu te amo
Tanto...

Vocês não se desgrudam. Compartilham todos os segredos, fazem todos os programas juntos, e todo mundo acha que vocês são namorados. Um belo dia, você começa a imaginar como seria compartilhar também beijos com ele. Ao contrário do que você pode pensar, isso é muito comum. Nada mais natural do que uma grande amizade evoluir para uma grande paixão. Você já conhece o garoto. Gosta dele do jeito que ele é. Passa ótimos momentos ao lado dele. A única diferença entre vocês dois e um casal de namorados é que vocês não se beijam.

Acontece que, de repente, você começa a imaginar como seria se aquele beijinho que ele sempre te dá na bochecha escorregasse um pouquinho mais para o lado... Você começa a ficar curiosa para descobrir que gosto teria esse beijo. Você se pega com ciúmes das conversas dele com outras meninas. E você começa a querer descobrir se ele gosta de você apenas como amiga mesmo.

O primeiro passo é saber se você realmente está gostando dele. Amizade e amor são separados por uma tênue linha, e um não existe sem o outro. Você pode amar o seu amigo, mas não sentir a mínima atração por ele. A diferença começa quando você percebe que, ao lado do seu amigo, seus sentimentos não são mais os mesmos.

Ele chega e seu coração dispara. Ele te faz um elogio e você treme. Ele te olha nos olhos e o tempo para. O que antes não passava de rotina, passa a ser novidade. Estudar com ele se torna a melhor parte do seu dia. Dizer "tchau" é um sacrifício. Você não consegue mais contar tudo pra ele como costumava fazer.

Você começa a ficar com medo de ele sacar suas intenções, já que te conhece tão bem. Muitas meninas, nessa fase, começam exatamente a se afastar do amigo, ao contrário do que deveriam fazer. O mais provável é que ele também esteja interessado, ou que possa vir a ficar, pelos mesmos motivos que fizeram com que seus sentimentos mudassem. Seu afastamento apenas fará com que ele não perceba isso.

O melhor nessa hora é investir em você. Lembra quando você se arrumava toda para ir ver aquele menino por quem era apaixonada? Faça o mesmo pelo seu amigo. Jogue charme. Faça com que ele perceba que, por trás da amiguinha, existe uma menina interessante, atraente, que daria uma ótima namorada. Mas não se esqueça de ser natural. O pior a fazer é se tornar outra pessoa ao lado dele, afinal, ele gosta de você do jeito que você é.

Amizades que se transformam em amores têm um sabor diferente. Como já se conhecem, vocês sabem e aceitam os defeitos de cada um, além de conhecerem e admirarem as qualidades. Um já sabe como fazer o outro feliz. Dar uma chance para esse amor é apenas isso. Dar uma chance para a felicidade...

Eu terminei de ler e dei um suspiro. Passei mais uma página e tinha um teste, ainda sobre o mesmo assunto. Peguei uma caneta e comecei a responder no mesmo instante.

Ele é mais do que um amigo pra você?

Será que você está confundindo os sentimentos ou realmente está se interessando pelo seu amigo? Descubra no nosso teste deste mês.

Responda a todas as questões marcando apenas uma alternativa. Escolha a que mais se aproxima dos seus reais sentimentos e atitudes. No final, confira sua pontuação e leia o resultado.

1. Quando ele vem pra te cumprimentar, o que você pensa?
a) Oi, tudo bom?
b) Tomara que ele erre a mira e acerte o beijinho na minha boca...
x) Que bom que você chegou, estava com saudade!

2. Quando você assiste a um filme romântico, em quem pensa no final, quando sonha em também ter um final feliz com um príncipe encantado?
a) Tom Cruise, lógico!
b) No meu amigo...
x) Ninguém... preciso encontrar alguém pra gostar.

3. Vocês estão juntos em uma festa. O pessoal começa a falar que vocês parecem namorados. O que você responde?
a) Eu, namorá-lo? Rá!
b) Você acha mesmo? – e olha pro seu amigo pra ver a resposta dele.
x) Não responde nada e fica morrendo de vergonha do seu amigo, querendo cavar um buraco no chão.

4. Quando você está conversando com ele:
a) Fica pedindo informações sobre o comportamento masculino, pra ver se aquele seu vizinho está mesmo a fim de você.
b) Seu coração bate tanto que nem consegue prestar atenção no assunto.
x) Nem vê o tempo passar de tanto que o papo é interessante.

5. Se você fosse dar um presente pra ele, o que daria?
a) Sei lá, um sundae do McDonald's?
b) Eu!
x) Um CD da banda preferida dele.

6. O que você mais gosta no seu amigo?
a) Os amigos dele.
b) Tudo, ele é perfeito!
x) O fato de ele sempre me fazer sorrir.

Conte quantas alternativas de cada letra (A, B ou C) você marcou.

Maioria de letra A
Definitivamente você é só amiga do seu amigo. E olhe lá! Algumas vezes você pode passar a impressão de estar na companhia dele apenas para aproveitar, para pegar carona na amizade dele com outros meninos ou para pedir conselhos. Cuidado, amizade é um sentimento de mão dupla. Veja se você está fazendo o mesmo pelo seu amigo. Ou corre o risco de ele arrumar outra melhor amiga menos interesseira...

Maioria de letra B
Apaixonada! Você é louca pelo seu amigo e ele só não sabe disso ser for cego! Não perca tempo. Se declare antes que você comece a fazer papel de boba. Se ele quiser só sua amizade, pelo menos você não vai ficar iludida pra sempre e ainda pode manter o amigo. Se ele quiser mais do que isso, uau, você perde um amigo, mas ganha um namorado!

Maioria de letra C
Os seus melhores momentos são na companhia dele. Você sabe exatamente do que ele mais gosta e pelo olhar capta o que ele está sentindo. Um sentimento mais forte pode estar por trás desse carinho todo. Você pode ter medo de estar confundindo os sentimentos, mas lembre-se que os melhores casais são aqueles que, além de namorados, são amigos um do outro.

Fiz o teste, só deu letra C! Li a resposta. Fiquei um tempo com a revista aberta na minha frente, pensando, sem trocar a página e, de repente, reparei que eu nem tinha tocado no almoço. E o pior de tudo é que eu não estava mais com a mínima fome...

32

> **Jack:** Eu estou muito envolvido agora. Você pula, eu pulo, lembra? Eu não posso virar as costas sem saber se você vai ficar bem... isso é tudo que eu desejo.
> **Rose:** Eu estou bem... eu vou ficar bem... de verdade.
>
> (Titanic)

Finalmente, a sexta-feira chegou! Nunca vi uma semana passar tão devagar quanto esta! Plenas férias e não tem nada pra fazer nesta cidade! Já vi todos os filmes em cartaz, com essa chuva ininterrupta não dá pra ir pro clube, não passa nada que presta na televisão... só me restou mesmo ficar torcendo pra sexta chegar logo.

Ontem, pelo menos, eu fui ao shopping com a Gabi. Ela queria comprar uma roupa nova pra ir à festa da sala hoje. Muito interessante o poder que uma paixão tem sobre uma pessoa. A Gabi comprando roupa nova! Diz ela que isso não tem nada a ver com o Cláudio, mas essa é a única explicação pelo interesse súbito dela por moda.

Depois do shopping, eu tinha salão marcado e perguntei se ela queria ir comigo. E não é que ela topou? Enquanto eu fiz as unhas, ela cortou o cabelo. Finalmente, resolveu igualar as pontas, e o jeito que a cabeleireira arrumou realmente valorizou o rosto da Gabi.

A Natália também ficou nos preparativos pra essa festa a semana inteira. Só que ela não foi modesta como a Gabi... ela fez o pai dela comprar uma roupa caríssima da M. Officer exclusivamente pra ela se exibir pro Mateus. Ela apareceu lá em casa, com a sacolinha, toda sorridente. Colocou a roupa e me fez falar 263 vezes que ela estava muito bem no modelo e que o Mateus com certeza ia achá-la a mais bonita da noite.

Inclusive eu, que até um mês atrás não queria nem ouvir falar nessa festa, comecei a ficar animada. Depois daquela briga toda com a Vanessa por causa do lugar, eu realmente achava que a festa ia acabar sendo no pátio do colégio mesmo, o que não teria graça nenhuma, já que, além de ser pequeno, não pode ter música alta por causa da vizinhança. Mas o Lucas, um menino que senta lá na frente, acabou oferecendo a casa da avó dele. Parece que a tal casa está sendo vendida e por isso está completamente vazia, o que nos deu um grande espaço para decorar e convidar quem a gente quisesse. Cada aluno teve que vender (ou pagar) cinco convites (eu só usei dois, os que eu *dei* pra Natália), e com esse dinheiro pudemos comprar bebidas e comidas.

Minha única tristeza é que as notas iam sair no mesmo dia, o que eu sabia que com certeza ia me deixar sem astral nenhum na hora da festa.

Deu oito da manhã e eu já estava de pé. Os boletins iam ser entregues a partir das dez, mas nove e meia eu já estava lá. A secretaria ainda nem estava aberta e eu me sentei na frente do colégio pra esperar. Alguns poucos alunos já estavam esperando também.

Eu estava pensativa, olhando pro chão, e não reparei que alguém estava vindo em minha direção. Quando ouvi meu nome, tomei o maior susto, e mais ainda quando vi quem era.

"Oi, Fani, posso conversar com você um pouquinho?"

Eu olhei para a cara dele sem a menor vontade de falar sim, mas sem a menor coragem de dizer não. Completamente sem graça, balancei a cabeça afirmativamente e arredei um pouquinho pro lado, achando muito constrangedora aquela situação.

Como essa vida é irônica... tudo o que eu mais queria um tempo atrás estava acontecendo naquele momento. E o engraçado é que naquele momento eu não queria aquilo mais: o Marquinho se sentar ao meu lado e pedir para conversar comigo.

Eu fiquei esperando ele falar, segurando minha bolsa bem firme na minha frente como se fosse um escudo ou algo assim. Reparei que ele também estava meio sem jeito, então eu falei: "tudo bem?", só pra ver se ele falava logo o que queria e acabava com aquele suplício de uma vez. Funcionou.

"Fani, eu queria te falar que você foi a minha melhor aluna esse ano. A mais interessada, a que fez perguntas mais inteligentes e que tirou as melhores notas. Não sei se você tem interesse em fazer vestibular na área de biológicas, mas eu acho que você deveria", ele falou bem sério, olhando pra mim.

Era isso então! Eu crente que ele ia falar algo a respeito dos telefonemas, da mulher dele ou coisa parecida... Comecei a sorrir meio aliviada, já ia falar que não, que eu ia fazer vestibular pra Cinema, quando ele abriu a boca de novo.

"Eu queria falar também que eu fiquei muito triste por causa de algumas coisas que aconteceram entre nós em um aspecto mais pessoal... eu realmente não queria que algumas coisas tivessem sido do jeito que foram..."

Eu olhei pra ele com cara de dúvida, mesmo que estivesse morrendo de vergonha, e perguntei: "Coisas?".

Ele deu um suspiro meio sem paciência, olhou para os lados e falou em um tom mais baixo: "Fani, eu realmente acho você uma menina e tanto. Além de ser inteligente, é uma gatinha. E não é afetada como as meninas bonitas de hoje em dia. Você se destaca. Realmente, eu fiquei interessado em você, apesar de, como você acabou descobrindo, eu ser casado. Mas eu queria te falar que isso não teria acontecido se o meu casamento estivesse 100%. Eu e a Cristina estamos meio em crise...".

Ele continuou a falar umas coisas sobre o casamento dele e veio me dando uma raiva por dentro! O que ele estava achando? Que eu iria consolá-lo pelo fato do casamento dele estar indo mal? Pra começar, será que ele achava que eu ia acreditar naquela história?

Ele começou a falar que estaria disposto a tentar, se eu quisesse e, de repente, começou a passar o dedo devagarzinho na minha mão. Nessa hora foi como se eu tivesse levado um choque, não sei se pelo toque ou por ele estar sugerindo que eu virasse amante dele!

Levantei-me depressa, e minha bolsa caiu, derrubando no chão tudo o que tinha dentro. Que situação humilhante!

Comecei a catar as coisas, o Marquinho fez que ia ajudar, eu já ia falar que podia deixar, quando atrás de mim uma pessoa ajoelhou e começou a pegar minhas moedas, que estavam todas espalhadas ao meu redor. Eu ia virar pra falar que as moedas eram minhas, quando a tal *pessoa* falou no meu ouvido para que só eu ouvisse: "Esse cara está te incomodando?".

Tomei um susto quando ouvi aquela voz! E um alívio como eu nunca senti na vida!

"Leo!" Foi só isso que eu consegui falar.

Nós pegamos o resto das coisas rápido e levantamos. O Marquinho também já tinha levantado e estava olhando pro Leo com uma expressão meio aborrecida. Ele fez que ia falar mais alguma coisa comigo, mas eu virei a cara sem dizer nada e saí puxando o Leo.

Chegamos na esquina e o Leo me parou.

"Fani, espera, me fala o que aconteceu, você está pálida! Eu vi o cara esfregando a mão dele na sua e você se levantando assustada. Ele falou alguma coisa... chata pra você?"

Eu estava tão horrorizada com o Marquinho e tão aliviada ao mesmo tempo pelo Leo ter chegado na hora certinha que não conseguia nem falar. O Leo viu que eu estava tremendo e me abraçou pra tentar me acalmar. Começou a passar a mão no meu cabelo e ficou falando no meu ouvido: "Olha, se você não quiser falar, tudo bem, mas acho que você não deve guardar isso pra você. Eu sei que você gostava desse cara e confesso que eu fiquei feliz quando soube que ele era casado. Ele não tem o menor direito de te assediar, primeiro por causa do estado civil dele, depois porque você é menor de idade! Se você quiser que eu o denuncie...".

Eu estava quase começando a chorar, o Leo segurou os meus ombros, me pediu pra ter calma e continuou a falar bem baixinho: "Fani, calma. Eu não vou fazer nada que você não queira. Mas não gosto de te ver triste e muito menos que te façam de boba. Promete para mim que pelo menos você vai ficar bem longe dele?".

Eu fiz que sim com a cabeça e aí fiquei olhando pro chão um tempinho, completamente envergonhada.

Ele sorriu, me abraçou de novo e me deu um beijinho na bochecha. E, subitamente, eu me lembrei de uma frase da reportagem da *Caprichosa*, que eu tinha lido tantas vezes durante a semana.

"Acontece que, de repente, você começa a imaginar como seria se aquele beijinho que ele sempre te dá na bochecha escorregasse um pouquinho mais para o lado..."

> Timóteo: Afinal, o que chorar vai te trazer? Nada além dos soluços!
> (Dumbo)

BOLETIM ESCOLAR – Estefânia Castelino Belluz

Disciplina	Frequência Mínimo para aprovação – 70%	Aproveitamento Mínimo para aprovação – 60
PORTUGUÊS	78%	72
HISTÓRIA	78%	67
QUÍMICA	78%	69
INGLÊS	84%	84
MATEMÁTICA	84%	58
LITERATURA	80%	73
GEOGRAFIA	84%	74
FÍSICA	80%	60
ED. RELIGIOSA	92%	93
BIOLOGIA	98%	95
ED. FÍSICA	72%	OK
INFORMÁTICA	96%	90

> Prezado aluno,
>
> Queira dirigir-se à secretaria para efetivar sua matrícula (caso tenha frequência acima de 70% e aproveitamento acima de 60 pontos em todas as disciplinas) trazendo duas fotos atualizadas. O boleto bancário será enviado pelo correio até o dia 15 de dezembro. Caso não tenha obtido aproveitamento ou frequência necessários em alguma disciplina, favor inscrever-se para a recuperação que começará na próxima segunda-feira (horário já afixado no quadro de avisos).
>
> Obrigada por mais um ano com a gente. Boas férias!
>
> *Diretora Clarice Albuquerque da Silva Fagundes.*

Eu tinha certeza. Por mais que todo mundo falasse que eu ia passar, lá no fundo de mim eu já sabia. Mas o que eu não sabia era que essa recuperação seria em MATEMÁTICA!! Caramba! Não entendo como isso foi acontecer! Eu precisava de CINCO na prova! Apenas cinco pontos! E pelo visto, consegui tirar TRÊS! Tipo, eu precisava tirar sete em Física e consegui! Eu poderia ter estudado um pouquinho mais de Matemática, que raiva de mim!

A secretaria já estava lotada quando eu e o Leo chegamos lá. Entramos numa fila, assinamos uma folha e finalmente pegamos os boletins. O Leo abriu o dele lá dentro mesmo e começou a brigar com os funcionários, a falar que ia pedir revisão de prova, que ele tinha certeza de que a nota estava errada, que ele já estava com viagem marcada... aquilo só me deixou mais tensa. Deixei-o lá dentro e fui abrir meu boletim bem longe da confusão.

Fui direto olhar a nota de Física. Quando vi que tinha passado com 60, nem acreditei! Comecei a pular de felicidade, mas foi nesse momento que meus olhos foram sugados por uma notinha vermelha lá no meio do boletim. Matemática. 58. Inacreditável.

Fiquei tão triste que nem esperei a Gabi e a Natália conforme o combinado. Fui correndo pra casa.

Joguei o boletim na escrivaninha, sentei no chão, olhei pro teto e, quando percebi, já estava chorando.

Eu estava lá com ódio do mundo quando notei uma caixa embrulhada em cima da minha cama. Levantei do chão pra ver o que era e notei que tinha um cartãozinho em cima.

Para a nossa Fani ficar bem linda na reunião do SWEP e mais tarde arrasar na festa.

Mamãe e Papai

Desembrulhei o papel, abri a caixa e lá dentro estava o vestidinho mais lindo que eu já vi na vida! Pretinho, frente única, com uma sainha meio esvoaçante. Tinha também uma echarpe combinando.

Fiquei olhando para aquilo sem saber o que pensar. Com o desespero da nota vermelha, eu nem estava mais pensando na festa e muito menos nessa reunião de intercâmbio, na verdade não estava nem me lembrando disso! Como eu ia falar pros meus pais que eu não merecia aquele vestido nem nada?? Não que eu nunca tivesse tomado recuperação antes, mas acho que este ano eles não estavam esperando por isso, já que tive todas aquelas aulas particulares. Só que as tais aulas foram de Física...

Eu estava pensando nisso quando bateram na minha porta. Meu primeiro impulso foi esconder o boletim, mas não deu tempo. Minha mãe já estava abrindo e perguntando se podia entrar. Ela veio toda sorridente, com certeza para ver o que eu tinha achado do presente, mas, ao ver o meu rosto inchado, ficou séria.

"O que foi, não gostou?", ela falou preocupada. "Eu o achei tão parecido com aquele que você me mostrou na revista outro dia..."

Como eu não disse nada, ela começou a percorrer os olhos pelo meu quarto e parou na escrivaninha.

"Física...", ela falou com uma expressão brava, mais afirmando do que perguntando.

"Não, eu passei em Física, mãe...", eu disse depressa, para ela ver que o dinheiro investido nas aulas particulares tinha valido a pena.

Ela então começou a parecer preocupada de novo: "O que aconteceu então, minha filhinha? Brigou com alguém?".

Uma coisa que eu não resisto é quando minha mãe me chama de "minha filhinha". Quando ela me chama de Fani, está tudo bem. Estefânia é só quando ela está brava. Mas "minha filhinha" é o jeito que ela me chamava quando eu era pequenininha e ela só usa agora quando realmente está preocupada comigo ou querendo me mimar – o que atualmente é muito raro. Mas sempre que ela fala desse jeito eu me derreto.

Peguei o boletim e entreguei pra ela, já chorando de novo.

Minha mãe pegou, abriu, olhou as notas e em seguida olhou de novo pra mim: "E isso é motivo pra chorar desse jeito? Francamente, não é, Fani? Você não tem mais dez anos, filha! Não pode ficar chorando por qualquer coisa assim! Realmente, o ideal seria você ter passado direto, mas não é o fim do mundo! Vamos pegar pra valer agora, pergunte pra sua professora particular se ela não dá aula também de Matemática, esqueça as amigas, as saídas e os filmes durante essa recuperação, enfie a cara nos livros que você sabe que tira isso de letra!".

Antigamente, quando eu era mais nova, minha mãe simplesmente brigava e me colocava de castigo quando eu tirava alguma nota baixa. Era mais ou menos isso o que eu esperava... mas – ao contrário – ela estava me tratando como...

"Você já é adulta o suficiente para saber as consequências que repetir um ano na escola pode causar na sua vida", ela falou, praticamente lendo meus pensamentos. "Em primeiro lugar, acho que o SWEP não aceitaria uma repetente, já que os intercambistas têm que ser jovens exemplares. Além disso, você vai atrasar a sua vida inteira um ano... vai fazer vestibular com um ano de atraso, vai formar atrasada... você vai ficar o tempo todo com a sensação de que sempre está chegando depois! Ah, e tem também o vexame de ver todos os seus colegas na outra série e você ficando pra trás..."

Foi a primeira vez que eu tive a sensação de que eu era a responsável pela minha vida. A primeira vez que eu senti que minha mãe não estava me tratando mais como criança, e em vez disso me deixar feliz, me deixou ainda mais desesperada, como se, de repente, eu tivesse caído na real de que tudo o que estava acontecendo era por minha culpa e de mais ninguém.

Eu olhei pra minha mãe, que estava me observando, dobrei o vestido, coloquei na caixa, fechei e entreguei pra ela: "Será que eles aceitam de volta na loja? Eu nem experimentei, não tirei a etiqueta nem nada... acho que pelo menos dá pra trocar por alguma outra roupa, talvez você encontre alguma coisa pra você ou pro papai...".

"Do que você está falando, Estefânia?", ela disse me olhando como se eu tivesse ficado louca.

Eu respondi que eu achava que não merecia aquele vestido, já que tinha tomado aquela recuperação, e também que seria um desperdício, já que eu não ia usar...

"Não vai usar? Você está querendo me dizer que vai à reunião e à festa com alguma das suas roupas velhas sendo que eu gastei horas no shopping tentando escolher um vestido que agradasse ao mesmo tempo o meu gosto e o seu?"

"Mãe, eu não vou a festa nenhuma! Não quero ouvir ninguém me perguntando se eu passei e eu ter que passar vergonha dizendo que não! E nessa reunião eu não preciso ir de vestido! Qualquer uma das minhas roupas serve, você pode até escolher se fizer muita questão!"

Ela me olhou como se eu definitivamente estivesse precisando de um tratamento psiquiátrico.

"Absolutamente!", ela falou de repente. "Eu não quero que depois, daqui a alguns anos, você jogue na minha cara que eu deveria ter te obrigado a ir nessa festa, porque eu sei que é exatamente isso que os filhos fazem! Olha, Fani, eu não queria te deixar pensando nisso, mas você tem que ter em mente que essa é a sua última festinha de colégio... ano que vem você vai fazer o terceiro ano no exterior e já vai voltar formada. Depois é vestibular direto e outra festa de turma só na faculdade..."

Eu não tinha pensado nisso ainda. Ela percebeu, me estendeu a caixa de volta, eu peguei, mas falei: "Você não acha que é um absurdo eu ir a uma festa sendo que eu peguei recuperação?", porque era exatamente isso que eu esperaria que ela pensasse...

"O melhor é você esquecer essa história de recuperação hoje, aproveitar a sua festinha, dançar tudo o que tiver que dançar, curtir o suficiente para te suprir por uns 15 dias e aí, amanhã, você pega os livros assim que acordar e só sai de perto deles daqui a duas semanas, quando esse *martírio* acabar."

Olhei pra minha mãe como se eu nunca a tivesse visto na vida. E pensar que um tempo atrás o meu maior problema eram as brigas constantes que a gente tinha. De repente parece que nós ficamos mais próximas, e ela, além de não implicar mais, ainda estava resolvendo os meus problemas!

Coloquei a caixa e o boletim na cama e dei um abraço nela! Ela me abraçou também, ficamos um tempo assim, e aí ela falou: "Marquei salão pra gente depois do almoço! Então trate de desinchar esses olhos, porque filha minha tem que ser a mais bonita até no salão de beleza!".

E saiu, fechando a porta e me deixando com uma sensação boa, de ter não só uma mãe, mas também uma amiga por perto.

> *Peter Pan:* Você não entende, Sininho? Você significa mais pra mim do que qualquer outra coisa neste mundo!
>
> (Peter Pan)

Tem dias que a gente dorme tão profundamente que acorda meio sem noção de tempo e lugar. Eu abri os olhos, olhei para o teto, me situei e fiquei ali, abraçada com meus travesseiros, pensando que horas deveriam ser. Imaginei que provavelmente seriam umas 7 da manhã, porque a claridade que passava pela minha janela não estava muito forte. Virei para o lado para olhar o rádio-relógio e quase caí da cama! Cinco da tarde?!

Se fossem férias normais, não teria problema nenhum. Mas a primeira coisa de que eu me lembrei quando acordei foi a maldita recuperação e que eu tinha que ter passado o dia inteiro estudando.

O apartamento estava completamente silencioso. Fui ao banheiro e em seguida à cozinha, pra comer alguma coisa e tentar achar alguma pista de onde estaria a minha família. Sábado geralmente é bem barulhento, já que o meu irmão Inácio sempre vem com as crianças, e o meu irmão Alberto, que volta da faculdade para passar a maioria dos fins de semana aqui, adora ligar todos os rádios e as televisões da casa ao mesmo tempo.

Chegando à cozinha, encontrei um ingresso e dois recados pregados na porta da geladeira.

Fani, aí está o ingresso da festinha de Natal da escolinha da Juju. A festa vai das duas às seis da tarde. Pegue um táxi que a gente acerta quando você chegar. Fiquei sabendo da recuperação, se você preferir ficar estudando, sem problemas, tenho certeza de que a Juju não vai se importar, contanto que você dê um presente de Natal bem legal pra ela!

Inácio

Filha, eu e seu pai estamos indo para a casa do seu irmão para ajudar a fantasiar a Juliana para a festinha. Estou levando sua antiga roupinha de Mamãe Noel, acho que já vai servir nela. Vamos almoçar lá e por isso liberei a empregada. Peça uma pizza para você (o dinheiro está no lugar de sempre). O Inácio está deixando o seu ingresso da festa, nos encontramos lá.

Beijos!
Mamãe

Por isso eu tinha dormido tanto! Sem barulho de família e empregada, devo ter recuperado o sono de todos os anos em que eu fui acordada sem ter descansado o suficiente! Mas não foi só por isso. Ontem eu fui dormir bem tarde mesmo...

Fiquei meio triste por ter perdido a festinha da Juju. Ela estava falando disso desde outubro! Contava que o Papai Noel ia passar na escola dela antes de todos os lugares e que ia dar pra ela uma Barbie, uma bicicleta e o CD da dupla Sandy & Junior! Realmente eu queria ter visto a carinha dela ganhando todos esses presentes... aliás, espero que meu irmão tenha providenciado tudo isso pra ela!

Liguei para o telepizza e pedi uma média de frango com catupiry. Enquanto esperava, coloquei a mesa, sentei e comecei a lembrar da noite anterior.

Eu saí de casa às 18h30, para a reunião de orientação do SWEP. Minha mãe foi comigo. A reunião foi bem interessante, mas eu estava tão ansiosa para a festa que estava doida para acabar logo.

Eles explicaram o que esperam da gente, falaram do uniforme que precisamos usar, contaram casos que aconteceram com ex-intercambistas e marcaram a data da viagem. Seis de janeiro. Daqui a menos de um mês e meio. Acho que ainda não caí na real que em pouco tempo tudo isso aqui vai ficar tão distante.

Depois da reunião, minha mãe me deixou na casa da Gabi, para eu terminar de me arrumar lá e ir com ela para a festa. O pai dela ia levar a gente e íamos voltar com o da Natália, que deixou que ela ficasse na festa até duas horas da manhã por ela ter passado de ano.

Nós chegamos lá às 22 horas. A festa já estava lotada. A primeira pessoa que vimos foi o Cláudio, que veio todo sorridente em nossa direção. Ele chegou, me cumprimentou, olhou para a Gabi e sorriu. Ela sorriu de volta, mas antes ficou completamente vermelha! Dá pra acreditar nisso? A Gabi envergonhada? Aí ele deu um puxão nela e deu um beijo direto na boca, sem nem falar nada! Caramba, acho que a coisa está mais séria do que eu pensava!

Eu saí andando pra tentar achar a Natália que já devia estar lá desde o comecinho. Ela queria ser a primeira a chegar para não ter perigo do Mateus dar só uma passadinha na festa e ela perder.

Todo mundo da sala estava lá. É tão engraçado ver de roupa chique as pessoas que a gente vê todo dia de uniforme... todo mundo fica muito diferente, com cara de banho!

Fui andando meio sem graça, cumprimentando o pessoal com acenos. Alguns me paravam, elogiavam meu vestido ou cabelo, perguntavam se eu tinha passado de ano, diziam algum incentivo quando eu respondia que tinha tomado recuperação, e eu continuava o meu caminho, cada vez mais desesperada pra achar a Natália depressa.

Foi ela que me encontrou. Eu estava olhando para a pista de dança, tentando enxergar as pessoas no meio de todas aquelas luzes piscando, quando ela apareceu.

"Fani, como você demorou!! Você perdeu o barraco!", ela falou isso e saiu me puxando para um lugar menos barulhento.

Eu perguntei que barraco era aquele, e ela, dramática que nem ela só, começou a contar bem devagar, detalhe por detalhe, que ela tinha sido a segunda a chegar na festa, que antes dela só mesmo o Lucas, que ela estava de prontidão na porta desde o princípio, mas que até agora nada do Mateus... eu comecei a perder a paciência e interrompi a história dela.

"E o barraco, Natália? Quer me matar de curiosidade?"

Ela riu, com uma expressão de quem estava guardando o melhor para o final.

"Então... eu estava lá na porta e aí a Vanessa chegou bufando! Sozinha! Veio de táxi, eu vi tudo. Quando ela se encontrou com as amigas dela, eu fiquei por perto pra escutar o que ela ia falar. Ela disse que não aguentava mais o *Leonardo*, que ele era muito criança, que estava tudo combinado para ela vir pra festa com ele – que tinha dito que ia pegar o carro do pai – e aí, em cima da hora, ele ligou pra ela e desmarcou, falou que não ia mais à festa porque não estava com pique, já que tinha tomado recuperação. Aí a Vanessa falou que ela sabia muito bem que devia ser o pai dele é que o tinha proibido de vir e que namorar pirralho dava nisso!"

Ela falou tudo tão rápido que eu nem consegui organizar a quantidade de informações. O Leo? Recuperação? Mas eu achei que ele já tivesse passado em tudo... Então quer dizer que o Leo não vinha... de repente, me deu uma vontade de voltar pra casa, comecei a achar aquela festa muito chata, eu realmente deveria ter ficado em casa estudando!

"Mas o pior você ainda não sabe...", a Natália continuou o relato, interrompendo meus pensamentos. "A Vanessa também falou que era muito bom isso ter acontecido porque ela ainda tinha um convite da festa e que depois que o Leo fez – segundo ela – a 'palhaçada', ela usou para convidar um fulano de tal aí, filho de um amigo do pai dela, que tem 18 anos e já está na faculdade. Só que parece que o tal cara falou que ela deveria tê-lo convidado antes, porque aí ele teria inclusive buscado ela em casa, só que, como ela avisou muito tarde, ele já tinha planejado de se encontrar com um pessoal, mas que, com certeza, ele passaria na festa mais tarde para dar um beijinho nela."

"Que absurdo! Mas e o Leo nessa história? Ela marca de se encontrar com outro assim, sem nem dar satisfação pra ele, só porque ele não quis vir à festa?", eu perguntei completamente tomando as dores do Leo, mas lá no fundo um pouco feliz e esperançosa pela possibilidade dele descobrir o verdadeiro caráter da Vanessa.

A Natália falou que escutou a Vanessa dizer também que mais valia um pássaro na mão do que dois voando, que ela só ia terminar com o Leo depois que tivesse certeza de que o outro cara estava mesmo na dela.

Eu fiquei muito revoltada. Peguei meu celular e comecei a procurar um número de telefone. A Natália começou a dar um monte de pulinhos, perguntando o que eu ia fazer, toda animada querendo ver o circo pegar fogo. Eu mostrei pra ela o nome do Leo e apertei a tecla "send".

Ele atendeu com uma vozinha meio desanimada. Ainda bem que meu celular tem viva voz, porque aí pude colocar pra Natália ouvir, sem ter que ficar repetindo tudo depois que nem papagaio.

Leo: *Alô.*

Fani: *Leo, sou eu, a Fani.*

Leo: *Ah, oi. Que barulhada, hein?*

Fani: *Er... você tá ocupado?*

Leo: *Não, tava vendo televisão.*

Fani: *Você não vai vir à festa?*

Leo: *Ah, Fani, não tô animado, não...*

Fani: *Mas você é tão animado sempre... por que exatamente hoje você não vem?*

Leo: *"Exatamente" como assim? O que tem de especial nessa festa?*

Fani: *Bom... na verdade, nada... mas é que eu... bom, eu também não ia vir, mas minha mãe me lembrou que essa vai ser minha última festa do colégio, porque eu vou fazer intercâmbio e depois já vou voltar formada e tal...*

Leo: *Humm.*

Fani: *Então eu resolvi vir, porque eu pensei que todo mundo que eu gosto fosse estar aqui...*

Leo: *Todo mundo que você gosta?*

Fani: *Hum, bom, é. Assim... a Gabi, a Natália, a Priscila, o Rodrigo, a Júlia, você...*

Leo: *Mas todas essas pessoas com certeza estão aí, menos eu. Tenho certeza de que você não vai nem sentir a minha falta...*

Nesse momento eu fiquei meio sem falar nada e a Natália começou a pular na minha frente, fazendo umas mímicas, mandando que eu dissesse alguma coisa.

Fani: *É... acho que o resto do pessoal vem, sim...*

A Natália começou a bater a mão na testa.

Leo: *Tá animado, aí? Barulhento eu já ouvi que está.*

Fani: *Bom, eu acabei de chegar, mas acho que tá sim...*

Leo: *Eu tomei recuperação.*

Fani: *Eu fiquei sabendo. Eu tomei também.*

Leo: *Tomou? Mas me falaram que todo mundo tinha passado em Física!*

Fani: *Não foi em Física. Foi em Matemática.*

Leo: *Ei, eu também!*

Fani: *Jura?*

Leo: *Foi, sim! Acho que essa professora ficou revoltada e saiu dando recuperação pra todo mundo, só pode ser!*

Fani: *Bom, até agora só sei da gente. As meninas passaram em tudo...*

Leo: *Sua mãe brigou com você?*

Fani: *Não. Ela falou que era pra eu aproveitar bem hoje à noite e começar a estudar amanhã.*

Ele não falou nada. Ficamos um tempo calados, e aí meu celular começou a apitar.

Fani: *Leo, a bateria do meu celular tá acabando. Tenho que desligar.*

Leo: *Tá bom, então.*

Fani: *Você não vem mesmo?*

Leo: *Você faz muita questão?*

Eu fiquei muda e nesse exato minuto minha bateria acabou. A ligação caiu sem que ele soubesse a verdade. Sim, eu fazia muita questão. Sem ele lá, aquela festa não ia ter a menor graça. Nem toda aquela produção ia valer a pena. Mas ele nunca ia saber disso...

35

> Jareth: Fiz isso tudo por você! Eu estou exausto de viver para satisfazer suas expectativas.
>
> (Labirinto)

A pizza chegou, interrompendo meus pensamentos. Comi duas fatias, guardei o resto no forno, peguei um copo de Coca Zero e fui pro meu quarto, antes de meus pais chegarem e descobrirem que eu não tinha ido à festinha da Juju pra ficar dormindo.

Fiz a cama, tirei a camisola e comecei a catar a minha roupa do chão. Peguei meu vestidinho e estendi na minha frente. Olhei para ele um pouquinho e aproximei do meu nariz, para ver se estava com cheiro de cigarro. Estava com cheiro de perfume. Um perfume que não era o meu.

Absorvi o cheiro com mais intensidade, deitei na minha cama abraçada com o vestido e deixei que aquele perfume me levasse de volta para a noite passada.

A festa, independentemente de eu estar gostando ou não, estava animada. Parecia até que a nossa sala era superunida, todas as pessoas dos grupinhos que normalmente são fechados e não se misturam estavam sociáveis, todo mundo conversando com todo mundo, o pessoal da outra sala veio quase todo... realmente ali só faltava o Leo. E não era só eu que estava sentindo falta, ouvi umas três pessoas comentarem que não o estavam vendo. Eu não queria contar que ele tinha tomado recuperação e muito menos que estava deprê por causa disso. Isso era coisa dele, eu não tinha direito de contar pra todo mundo.

A Natália, depois que meu celular acabou a bateria, só faltou me bater. Ela falou que eu faço tudo errado, que eu tinha que ter dito que se ele não viesse eu iria embora também, ou então que iria lá na casa dele e ficaria parada na porta até ele resolver vir. Ela falou também que eu devia ter falado o que a Vanessa estava aprontando, inclusive insistiu pra eu pegar o celular dela e ligar de novo pra ele e falar essas coisas, mas eu falei que de jeito nenhum, que o fato da minha bateria ter acabado tinha sido um sinal para eu não fazer nada disso!

Ela ficou meio brava. Falou que era por isso que eu não ficava com ninguém, que eu nunca demonstrava o que eu sentia, que os meninos acabavam me tratando como amiguinha porque era essa a impressão que eu passava pra eles! Eu disse pra ela que não tinha nada a ver, que eu já tinha ficado com um monte de meninos (ok, não um monte, mas eu não ia admitir isso pra Natália) e que era pra ela parar com essa bobeira, porque realmente eu era *amiguinha* do Leo, nada mais do que isso, e que era exatamente desse jeito que eu queria que ele me visse.

Ela ia falar mais alguma coisa, mas nessa hora o Mateus apareceu. A cor que a Gabi ficou quando viu o Cláudio não foi nada se comparada à da Natália. Primeiro ela ficou branca, eu achei até que ela fosse desmaiar. Depois passou pra rosa choque, vermelha, amarela... quando eu achei que fosse ficar meio verde, ela saiu correndo, falou que precisava ir ao banheiro dar uma olhada na aparência antes que o Mateus a visse.

Resolvi tomar alguma coisa. Fui até o bar que a comissão organizadora tinha improvisado na cozinha da casa e pedi um refrigerante. A Renata, uma das meninas da comissão que estava tomando conta do bar nesse momento, me falou que ela estava proibida de servir refrigerante puro. Que só serviria se fosse misturado com vodka!

Eu fiquei meio admirada, comecei a entender a razão da desinibição dos meus colegas e perguntei o que ela tinha sem álcool. Ela falou que nada, que se eu quisesse água teria que beber da torneira do banheiro. Minha vontade foi de virar as costas e não tomar nada mesmo, mas eu estava realmente sem graça de ficar andando pela festa sem rumo, meio sem saber onde colocar as mãos... ter alguma coisa para segurar pelo menos resolveria este problema e também me daria uma aparência menos antissocial. Aceitei então a Coca com vodka e fui achar um lugar pra sentar, sem tomar nem um golinho. Depois da festa de bodas de prata dos pais da Gabi, fiquei meio com trauma de álcool...

Sentei em um banquinho que estava desocupado perto da pista de dança e comecei a prestar atenção nas pessoas dançando. De repente o DJ deu uma virada e a próxima música foi uma lenta. Algumas pessoas fizeram: "Uhhhh", outras: "Ehhhh", a iluminação ficou mais escura, e a pista esvaziou, mas vários casaizinhos começaram a dançar. Achei muito engraçado, estava parecendo uma daquelas festinhas de quando a gente tinha 10 anos, que a hora da música lenta era a hora mais esperada e mais sofrida ao mesmo tempo. Se o menino te chamasse pra dançar você morria de vergonha de aceitar. Se ninguém chamasse, você se sentia a pessoa mais feia da face da Terra!

Eu estava vendo o pessoal dançar e de repente ganhei companhia. O Rodrigo e a Priscila vieram sentar do meu lado. De repente, o Rodrigo falou: "Nossa, essa menina é cara de pau mesmo, né?".

Eu olhei na direção que ele estava olhando e vi a Vanessa dançando na outra ponta com um menino mais velho, que com certeza não era do colégio. Devia ser o do tal do filho do amigo do pai dela.

Fiquei pensando em como esse mundo é injusto! A Vanessa tem namorado, não só um namorado qualquer, mas o Leo, e por um motivo qualquer esse namorado resolve não ir a uma mísera festa e o que ela faz? Ela estala um dedinho e no mesmo momento já aparece outro cara pra encher a bola dela! E quanto a mim? Não só não tenho namorado como não tenho ninguém pra ligar para massagear meu ego – e mesmo que eu tivesse, minha timidez não permitiria – e ainda por cima minhas amigas estão todas arrumando namorados, o que faz de mim uma encalhada, uma vela, uma chata que atrapalha os programas dos casais e de quem todo mundo quer distância!

De repente, reparei que eu estava encarando a Vanessa e o par dela. Ela viu que eu estava prestando atenção e começou a fazer uma ceninha, provavelmente com o intuito de provocar ciúmes no Leo, achando que eu fosse contar tudo para ele depois. Ou então a intenção dela era simplesmente *me* provocar inveja, o que eu não posso dizer que não funcionou um pouquinho.

Ela estava dançando realmente agarrada com o menino. Falava alguma bobeira no ouvido dele, ele ria e segurava a cintura dela mais forte, aí ela passava a mão pelas costas dele, ele apertava ainda mais... uma indecência, se quer saber a minha opinião!

O Rodrigo, de repente, falou: "Ixe, é agora que a porca torce o rabo!", e eu fiquei sem entender por meio segundo, até que vi o Leo chegando, olhando fixamente pra pista de dança.

Nesse momento, a música lenta terminou, e a próxima foi uma popular, bem agitada. A pista começou a ficar cheia de novo e a Vanessa desgrudou do menino, mas os dois não paravam de sorrir um pro outro, sem perceber o que estava se passando em volta. Eles começaram a caminhar para um dos sofás, quando o Leo parou na frente deles.

Não era só eu que estava olhando dessa vez, metade da festa estava querendo ver o que iria acontecer. Eu não sabia se estava com vergonha pela Vanessa, com pena pelo Leo ou com alegria por mim mesma, por finalmente o Leo ter visto que aquela menina não prestava!

Como a Vanessa não disse nada, o Leo a cumprimentou, bem sério, e ficou esperando pra ver o que ela tinha a dizer. Ela ficou mais séria ainda, se virou pro menino do lado e falou: "Rafa, esse é o Leo, um colega da minha sala".

O Leo fez uma cara admirada, acho que na verdade todo mundo fez a mesma cara que ele, e aí ele falou, levantando uma sobrancelha: "Colega?".

Pela primeira vez na vida eu vi a Vanessa sem graça. Ela se virou de novo pro menino, que estava meio sem entender o que estava rolando, e perguntou se ele podia pegar uma bebida pra ela, enquanto ela resolvia um *probleminha* ali. Ele foi, mas pela cara dava pra ver que não estava muito contente.

A Vanessa, então, sem se preocupar nem um pouco de estar sendo o centro das atenções, falou: "Leo, é o seguinte, você falou que não ia vir à festa. O que você queria, que eu ficasse em casa também, que nem uma boba perdedora?".

O Leo retrucou sem nem piscar: "Ah, é isso que você acha de mim, que eu sou um perdedor? Porque que você acha que eu sou bobo, eu já tinha reparado...".

Algumas pessoas em volta fizeram "uh!", outras sussurraram entre si, mas a música continuava a todo vapor, então acho que eles nem ouviram, continuaram o diálogo como se não tivesse ninguém em volta.

"Leo, pega leve, tá?", a Vanessa falou e pegou o braço dele, acho que para ilustrar o que ela tinha acabado de falar. "Você não queria vir, o Rafael muito gentilmente me ofereceu pra fazer companhia e me levar em casa depois. Que mal tem nisso?"

Além de traidora, estava mostrando ser uma mentirosa. O Leo deve ter achado a mesma coisa porque tirou a mão dela do braço dele e falou: "Não tem mal nenhum. Você pode ir pra casa com quem você quiser de agora em diante. Pode dançar, pode beijar, pode...". Nesse momento, ele deu uma paradinha, talvez pela cara que a Vanessa fez. "Você pode fazer o que te der na telha, desde que fique bem longe de mim. Tem muito tempo que eu queria falar isso, mas estava tendo consideração por você, porque eu sei que você é a pessoa mais preocupada do mundo com o que os outros pensam a seu respeito. Pois agora eu não estou nem aí com o que os outros vão pensar de você, não estou nem aí pra nada da sua vida. Quer saber? Tô fora!"

Eu olhei em volta e todo mundo estava de boca aberta. O Leo virou as costas e começou a andar em direção ao bar. Algumas pessoas aplaudiram quando ele passou, ele nem ligou e continuou a andar. A Vanessa ficou parada um tempo, uns meninos começaram a rir da cara dela, a gritar "se deu mal!", ela virou o cabelo de lado, levantou a cabeça e foi para o banheiro, como se nem fosse com ela.

A Priscila olhou pra mim, com uma expressão meio preocupada: "Será que o Leo vai ficar bem, Fani?".

Ela não precisou falar mais nada. Eu me levantei e fui direto para o bar.

> *Eduard Christoff Philippe Gérard Renaldi:*
> *Coragem não é a ausência de medo, é no entanto a percepção de que algo é mais importante que o medo. Os corajosos podem não viver para sempre, mas os cautelosos não vivem nada.*
>
> *(O diário da princesa)*

A campainha tocou. Levantei da cama assustada, ainda com o vestido na mão e fui abrir a porta. Olhei pelo olho mágico e vi que era o Alberto.

Abri a porta, ele me deu um beijinho e foi falando, andando para a cozinha: "Deixei minha chave aqui, já que eu achei que fosse voltar com o papai e a mamãe, mas eles estavam demorando tanto que eu desisti! Estão lá até agora tirando fotos de todos os ângulos da Juju! Coitada dessa menina, neta mais velha sofre...".

Eu o segui, para acompanhar o que ele estava dizendo.

"Tem alguma comida aí?", ele falou enquanto abria a geladeira. "Estou morrendo de fome, lá só tinha algodão-doce!"

Eu disse que tinha pizza, que eu só tinha comido metade, aí ele pegou o resto no forno e, sem nem se dar ao trabalho de esquentar, começou a comer como se nunca tivesse visto comida na vida. Ele sentou na copa, pediu pra eu pegar um suco e me perguntou o que eu estava fazendo com aquele vestido na mão.

Fiquei meio sem graça, falei que estava só arrumando as minhas coisas, peguei depressa o suco e comecei a andar em direção ao corredor, pra voltar pro meu quarto.

Eu não tinha dado nem três passos quando ele perguntou se eu não queria saber como tinha sido a festinha da minha sobrinha. Claro que eu queria saber, mas eu estava tão desorientada que até tinha esquecido de perguntar. Voltei pra copa, fiz que sim com a cabeça e sentei perto dele.

Ele começou a falar de boca cheia: "Muita gente velha. Muita criança. Muito grito. Muito choro. Aquelas professoras incompetentes não conseguem domar os alunos e tinha menino correndo pra tudo quanto é lado... era a minha visão do inferno, pra te falar a verdade!".

Eu comecei a rir do jeito dele falar e ele continuou: "E ainda por cima, seu irmão mais velho desligado comprou um CD da Sandy que a Juju já tinha! A coitadinha começou a chorar, falou que o Papai Noel não gostava dela, que ela tinha sido boazinha o ano inteiro... fiquei morrendo de pena. Por sorte a mamãe teve presença de espírito e falou na mesma hora que *Papai Noel* devia ter confundido, que aquele CD devia ser de uma coleguinha dela e que era pra ela devolver porque ela ia procurar de casa em casa pra descobrir quem era a menina que estava com o verdadeiro CD dela!".

Perguntei pro Alberto se a mamãe tinha ficado brava por eu não ter aparecido. Ele falou que achava que ela nem tinha reparado, que não tinha comentado nada sobre isso. Eu devo ter feito uma expressão aliviada, porque ele, na mesma hora, mandou que eu relaxasse e, com cara de ironia, perguntou se eu tinha estudado muito...

"Estudei, sim. Por que essa cara, Alberto?", eu perguntei bem séria, pra não dar margem a dúvidas.

"Bom...", ele respondeu me analisando de cima a baixo. "Você está com maquiagem no olho até agora! E está com a cara toda inchada, de quem acabou de acordar!"

Ele falou isso e voltou a olhar pra pizza que estava comendo, acho que pra não me deixar mais sem graça ainda. Mas um segundo depois, olhou de novo pra mim: "Ah, e está com esse vestido aí na mão... eu esperaria que você atendesse a porta segurando uma régua ou um compasso, algum objeto mais... matemático!".

Eu fiquei sem saber onde enfiar a cara.

"Se fosse você, Fani", ele continuou a falar, "eu tomaria um banho, lavaria esse rosto, espalharia uns livros de Matemática pelo seu quarto, porque o pior de tomar recuperação é a pressão que os pais colocam na gente se percebem que a gente ficou um segundo sem estudar! Vai lá que se eles chegarem nesse meio tempo eu cubro pra você, falo que cheguei aqui e te encontrei com uma cara exausta por causa de tanto estudo e que mandei você ir tomar um banho para revitalizar e conseguir estudar um pouco mais depois!"

Ele não precisou falar duas vezes. Resolvi tomar um banho de espuma, já que eu realmente estava precisando relaxar, e sentei na frente do espelho, enquanto esperava a banheira encher. Fiquei olhando o meu reflexo um tempinho, apoiei meus cotovelos na bancada da pia e deixei minha imagem se fundir com minhas lembranças tão nítidas da noite anterior.

Eu avistei o Leo no bar, com um copo de cerveja na mão. De cara, vi que aquilo não era bom sinal, porque o Leo não gosta de beber nada alcoólico, nas raras vezes em que bebe, são aqueles coqueteizinhos de festa de 15 anos. Ele diz que gosta de coisas doces, que cerveja tem um gosto muito ruim. Concordo inteiramente com ele.

De onde eu estava vindo, não dava pra ele me ver. Fui chegando devagarzinho, pensando o que ia falar, e então notei que ele estava conversando com o tal Rafael, pivô da discussão dele com a Vanessa. Fiquei morrendo de medo deles brigarem e fui chegando mais perto, para tentar escutar a conversa.

"O que eu estou dizendo, meu caro, é pra você ficar longe da Vanessinha, falou?" O Rafael ia falando, equilibrando dois copos de cerveja em uma mão só e com a outra apontava o dedo pro Leo. "Eu não tenho a menor ideia do motivo dela ter te dado atenção bem na hora em que a gente estava se divertindo tanto, mas, pelo que eu percebi, ela estava meio contrariada! Eu prometi pro pai dessa menina que cuidaria dela, e é isso o que eu vou fazer! Não vou permitir que nenhum pirralho a deixe aborrecida, tá ligado?"

Como o Leo levantou a voz para tentar se fazer ouvir, ele encarou isso como uma afronta e na mesma hora colocou as cervejas no balcão e deu um empurrão no peito do Leo, provocando.

O Leo não gosta de brigas, mas não tem sangue de barata! Colocou a cerveja dele no balcão também e nesse momento as pessoas que estavam no bar abriram uma roda em volta deles gritando: "Olha a briga! É briga!".

Eu fiquei completamente desesperada, porque se aquele cara batesse no Leo ia acabar com ele! Não que o Leo não seja forte, na verdade ele é até fortinho, apesar de estar meio fora de forma, mas o Rafael parecia que sabia exatamente o que estava fazendo, como se fosse acostumado a socar todo mundo que passasse pela frente!

Fiz a primeira coisa que me veio à cabeça.

"Oi, meu amor, eu estava te esperando! Vamos pra um lugar mais calmo que eu estou morrendo de saudade!"

Falei isso e saí puxando o Leo, que ficou meio surpreso, não sei se por me ver ou por eu tê-lo chamado de "meu amor". Apesar do meu esforço, ele não tirou os pés do lugar. O Rafael me olhou e perguntou: "Esse cara é seu namorado?".

Eu estava tão louca pra tirar o Leo dali que falei: "É sim, por quê? Algum problema?", com uma cara de brava.

"Problema nenhum, moça", ele disse, segurando o meu queixo. "Mas vê se toma conta bem direitinho desse seu namoradinho, viu..."

O Leo ficou mais nervoso ainda, se soltou da minha mão e só não voou no Rafael porque uns meninos da nossa sala o seguraram.

O Rafael deu uma risada de superioridade, pegou as cervejas de novo e saiu do bar. Quando ele sumiu da nossa vista, os meninos soltaram o Leo, que olhou pra mim com uma expressão muito revoltada: "Por que você fez isso, Fani? Cara folgado! Chega na festa da nossa sala como se fosse o dono do mundo, resolve me encarar, mexe com você, e vocês ainda me seguram!".

Os meninos falaram que era pro Leo me agradecer muito, porque não ia sobrar nenhum dente na boca dele se eu não tivesse aparecido na hora exata. Em seguida, eles olharam pra mim e começaram a me encher o saco: "Então vocês estão namorando, é? Que bonitinho... Mas você está demais, hein, Leozão? Primeiro a gata da Vanessa, aí mal termina com ela e já arruma outra, sem nem precisar mascar! Você tem que ensinar pra gente como é que faz...".

Eu fiquei completamente vermelha. O Leo ficou sério, falou pra eles me deixarem em paz e, virando pra mim, falou pra gente sair dali.

> *Zach Siler: Então, posso ter a última dança?*
> *Laney Boggs: Não, você pode ter a primeira.*
>
> *(Ela é demais)*

    Uma batida na porta me chamou de volta à Terra. Eu gritei que estava dentro d'água e perguntei quem era. Ouvi duas vozes falando "nós!" que reconheci na hora: Gabi e Natália.
    Eu me enrolei na toalha, abri uma frestinha na porta e perguntei o que elas estavam fazendo ali, pois eu tinha avisado que ia passar o dia estudando. Elas falaram que sabiam perfeitamente disso, mas que estavam indo para o Pátio (ai, que inveja!) e resolveram passar cinco minutinhos, só pra saber se eu tinha gostado da festa, já que a gente nem tinha conversado ainda. O Alberto apareceu atrás delas.
    "Fani, pode tomar seu banho sem pressa", ele falou, abraçando as duas ao mesmo tempo. "Eu vou ficar *entretendo* as meninas enquanto isso..." E sem a menor cerimônia fechou a porta na minha cara!
    Nossa, o Alberto não perdoa uma... nunca vi mais mulherengo! Além de ser cheio de namoradas na faculdade, o telefone não para de tocar quando ele está aqui.
    Finalmente entrei na banheira, que já estava quase transbordando. Mergulhei para molhar o cabelo, coloquei os pés para cima, olhei para o teto e inspirei aquele cheirinho gostoso de gel de banho e vapor. Senti todo o meu corpo relaxar, dei um suspiro e voltei para a noite passada.
    Eu e o Leo saímos do bar e fomos andando para a varanda, sem trocar uma palavra. Chegando lá, o Leo olhou pra mim e me perguntou de novo: "Fani, por que você falou para aquele cara que era minha namorada?".

Eu olhei pro chão, sem saber direito o que responder. Na verdade, eu não sabia por que tinha falado aquilo, foi a primeira coisa que eu pensei, eu imaginei que, se falasse isso, o tal Rafael iria parar de achar que o Leo estava mexendo com a Vanessa – o que é uma ironia, já que até dez minutos antes ela era namorada do Leo e quem supostamente estava mexendo com a mulher alheia era o Rafael.

"Porque eu não queria que você se machucasse", eu falei, ainda olhando para baixo. "Aquele cara não estava pra brincadeira."

"Nem eu estava!" O Leo começou a ficar bravo de novo. "E quero deixar *bem* claro que eu não queria arrebentá-lo por causa da Vanessa, mas porque ele veio tirar satisfação comigo sem nem me conhecer, como se eu devesse alguma coisa pra ele!"

Eu fiquei meio sem acreditar naquilo, no fundo eu achava que o Leo estava, sim, com o orgulho ferido pelo fato da Vanessa ter arrumado outro sem nem se dar ao trabalho de terminar com ele antes. Mas eu não disse isso pra ele.

Nesse momento, ele se encostou no alpendre, alisou o cabelo para trás com as mãos e deu um suspiro de cansaço.

"Leo, desculpe por eu ter insistido pra você vir...", eu aproveitei pra falar. "Acho que na sua casa devia estar bem melhor do que aqui, né?"

Ele me olhou como se fosse a primeira vez em que me visse naquela noite e deu um sorrisinho meio tímido, mas logo ficou sério de novo.

"Eu que tenho que pedir desculpas, Fani. Se você não tivesse me convencido a vir, eu não teria visto a Vanessa se esfregando com aquele cara na pista de dança e ainda estaria adiando o que eu devia ter feito há um tempão!"

Meu coração deu um pulinho. Era verdade, então? Que ele queria terminar com ela há muito tempo? Ele continuou a explicação.

"Eu comecei a ficar com a Vanessa meio por ficar. Os caras falaram que ela estava me dando mole e eu aí acabei pagando pra ver... Sem eu nem perceber, ela já estava me chamando de namorado e acho que eu estava meio carente, porque, mesmo sem querer ficar seriamente com ela, fui levando aquilo..."

Mais uma vez eu não sabia o que dizer. Fiquei meio aliviada e chateada ao mesmo tempo. Se esse namoro era tão ruim assim, por que ele não tinha terminado com ela logo?

Fiquei lembrando da primeira vez em que vi os dois juntos, no colégio, a decepção que eu tive. Depois me lembrei do dia da cantina, do desdém dela com o presente dele e a vontade que me deu de *bater* nela. E me lembrei também do ciúme que eu senti do beijo deles no Sexta-Mix.

"Você não está com frio? Esse seu vestido é lindo, mas não me parece ser muito quente...", ele falou me olhando daquele jeito de cima a baixo, ao qual eu já estava ficando acostumada. Por um momento, eu pensei que ele fosse me oferecer o casaco dele, mas em vez disso ele só disse: "Vamos lá pra dentro?".

Eu concordei com a cabeça, embora sem a menor vontade, já que estava bem mais agradável ali fora com ele do que lá dentro na multidão. Olhei no relógio e já era quase uma da manhã. As meninas não estavam em nenhum lugar visível. A festa já estava meio vazia e as músicas agora eram todas lentas. Nós sentamos perto da pista de dança e nenhum de nós dois falou. Ficamos só olhando as pessoas dançando, cada um entretido com seus próprios pensamentos.

Começou a tocar outra música. Alguns casais saíram da pista, outros entraram, alguns continuaram... O Alan veio em nossa direção, cumprimentou o Leo e em seguida se virou para mim.

"Vamos dançar, Fani?", ele perguntou me estendendo a mão.

Eu fiquei toda sem jeito, sem graça de falar não, mas sem querer falar sim. Não que eu não goste do Alan, muito pelo contrário, ele é muito gente boa, realmente é um dos meninos da sala de quem eu mais gosto, mas, naquela hora da noite, o clima estava meio *perigoso*... todo mundo meio tontinho, aquelas músicas, fim de festa... depois ele ia resolver começar a me mascar e a última coisa que eu queria era ter que dar um fora nele.

Eu comecei a gaguejar uma desculpa qualquer, que meu pé estava doendo, acho, quando o Leo levantou de repente e deu um soquinho de leve no ombro dele.

"Sai fora, Alan, vai arrumar outra mulher pra você! A Fani já tinha prometido dançar essa comigo", ele disse rindo e em seguida me puxou.

Fomos pro meio da pista, sem falar nada. Viramos um de frente para o outro, estávamos os dois tão sem graça que eu queria cavar um buraco no chão! Ele se aproximou, me pegou pela cintura, eu coloquei os braços ao redor dos ombros dele, nossos rostos se encostaram e eu fechei os olhos.

Em seguida, eu não sei de mais nada direito.

Tinha outros casais na pista, mas não tenho a menor ideia de quem. A música estava alta, mas eu não sei dizer qual era. Eu tinha acabado de olhar o relógio, mas eu não me lembrava mais das horas. Eu só sabia que eu queria que o tempo congelasse naquele minuto. Para que aquela música não terminasse nunca mais.

O que eu senti foi uma sensação pela qual eu nunca tinha passado na vida. Um tremor dos pés à cabeça, mas um tremor que me *aquecia*... e ao mesmo tempo aquele frio na barriga que não ia embora. Meu coração estava tão disparado que eu fiquei até preocupada do Leo escutar, porque nós estávamos praticamente colados. O corpo da gente parecia que tinha sido moldado um no outro e eu podia sentir o perfume dele misturado com o meu. Ele estava me abraçando tão apertado e eu resolvi passar a mão de leve no cabelo dele, ele começou a mexer o rosto bem devagarzinho, nossas respirações estavam sincronizadas e aquele sentimento em mim foi ficando mais forte. Parecia que meus ossos estavam se descolando da pele, que eu estava leve, que ia voar.

De repente, fui sacudida do meu voo. Dois meninos da outra sala chegaram à pista e cutucaram o Leo. A gente parou de dançar e os meninos mandaram que ele fosse depressa porque o carro do pai dele estava com o alarme disparado na rua.

O Leo saiu correndo, eu fui atrás e quando chegamos lá fora já tinha um monte de gente em volta do carro, falando o que tinha acontecido.

Uma pedra. *Alguém* tinha jogado uma pedra no vidro do carro. O vidro, claro, espatifou e o alarme disparou no mesmo momento. O Leo ficou muito nervoso. Ficou perguntando para as pessoas quem tinha feito aquilo, mas, pelo jeito, ninguém tinha visto, já que todo mundo estava dentro da festa. Ele ligou pro pai dele, pra seguradora e pra polícia.

Em algum tempo, todo mundo estava lá. O pai dele ficou meio bravo no começo, mas quando viu que o Leo tinha feito exatamente o que ele tinha dito (parar bem na frente, ligar o alarme, colocar a tranca) admitiu que isso poderia ter acontecido com qualquer um. A polícia fez a ocorrência e a seguradora falou que o vidro poderia ser trocado no dia seguinte.

Nessa altura, já eram três horas da manhã. O pai da Natália tinha chegado nesse meio-tempo e ficado conversando com o pai do Leo. Eles estavam discutindo se era errado ou não deixar um filho de 16 anos dirigir, o pai da Natália falou que ela só ia aprender a dirigir quando tivesse 18 anos completos, e o pai do Leo disse que o Leo dirigia desde os 12 anos no sítio e que ele tinha inteira confiança nele, que ele era melhor motorista do que muito marmanjo por aí. Depois, eles começaram a falar das leis nos outros países, que nos Estados Unidos se pode dirigir aos 16 anos e na Inglaterra aos 17, aí eles emendaram esse assunto com outro sobre outras leis que mudavam de um país pro outro...

A festa foi minguando. Quem ainda não tinha ido embora estava na rua acompanhando o drama. Assim que a polícia terminou de fazer a ocorrência, o pai da Natália me chamou, já que ela e a Gabi estavam dentro do carro havia muito tempo, dormindo. Eu fui até o Leo, que estava ainda meio nervoso conversando com os outros meninos, e me despedi. Dei um beijinho na bochecha dele e falei: "Não fica triste, não...".

Ele me deu um abraço apertado e falou no meu ouvido: "Fico, sim. Mas é por outro motivo...".

O pai da Natália me chamou de novo, eu entrei no carro e dei uma última olhadinha para o Leo. Ele acenou com a mão, e o carro arrancou.

> *Jenna:* Eu acho que todos nós queremos sentir algo que esquecemos ou que não ligamos porque talvez não tenhamos percebido o quanto estávamos deixando para trás.
>
> (De repente 30)

Nem preciso falar que eu não consegui estudar nada até bem tarde. Saí do banho e a Natália, a Gabi e o Alberto estavam sentados *em cima* da mesa da cozinha tomando sorvete direto do pote.

"Fani, as meninas estavam me contando da festa", o Alberto falou, entre uma colherada e outra. "Por que você não me avisou? Em vez de vir pra casa hoje cedo, eu teria vindo ontem à noite pra poder ir também!".

Ha, ha. Até parece que se eu tivesse avisado ele iria a uma festinha de colégio! Ele só estava falando aquilo pra fazer bonito na frente das meninas. Eu nem respondi. Virei pra Natália e perguntei do Mateus.

"Ai, Fani, você acredita que ele não chegou em mim ontem?", ela respondeu. "Ficamos um tempão conversando, mas toda hora aparecia um daqueles amigos que foram com ele pra interromper! E parece que eles tinham outra festa pra ir depois, porque ficaram meia hora e foram embora! Eu nem tive mais pique depois disso, entrei num daqueles quartos desocupados e dormi até a hora do meu pai chegar!"

Eu fiquei meio com pena dela, ia começar a falar algo pra consolar, mas o Alberto fez isso por mim.

"Que isso, gatinha!", ele falou pegando no cabelo dela. "Perdeu uma festa por causa de um sujeito bobo desses, que preferiu ir pra outro lugar em vez de ficar com uma gata dessas? Ah, que pena que eu não estava lá, não ia deixar você dormir de jeito nenhum! Muito pelo contrário!"

Ela riu meio envergonhada, mas eu vi que a expressão dela ficou mais animada depois disso. Virei pra Gabi e perguntei do Cláudio. Ela falou que estava tudo bem, que ele já tinha ligado hoje e que eles tinham combinado de ir ao cinema na próxima semana, depois que passasse o vestibular dele. Eu e a Natália olhamos uma pra outra e começamos a bater palmas recitando um versinho da nossa infância:

"*A Gabi tá diferente, tá, tá diferente, tá, tá diferente...*
Foi, foi ele sim, foi o Cláudio que deixou a Gabi assim!!
Foi, foi ele sim, foi o Cláudio que deixou a Gabi assim!!"

Nós caímos na gargalhada e aí ela, pra descontar, perguntou: "E o Leo, dona Estefânia? Que história é essa que estavam contando na festa que você declarou ser namorada dele pra quem quisesse ouvir? Quem é que está namorando aqui, hein?".

Os três ficaram me encarando na maior expectativa. Eu comecei a gaguejar, o Alberto então falou: "Xiii, tem culpa no cartório...", ao que eu respondi: "Ih, menino, sai fora, você nem estava lá, nem sabe o que está acontecendo!".

As meninas ficaram pedindo pra eu contar tudo, e eu comecei a explicar desde o princípio, que o Leo chegou e pegou a Vanessa no flagra, que o Rafael por pouco não o estraçalhou inteiro e que graças ao fato de eu ter falado que era namorada dele – nesta hora olhei pra Gabi, pra conferir se ela estava entendendo o motivo da tal declaração – o Leo tinha saído ileso.

"Pronto, foi só isso. O que tem de mais nessa história?"

"Bom, não tem nada de mais...", o Alberto começou a falar. "Mas por que você fica vermelha toda hora em que fala o nome do Leo?"

As meninas começaram a rir, eu não sabia onde escondia a cara, e nessa hora a porta abriu e meus pais chegaram. Eles não ficaram nada felizes ao ver quatro pessoas sentadas em cima da mesa, e muito menos pelo fato de duas delas serem a Natália e a Gabi, sendo que eu tinha prometido que ia dar um tempo das amigas até o final da recuperação.

As meninas não perderam tempo. A Gabi disse que só tinha vindo trazer um caderno pra mim e, enquanto elas iam andando pra porta, ela foi falando: "Espero que minhas anotações ajudem, Fani, qualquer dúvida é só me ligar!".

A minha mãe falou que eu tinha perdido a festa da Juju e que ia passar as fotos para o computador para que eu pudesse ver como ela tinha ficado linda na minha ex-roupa de Mamãe Noel. O meu pai perguntou se eu tinha estudado muito, e antes que eu respondesse o Alberto falou: "Nossa, quando eu cheguei estava saindo até fumacinha da cabeça dela! Por isso que eu falei pra ela fazer um *break* e tomar um sorvetinho comigo...".

O meu pai me deu um beijo na testa e um abraço. Aproveitei que eu estava de frente pro Alberto e disse um "obrigada" silencioso para ele, que deu uma piscadinha pra mim.

Fui pro meu quarto, disposta realmente a começar a estudar, porque eu já tinha perdido um dia inteiro. Chegando lá, encontrei o caderno da Gabi em cima da minha escrivaninha. E eu que tinha achado que fosse só desculpa pra ela não ficar mal com os meus pais... abri pra ver se ela tinha alguma anotação que eu não tivesse, e o que eu encontrei foi uma cartinha pra mim, na primeira página.

Fani,

Espero que agora você entenda o que eu quis dizer sobre a música lenta que você dançou com o Leo nas bodas de prata dos meus pais. Acho que dessa vez você estava bastante lúcida para sentir o carinho que ele tem por você...

Mas tenta pensar nisso só depois que a recuperação acabar, viu?

Um beijo!
Gabi

Foi só então que eu lembrei que ela tinha me contado que eu havia dançado com o Leo na festa dos pais dela sem ter a menor consciência disso, já que tinha enchido a cara de champanhe e não estava respondendo pelos meus atos! Pouco tempo se passou desde então, mas parece que aconteceram coisas suficientes por um ano durante esse período!

No dia em que a Gabi me contou da tal dança, eu fiquei completamente com o pé atrás em relação ao Leo, com medo dele estar a fim de mim e com vontade de me distanciar para ele não sofrer se realmente estivesse... mas, agora, tudo o que eu conseguia pensar era que eu poderia ter sentido tudo aquilo muito antes se não estivesse *bêbada*!

"*Eu queria tanto dançar com ele de novo...*", falei baixinho, para mim mesma, e mesmo assim me assustei com as minhas palavras. Eu não podia estar gostando do Leo. Não era possível! O tipo de menino de que eu gosto é muito diferente!

Peguei uma folha em branco do caderno e comecei a fazer a lista de todos os meninos de quem eu já gostei na vida.

<u>Paixões da minha vida</u> (ordem cronológica)

<u>André (sobrenome esquecido)</u> - Meu coleguinha do pré-primário. As meninas todas da sala gostavam do Fabrício ou do Luiz Henrique porque eles eram os mais bonitos. Acho que eu sou do contra desde os seis anos, porque, no dia em que a professora fez uma brincadeira na sala e mandou que cada menina escolhesse um "pai" para sua boneca, eu escolhi o André. Todos as minhas coleguinhas começaram a rir, falando: "Escolheu o gorducho, escolheu o gorducho!", e eu nem tinha consciência de que ele era gordinho... eu o achava tão fofinho!

<u>Gumercindo</u> (não tenho a menor ideia do sobrenome) - Quarta série. Ele era da outra sala. Mas fazia judô no horário da minha ginástica olímpica. A gente ficava conversando na porta do colégio enquanto nossas mães não chegavam pra buscar a gente. Minha melhor amiga na época, a Ana Júlia, era louca por ele. Por isso eu nunca admiti (nem pra mim mesma) a minha paixão.

<u>Rick Martin</u> - Lindo, lindo, lindo! Apaixonei-me por ele aos 11 anos e só desisti porque ele não respondeu a nenhuma das 73 cartas que eu mandei. Mas o acho lindo até hoje, mesmo que os meus irmãos insistam em dizer que ele é gay.

<u>Ricardo Tavares</u> - Nono ano. Eu ligava pra casa dele todo dia para colocar músicas românticas e desligava depois sem falar nada! Foi por causa dele a primeira recuperação que eu tomei na vida. Eu precisava de pouquíssimo ponto pra passar de ano, mas, como achava que ele ia tomar recuperação, zerei a prova de propósito! Ele passou. E eu passei a recuperação inteira com raiva dele, mas mais ainda de mim!

<u>Robert Schwartzman</u> - Desde que assisti a "O diário da princesa", fiquei completamente apaixonada. Ele é perfeito! Além de ser bonito num estilo assim meio "retrô" (acho que ele copiou o corte de cabelo daqueles caras dos Beatles), ele também canta e toca!

<u>Patrick Silva</u> - A cara do Robert Schwartzman (paixão de cima). Não acreditei quando o vi na minha frente. Achei que o Robert tinha vindo de Hollywood diretamente pra me encontrar! Mas não, o Patrick era apenas um clone dele. Ele sabia que eu gostava dele, porque alguém - não sei quem até hoje - contou pra ele. Ele passou a me esnobar. E beijou uma feiosa na minha frente numa festa de 15 anos. Desencantei-me no mesmo instante.

> **Capanema** – O nome dele é João, mas todo mundo o chama de Capanema. É amigo do namorado de uma prima minha de terceiro grau. Moreno. Olhos azuis. De vez em quando, no clube, ele ficava me encarando... mas acho que ele encarava todo mundo porque eu já o vi com umas 17 meninas. Desisti. Eu gosto de exclusividade.
>
> **Adriano Pinto** – Do meu colégio antigo. É um ano mais velho do que eu, eu estava no primeiro ano e ele no segundo. Ninguém olhava pra ele até eu resolver olhar. Minha ex-melhor amiga Márcia ficou com ele no Réveillon do ano passado. Nunca mais olhei pra ele. Nem pra ela.
>
> **Marquinho** – Argh! Argh! Argh! Só tenho uma coisa a dizer: como pude?

Terminei a lista e fiquei olhando. O que esses meninos têm a ver com o Leo? Nada! Todos eles são lindos de morrer e o Leo é...

O Leo é só o Leo. O Leo que gosta quase tanto de cinema quanto eu. O Leo que tem a mãe mais gente boa do mundo. O Leo que faz palhaçada para eu rir. O Leo que me protege sem eu nem estar correndo perigo. O Leo com quem eu gosto de estar junto em qualquer momento...

Comecei a sentir calor de repente. Peguei meu livro de Matemática e passei a revisar as fórmulas das funções de segundo grau. E jurei para mim mesma que esse era o único pensamento que eu ia ter. Pelo menos naquele dia.

> *Annie: Isso era quando as pessoas sabiam como estar apaixonadas. Elas sabiam! Tempo, distância, nada podia separá-las, porque elas sabiam. Isso estava certo. Isso era real. Isso era...*
> *Becky: Um filme! Esse é o seu problema! Você não quer estar apaixonada. Você quer estar apaixonada dentro de um filme!*
>
> (Sintonia de amor)

Completamente inútil essa recuperação, sinceramente! Ficamos lá (eu e os outros 13 infelizes que também não passaram direto em Matemática) ouvindo aquela professora falar tudo o que já sabemos de cor e salteado! Vamos ter duas provas. Nas duas sextas-feiras. Uma vale 45 e a outra 55. Temos que tirar 60 no total das duas. Ou seja, se você estiver com dor de barriga, ou cólica, ou alguma coisa assim no dia de uma das provas, pode desistir. Quem zerar uma delas pode se matricular novamente no segundo ano.

E o problema é que nós *temos* que comparecer a todas as aulas porque na recuperação a frequência também conta e a gente só pode ter DUAS faltas. Tudo bem, são só dez dias de aula, mas – poxa! – bem que eles podiam deixar a gente estudar em casa e ir ao colégio só pra fazer as provas! Tenho certeza de que se eu estudasse junto com o Leo ia me sair bem melhor do que tendo que ouvir essa professora fazendo essas piadinhas sem graça sobre o teorema de Pitágoras!

Se bem que o Leo está tão estranho que eu nem sei se ele ia querer estudar comigo.

No primeiro dia da recuperação, eu cheguei bem cedo para pegar os horários. Sentei no meu lugar de sempre, na penúltima fileira, do lado esquerdo. Achei que quando o Leo chegasse, ele fosse se sentar também no lugar de costume dele, que é perto de mim, duas cadeiras para a direita.

Eu já tinha até ensaiado como e o que ia conversar com ele, pra não ficar sem graça, já que ia ser a primeira vez que a gente ia se encontrar depois daquela noite estranha...

Ele chegou um pouco atrasado. Foi ele entrar na sala que eu senti o meu estômago dar um *looping* de 180 graus. Meu coração começou a bater mais rápido e eu senti que estava ficando vermelha. Joguei um lápis no chão para disfarçar, me abaixei para pegar e, quando levantei, vi que o Leo não tinha sentado ao meu lado, e sim na primeira fila! Caramba, concordo que na recuperação não dá pra ficar bobeando, mas o Leo é bom em Matemática, muito melhor do que eu, ele também não precisaria ter essas aulas! Só que foi na primeira fila mesmo que ele sentou e ficou a aula inteira. Ele me deu um aceno rapidinho em uma hora que eu saí da sala pra ir ao banheiro, e só.

No final da aula, ele foi conversar com a professora e eu fiquei esperando que ele saísse, do lado de fora da sala. Quando me viu, ele fez uma cara meio desanimada e falou: "Ah, oi..." e foi andando pelo corredor.

Eu apressei o passo e perguntei: "Leo, o que houve?".

Ele olhou rapidinho pra mim, mas desviou o olhar depressa.

"Nada. Só estou com vontade de chegar em casa logo", ele falou andando mais rápido ainda.

"Mas por que essa pressa toda?", eu perguntei praticamente correndo atrás dele.

Ele me olhou como se eu estivesse ficando doida e falou com a testa franzida: "Pra estudar, Fani!".

Depois dessa, eu deixei que ele fosse andando na frente e fiquei parada no meio do corredor.

No dia seguinte, ele sentou na mesma carteira. Eu resolvi sentar perto dele, pra pelo menos ter mais chance de puxar algum assunto. Mas a cada vez que eu falava alguma coisa, ele ficava fazendo anotações no caderno sem nem olhar pra mim.

Eu perguntei se já tinha trocado o vidro do carro e ele falou: "Sim". Perguntei se ele tinha descoberto quem tinha jogado a pedra (embora isso esteja claramente óbvio para qualquer um) e ele respondeu: "Não". Perguntei então alguma coisa sobre a matéria, já que parecia ser o único assunto atual de interesse dele, e ele falou: "Fani, espere o fim da aula e pergunte pra professora. Tenho certeza de que ela vai poder te explicar bem melhor do que eu...", e voltou para as anotações. Aí eu resolvi perguntar se ele estava com raiva de mim por algum motivo, e ele respondeu: "Por que eu estaria?", e tornou a escrever no caderno.

No terceiro dia de aula, comecei a ficar preocupada. Ele só podia estar mesmo com raiva de mim, mas eu não conseguia imaginar o motivo. De repente, uma luz acendeu na minha cabeça. Com certeza ele devia estar me culpando pelo vidro quebrado! Porque afinal de contas, de certa forma, fui eu quem o convenci a ir à festa! Claro que eu não *forcei*, mas eu insisti um pouquinho... se ele não tivesse ido, nada daquilo teria acontecido. Nada...

Cheguei em casa, aproveitei que os meus pais ainda não tinham chegado para o almoço e entrei na internet. Nas férias, a Gabi deixa o computador conectado quase em tempo integral. O chat dela fica ligado no volume máximo para se alguém mandar uma mensagem ela escutar o alerta em qualquer lugar do apartamento.

Funnyfani está Online

Funnyfani: Gabi, você está aí?

Funnyfani: Gabiiiiiiiiiiiii!!!!

Funnyfani: Gabi, aparece, por favor, preciso falar com você!

Gabizinha: Calma, santa! Tava no banheiro! Que pressa é essa?

Funnyfani: Tenho que falar rápido, antes que meus pais cheguem!

Gabizinha: Ah, bem que eu estranhei você online em plena recuperação. Por falar nisso, está indo tudo bem? Não tenho te ligado pra não te atrapalhar a estudar. E também para não correr o risco de sua mãe atender e me passar um sermão por tirar a sua concentração...

Funnyfani: Não tem nada diferente na recuperação. Igual a aula normal, só que mais corrido.

Gabizinha: E o Leo?

Funnyfani: O que tem?

Gabizinha: Como ele está durante as aulas? Prestando atenção ou vocês ficam passando bilhetinho o tempo todo?

Funnyfani: Ahn... pois é. Por isso que eu vim falar com você. O Leo está tão estranho!

Gabizinha: Estranho? Como assim?

Funnyfani: Bom, ele está sentando na primeira fileira. Quando eu pergunto qualquer coisa pra ele, ele nem me dá atenção, fica só com a cara enfiada no livro. Chega sempre depois que a professora já está na sala e vai embora assim que o sinal bate. Ou seja, até hoje não consegui falar mais do que três palavras com ele!

Gabizinha: O interessante é que ele não me pareceu estar tão preocupado com os estudos assim ontem à tarde no clube.

Funnyfani: O quê???

Gabizinha: Ele passou a tarde toda no clube ontem. Eu estava tomando sol e o vi chegando, por volta de meio-dia e meia, deve ter ido direto do colégio. Aí ele se encontrou com aqueles amigos meio "boyzinhos" que ele tem, ficou conversando um tempo, depois deu uma nadada, depois foi pra sauna, passou na lanchonete, comeu um lanche enorme – cá entre nós, ele não está podendo –, sentou comigo um tempo, conversou um monte de assuntos e quando eu resolvi ir embora, tipo umas cinco, ele ainda ficou lá.

Funnyfani: Que monte de assuntos é esse que vocês conversaram? Pelo amor de Deus, conta direito!!

Gabizinha: Assuntos normais, Fani! Nada de mais. Tipo, o que ele ia ganhar de Natal, se ia viajar no Réveillon, perguntei sobre o vidro do carro do pai dele e ele falou que sabe que foi a Vanessa ou aquele cara que estava com ela, mas que ele não está nem se importando, já que o pai dele não brigou nem nada. Perguntei se ele estava triste por causa do término com a Vanessa e ele falou que estava aliviado. Foi só isso.

Funnyfani: Só isso? Você conversou todos os assuntos que eu tentei ter com ele e ele não te cortou! Eu tinha duas alternativas para essa mudança no jeito dele:

uma era que ele estaria realmente preocupado em passar de ano, e a outra era que ele teria ficado com raiva de mim por eu ter insistido pra ele ir à festa (já que se ele não tivesse ido não teriam depredado o carro). Mas, pelo visto, não é nada disso, já que alguém que vai pro clube no segundo dia da recuperação não pode estar nem um pingo preocupado com os estudos, e pelo que ele te falou, ele não está também nem um pouco estressado com o episódio do carro! Por que ele está me tratando mal, então?????

Gabizinha: Mal? Ele está te tratando mal?

Funnyfani: Tá doida, Gabi? Acabei de te contar!

Gabizinha: Não... pelo que você me contou ele não está te tratando mal, só está um pouco distante.

Funnyfani: Mas eu não quero que ele fique distante! Quero que ele converse comigo no começo e no fim da aula, e também durante, com os bilhetinhos, e apareça na minha casa pra estudarmos juntos, e... sei lá, quero que ele me trate do mesmo jeito que tratava antes, de uma forma especial. Não era essa coisa seca, sem graça!

Gabizinha: Ah, mas antes ele gostava de você, né? Só você que não via isso.

Funnyfani: O que você quer dizer com isso? Você acha que agora ele não gosta mais?????????

Gabizinha: Isso faz alguma diferença pra você? Eu achei que você não gostasse dele mais do que como um amigo...

Funnyfani: Eu... eu realmente acho que eu não gosto. Mas eu queria que ele gostasse de mim de novo....

Gabizinha: Ah, então você ACHA que não gosta? Muito bom, fizemos progresso. Você costumava ter certeza...

Funnyfani: Não, na verdade eu tenho certeza, sim! Eu até fiz uma lista com o nome de todos os meninos de quem eu já gostei! E nenhum deles se parece com o Leo.

Gabizinha: Quem apareceu nessa sua lista? Rick Martin? Francamente, né, Fani?

Funnyfani: Ok, eu confesso que o Rick apareceu, mas apareceram outros também, tipo o Capanema, o Adriano, o Marquinho...

Gabizinha: Fani, com quantos dessa lista você já trocou mais do que duas palavras? Melhor, com quantos dessa lista você já *ficou*?

Funnyfani: Eu troquei muito mais do que duas palavras com o Marquinho! E eu só não fiquei com nenhum deles por falta de oportunidade...

Gabizinha: Bom, o Marquinho te deu a chance de trocar bem mais do que palavras com ele, mas você não quis...

Funnyfani: Gabriela, você está realmente insinuando que eu deveria ter ficado com o Marquinho mesmo sabendo que ele é casado?!

Gabizinha: Não estou insinuando nada. O que eu estou querendo te mostrar, Fani, é que você vive no mundo da fantasia. Nenhum desses amores que você *acha* que teve foram reais. Está na hora de você ter um amor de verdade!

Funnyfani: Mas eu realmente gostei deles todos...

Gabizinha: Fani, agora sério. Me fala sem mentir. Por que você está tão preocupada com o jeito que o Leo está com você? Ele já estava te tratando exatamente assim quando estava com a Vanessa.

Funnyfani: Sim, mas agora ele terminou com ela!

Gabizinha: Tá, mas quando a pessoa termina um namoro, ela leva um tempo pra voltar a socializar.

Funnyfani: Ele não me pareceu ter nenhum problema pra socializar comigo na festa!

Gabizinha: E nem você com ele... que dança foi aquela, hein? Por falar nisso, você encontrou meu bilhete? Eu jurava que vocês iam ficar naquele minuto! Fala sério! Você não ficou com vontade de dar um beijo nele?

Funnyfani: Para, Gabi!

Gabizinha: Parar por quê? Porque eu estou falando coisas que você não admite? Confessa logo que você está a fim do menino!

Funnyfani: Mas o que isso importa agora? Ele está tão estranho comigo... certamente *ele* não está a fim. Que diferença faz eu estar ou não?

Gabizinha: Faz toda diferença do mundo. Porque se você estiver, você vai ter que dar um jeito de conquistá-lo. Ou você vai deixar que outra Vanessa da vida o roube de novo na frente do seu nariz?

Funnyfani: Como eu faria pra conquistar ele?

Gabizinha: Primeiro, admita.

Funnyfani: Eu... ops, meu pai chegou, tenho que ir!

Gabizinha: Ih, fujona!

Funnyfani não pode responder porque está Offline

> *Bruxa malvada:* Deve haver algo que seu coraçãozinho deseje. Talvez tenha alguém que você ame.
> *Branca de Neve:* Bem, existe alguém.
>
> (Branca de Neve e os sete anões)

O resto da semana passou do mesmo jeito. O Leo não me deu a mínima atenção e eu comecei a ficar triste de verdade. As coisas que a Gabi falou não me saíam da cabeça porque eu sabia que ela estava certa. Sim, todos os amores que eu tive foram muito mais "coisa da minha cabeça" do que reais.

O problema é que, quando eu estou interessada, não consigo agir naturalmente. Disfarço ao máximo os meus sentimentos, não consigo deixar que o menino perceba que eu estou a fim, como se isso fosse me deixar muito vulnerável, tipo nas mãos dele. E nas poucas vezes em que eles, apesar do meu disfarce, conseguiram perceber e fizeram menção de chegar em mim, eu simplesmente estraguei tudo, desviando o olhar e quebrando qualquer clima que pudesse ter.

Eu não cheguei nem perto de ficar com nenhum dos meus ex-amores. Na verdade eu só beijei três meninos até hoje: meu primo de segundo grau – aos nove anos – por causa de uma brincadeira de salada de frutas; um tal de Renato – que em um Réveillon em Cabo Frio me implorou um beijo falando que isso daria boa sorte para ele o ano inteiro e que eu resolvi beijar só para ele não ficar me culpando caso tivesse azar; e o José Ricardo – meu colega de inglês, que era apaixonado por mim e com quem eu acabei ficando só para tentar esquecer o Adriano Pinto, que era a minha paixão na época. Mas nas três vezes foi sem o menor sentimento, fiquei até com um pouco de nojo, não entendo como minhas amigas podem sair beijando por aí pessoas que nunca viram na frente!

Foi na sexta-feira, depois que o Leo foi embora da prova conversando todo animado com umas meninas da outra sala, sem nem se despedir de mim, que eu resolvi admitir. *Sim*, eu realmente devo estar gostando dele. Só isso explica essa raiva de qualquer garota que chegue perto dele, e também o fato de eu não parar de pensar naquela dança desde o dia da festa, e ainda essa tristeza tão forte por ele não estar conversando comigo.

No sábado, minha mãe deixou que eu desse uma descansada. Apesar de tudo, eu consegui estudar durante a semana, não muito, mas o suficiente para sanar qualquer dúvida que eu tivesse. Fiz todos os exercícios passados e refiz as provas dadas durante o ano. E cada vez mais eu tive certeza de que não tinha motivo para eu estar naquela recuperação, porque eu realmente estava sabendo a matéria e merecia ter passado direto.

A Gabi e a Natália tinham me ligado pra perguntar se eu não queria ir com elas a uma cartomante, e, como eu estava louca pra sair de casa, resolvi ir, apesar de não gostar muito dessas coisas.

O lugar era bem longe. O nome dela era dona Amélia. Ela parecia uma dona de casa normal, sem nada de esotérico, como eu esperava que uma cartomante pudesse ser.

Ela cumprimentou a gente como se nós fôssemos suas netas. Deu um abraço em cada uma, ofereceu cafezinho, perguntou se estava tudo bem... Eu estava quase achando que a Natália tinha anotado o endereço errado. Foi quando ela perguntou: "Quem vai ser a primeira?".

Eu olhei para as meninas com os olhos arregalados, eu não queria ir na frente de jeito nenhum! Aí a Gabi levantou e entrou com ela em um quartinho. Enquanto isso, eu fiquei conversando com a Natália que é superentendida de cartomantes, diz ela que já foi a umas quinze! Ela falou que era para eu não sair contando minha vida para a mulher, que era melhor esperar que ela dissesse alguma coisa, porque senão ela poderia usar o que eu contasse para falar exatamente o que eu gostaria de ouvir.

A Gabi ficou uma meia hora lá dentro. No final, eu já estava impaciente. Ela saiu do quartinho toda sorridente e fez sinal pra Natália entrar. Aí ela sentou do meu lado e começou a falar as previsões da dona Amélia.

"Ela falou que esse menino com quem eu estou está muito apaixonado por mim, mas é para eu tomar cuidado com uma loura! Ela me mandou tomar um banho de sal grosso e cânfora para espantar as energias negativas porque tem muita gente com inveja."

Nessa hora, eu interrompi e falei que eu não estava no meio desses invejosos, mas ela continuou o relato dizendo que sabia disso, pois a dona Amélia tinha dito que ela podia confiar inteiramente em mim e na Natália, que nós éramos amigas de verdade.

Eu perguntei pra ela como era lá dentro e ela falou que era um quartinho normal, com uma mesinha coberta com uma toalha roxa, onde ficava o baralho de tarô que ela colocava. Tinha também muitos santos em um altar, com um copo de água do lado, e um incenso com cheiro de rosas queimando.

Depois de uns 20 minutos, a Natália saiu, com uma cara não muito animada. Eu estava morrendo de curiosidade para perguntar o que a dona Amélia tinha dito pra ela, mas ela me mandou entrar no quartinho sem dar tempo de eu perguntar nada.

Eu entrei meio tremendo. Essas coisas sobrenaturais sempre me amedrontam, apesar de me deixarem curiosa. A dona Amélia sentiu, já que me pediu para sentar e colocar as mãos em cima da mesinha.

"Você está muito tensa, menina!", ela falou, segurando as minhas mãos no meio das mãos dela. "Vamos fazer uma oração antes, para abrir os seus caminhos"

Ela começou a rezar o Pai-Nosso, eu acompanhei bem baixinho e, inexplicavelmente, quando terminamos, eu estava bem mais calma. Ela embaralhou as cartas e pediu pra eu cortar o tarô em três montes. Ela então distribuiu as cartas de uma forma estranha e começou a falar da minha vida.

"Você é uma pessoa muito boa, muito inteligente, mas não confia nem um pouco em você mesma. Você tem que se valorizar mais. Quem é esse senhor grisalho que eu estou vendo?"

Eu fiquei tentando descobrir onde ela estaria vendo, mas imaginei que seria lá no meio das cartas dela e falei: "Bom, grisalho, acho que pode ser o meu pai...", então ela fez que sim com a cabeça e continuou.

"Seu pai te protege demais. Você é a razão da vida dele, você sabe que é a preferida entre os três filhos, não sabe?"

Eu quase caí da cadeira! Como ela sabia que nós éramos três irmãos? Ela não esperou que eu respondesse e tirou outra carta de um dos montes.

"Mas você não confia em ninguém, nem nele. Você está certa, tem que saber para quem contar a sua vida, quando a gente espalha nossos sentimentos, o vento leva... lembre-se que quando você quiser muito que uma coisa aconteça, deve guardar para você mesma, manter segredo! Mas isso não quer dizer que você não possa confiar em ninguém. Sua família é uma pérola. Todos eles te protegem demais, mais até que você gostaria. Você é a caçulinha?"

Eu disse que sim bem baixinho e ela falou que era por isso, que os filhos caçulas sempre querem andar com suas próprias pernas, mas os pais e os irmãos não deixam.

"Um dos seus irmãos vai ter um problema no futuro com um bem material. Mas fale para ele não se preocupar que, no final, tudo vai se resolver da melhor maneira possível. Seus dois irmãos estão na mesma roda cármica que você, por isso você pode falar o que quiser para eles que eles te entendem. Vocês têm que passar por tudo na vida juntos, essa não é a primeira encarnação em que vocês são irmãos."

Eu comecei a ficar com medo de novo, não gosto dessas conversas sobre vidas passadas, espíritos... acho que ela sacou, porque mudou de assunto.

"Estou te vendo voando pra longe. Você vai viajar, menina?". Antes que eu respondesse, ela tirou outra carta e falou: "Vai, sim. Vai para além dos mares. Nossa, vai ser sofrida essa viagem. Mas você vai aprender muito, está no seu destino".

Eu fiquei séria, não queria que a viagem fosse sofrida. Ela continuou a olhar para as cartas, deu um sorriso e olhou para mim, como se estivesse achando graça em alguma coisa.

"Agora, o que está perturbando tanto o seu coração? Tem algum rapazinho especial aí dentro?"

Como eu não falei nada – lembrei-me do conselho da Natália – ela tirou uma carta, balançou a cabeça como se tivesse descoberto todos os segredos da minha vida e riu para mim.

"Ele está com medo, menina! Ele acha que você não gosta dele!"

Eu fiquei muito interessada e sem querer dei um sorrisinho. Ela se sentiu encorajada e continuou.

"Esse rapaz que eu estou vendo, ele é clarinho, tem o cabelo castanho, liso, é um pouco mais alto que você, mais ou menos da sua idade..."

"É o Leo!", eu falei antes que ela terminasse, e ela, como se nem tivesse me escutado, prosseguiu com a descrição.

"É um pouco *machão*, gosta de proteger quem ele gosta. Tem um coração muito bom, mas não aceita desaforo, não!"

Eu ficava só balançando a cabeça, fazendo que sim, e aí ela me perguntou: "Você está apaixonadinha por ele, não está?".

Nesse momento, eu nem lembrei que a Natália tinha falado pra eu ficar de boca fechada e muito menos que eu tenho tendência a esconder o que eu sinto. Falei: "Estou…", bem baixinho e, nesse momento, senti o mesmo frio na barriga que eu senti durante a semana inteira a cada vez que o Leo entrava na sala. Parece que, pela primeira vez, eu realmente entendi e acreditei que eu estava gostando dele, e – surpreendentemente – isso me deu um alívio imenso.

"Você vai ter que penar um pouquinho. Esse moço está descrente com o sexo feminino. Ele acha que nenhuma mulher presta. Mas ele tem um carinho muito grande por você, viu? Olha ele aqui, do seu ladinho na mandala das almas gêmeas! Se você fizer as coisas certinhas vocês podem ter um romance bem bonito…"

"E como eu faço as coisas certinhas?", eu perguntei quase sem fôlego.

Ela me deu uma olhada séria e falou: "Você sabe exatamente o que tem que fazer. Esse rapaz é seu. Está aqui, ó, na palma da sua mão. Você só tem que fechar!".

"E nas meninas, eu não posso confiar?", eu perguntei apontando para a porta, meio preocupada.

"Você sabe que elas são suas amigas, mas elas confiam muito mais em você do que você nelas. Elas ainda vão te dar uma grande prova de amizade, e não vai demorar muito!"

Eu não falei mais nada, e ela começou a juntar o baralho.

"Tem mais alguma coisa que você queira perguntar?", ela falou concentrada em arrumar as cartas.

Eu neguei com a cabeça, eu já tinha escutado tudo o que queria saber, então ela começou a se levantar e aí de repente eu me lembrei!

"Desculpe, dona Amélia, tenho uma pergunta importante! Eu... vou passar de ano?"

Ela me olhou por uns cinco segundos, tirou uma carta do meio do baralho e me mostrou. Nela tinha uma mulher segurando uma balança e estava escrito "JUSTIÇA". Ela olhou a carta, sorriu, e falou: "Se você estudar, não tem como não passar".

Então ela recolocou a carta no monte, me deu um abraço, fez um sinal da cruz na minha testa e abriu a porta para que eu saísse.

> Steve: Por que você só come as balas marrons?
> Mary: Porque uma vez alguém me disse que elas têm menos cores artificiais, já que chocolate é marrom mesmo, e isso ficou na minha cabeça.
> Steve: Você ficou na minha cabeça.
>
> (O casamento dos meus sonhos)

No sábado, depois da cartomante, eu, Gabi e Natália fomos tomar sorvete e ficamos horas conversando. Fizemos um trato de contarmos umas pras outras tudo o que a dona Amélia tinha dito, mas juramos que nada sairia dali, ficaria só entre a gente.

Eu já tinha ouvido as previsões que ela tinha feito pra Gabi. Ela e a Natália já tinham conversado enquanto eu estava lá dentro. Agora só faltava eu saber as da Natália e as duas – curiosíssimas – saberem as minhas.

"Primeiro você, Natália!", eu falei, tentando adiar ao máximo possível a minha vez.

Ela começou a contar, meio tristinha, que a dona Amélia tinha dito que o Mateus não a merecia, que ele era um pouco cafajeste, que paquerava todas as meninas e que, se ela continuasse com ele, ia acabar sofrendo muito. Cá entre nós, acho que a Natália não precisaria ter ido a uma cartomante pra saber disso... poderia ter economizado dinheiro e eu mesma ter contado isso pra ela!

"Ela falou também que eu vou casar muito cedo, mais ou menos aos 21 anos", a Natália continuou um pouco mais empolgada, "e que vou ter três filhos!"

"Vai casar grávida?", a Gabi perguntou, sem esconder o riso.

"Ela disse que tem um rapaz interessado em mim. Que ele é mais velho e não frequenta muito os meus pensamentos, mas que eu deveria dar uma chance para ele porque ele pode me fazer muito feliz."

"Então você vai desistir do Mateus agora?", eu perguntei, na esperança de finalmente não ter mais que ouvir a Natália implorando para a gente sair atrás dele com ela.

"Eu, hein! Viver sem estar apaixonada é muito ruim!", ela falou, dando uma grande colherada no *sundae*. "Agora sua vez, Fani! Solta a informação logo!"

Morrendo de vergonha, eu comecei a contar devagarzinho. Falei primeiro a parte da minha família, depois falei que a dona Amélia tinha dito que eu podia confiar nelas (as duas sorriram nessa hora), contei da minha viagem e da minha apreensão em relação ao que ela disse sobre esse assunto e terminei falando que ela tinha dito que eu ia passar de ano, se estudasse.

As duas continuaram me olhando sem dizer nada, eu então tomei mais um pouco do meu *milk-shake*, olhei pra elas – que continuavam paralisadas – e falei: "Oi! Vocês congelaram aí?".

"Estamos esperando o resto!", a Gabi respondeu, como se fosse óbvio.

"Que resto? Acabou! É só isso, minha vida não vai ser animada como a de vocês!", eu falei rezando para elas acreditarem.

A Natália então deu um sorriso, pegou na minha mão e, como se estivesse falando com uma criancinha, disse: "Fani, eu entendo de cartomantes. Nenhuma delas deixa de falar do lado sentimental. Essa é a parte mais importante! Por que você não confia na gente? Puxa, a gente te contou tudo!".

Na mesma hora eu lembrei que a dona Amélia tinha dito que as meninas confiavam bem mais em mim do que eu nelas. Dei um suspiro, brinquei um pouco com o canudinho, olhei pras duas e falei: "Tá bom! Ela falou do Leo!".

Elas bateram palmas e, sorrindo, pediram pra eu contar tudo.

Eu contei. Comecei meio devagar, falando sobre o medo dele e o pé atrás com mulheres em geral, depois eu disse sobre a descrição exata que ela tinha feito dele fisicamente, aí eu dei uma paradinha, respirei fundo e, quando vi, já tinha contado o resto todo e mais um pouco... inclusive que ela tinha perguntado se eu estava apaixonada por ele e que eu tinha dito que *sim*... nessa hora as duas gritaram e me abraçaram!

"Acho que foi isso que ela disse, talvez em outras palavras...", eu finalizei, depois de tomar um grande gole do *milk-shake*. "Mas eu acho que ela errou nessa parte em que nós vamos ter um romance... ele não quer nem falar comigo, que dirá algo mais!"

A Gabi levantou, pegou um guardanapo no balcão, pediu uma caneta para o garçom e escreveu bem grande: **"PLANO DE AÇÃO – FANI & LEO"**.

Nós passamos o resto da tarde desenvolvendo estratégias, pensando em coisas que eu poderia fazer para que o Leo voltasse a ser o que era antes. O plano consistiria em duas fases: Reaproximação e Conquista.

A primeira parte eu teria que começar a colocar em prática na segunda-feira. E assim foi. Dei um jeito de chegar atrasada, para o Leo já ter chegado e escolhido o lugar, e sentei exatamente ao lado dele.

Ele me olhou com uma expressão não muito feliz, como se eu estivesse incomodando, falou "oi" rapidinho e voltou a prestar atenção na aula.

Eu esperei até uma parte da aula em que a professora sempre sai da sala e deixa a gente fazendo exercícios. O bilhetinho já estava pronto. Foi só colocar em cima da mesa dele.

> "Eu pensei que fosse coisa para um dia só
> Ficar de mal de mim
> Reagi, sou sua amiga e digo
> Como vai?
> Você fica sério e nem sinal
> Brigou comigo..."
>
> *Mal de mim - Djavan*

O Leo é louco por música. Se Djavan não servisse para fazer com que ele prestasse atenção em mim, pelo menos um pouquinho, nada mais adiantaria...

Fiquei completamente tensa enquanto ele lia. Um sorrisinho passou bem de leve pela boca dele e ele então virou o bilhete, escreveu alguma coisa nas costas do papel, colocou em cima da minha carteira e voltou a fazer os exercícios dele.

> *"Esse papo seu tá qualquer coisa*
> *Você já tá pra lá de Marrakesh..."*
>
> Qualquer coisa – Caetano

Comecei a rir. Não era bem o que eu esperava, mas já era alguma coisa. Pelo menos ele respondeu, em vez de amassar o bilhete e jogar fora.

No fim da aula eu continuei com os planos. Como na semana anterior, ele saiu da sala com toda a pressa do mundo. Mas dessa vez eu também fui rápida. Segui ele até a saída do colégio para ver como ele estava indo embora. Vi que ele virou a esquina, o que significava que ia de ônibus.

No dia seguinte, falei para o meu pai que não precisaria me buscar. Quando o sinal estava quase batendo, guardei todo o meu material e fiquei a postos. Fui a primeira a sair da sala e fiquei parada na porta do colégio. Quando o Leo apareceu, um minuto depois, eu olhei pra ele e falei: "Leo, meu pai hoje não pode me buscar, você vai de ônibus? Posso ir com você? Tenho medo de andar até o ponto sozinha, aquela esquina fica cheia de pivetes...".

Ele não teve como dizer não. Fez que sim com a cabeça e começamos a andar um ao lado do outro.

Eu sempre reclamei da distância do ponto de ônibus em relação ao colégio. Dessa vez, a cada passo eu agradecia à Prefeitura por tê-lo colocado tão longe assim!

No começo a gente só caminhou, sem falar nada. Quando eu vi que estávamos quase chegando, resolvi tomar coragem.

"Leo, eu queria conversar com você", eu falei sentindo o coração quase sair pela boca. Como ele não falou nada, eu continuei. "Por mais que você negue, você sabe que está diferente comigo. Será que você poderia pelo menos me falar o que foi que eu fiz?"

Ele ficou meio desconcertado, acho que não esperava que eu fosse tão direta. Ele começou a falar – sem olhar pra mim – que era impressão minha, que ele estava igualzinho, e então eu continuei o meu discurso.

"Não está igual, mas não está mesmo! Esse não é o Leo que eu conheço. O *meu* Leo nesse momento não estaria calado. O Leo de quem eu gostava estaria tagarelando qualquer assunto, como, por exemplo, como uma lata de leite condensado dá pra fazer sete dias e *meio* de brigadeiro para a sua sobremesa!", eu falei num fôlego só, lembrando uma conversa que tivemos no passado.

Ele fez uma cara de surpresa, deu um risinho e falou: "Você chegou a testar quantas vezes a lata de leite condensado dura pra você?".

Eu dei um suspiro, segurei o braço dele, fiz com que ele parasse e olhasse pra mim.

"Tá vendo? Esse é o Leo!", eu falei apontando para o peito dele. "Esse é o Leo que tem sempre uma resposta bem-humorada, que sempre me faz rir!" Eu recomecei a andar e de repente parei de novo. Olhei bem séria pra ele e falei: "Não tente me convencer do contrário porque você *não* vai conseguir".

Ele não falou nada. Ficamos calados durante o resto do caminho. O meu ônibus chegou antes do dele. Eu fiz sinal, olhei para ele só para falar "tchau", mas nesse momento ele me puxou e me deu um abraço. Ficamos abraçados uns quatro segundos, meu coração totalmente acelerado, aí ele se afastou, sorriu pra mim, olhou pro ônibus e falou: "Corre, senão você vai chegar atrasada pro almoço!".

Eu nem estava com fome. Aquele abraço tinha me alimentado para o dia inteiro. Então eu sorri para ele, disse: "Vou lembrar de você na sobremesa!", e subi no ônibus.

42

> Brian: Sabia que a aparência das pessoas muda conforme você as conhece? Como uma pessoa atraente, se você não gosta dela, se torna feia? Ao passo que alguém que você talvez nem tenha notado, para quem não olharia mais de uma vez, se você ama essa pessoa, ela pode se tornar a coisa mais linda que você já viu?
>
> (Feito cães e gatos)

Assim que cheguei em casa, liguei para as meninas. Tanto a Gabi quanto a Natália falaram a mesma coisa, que foi um progresso e tanto e que era pra eu continuar por perto no dia seguinte, não deixar que ele se afastasse novamente.

Pensando nisso, cheguei atrasada de novo e tornei a me sentar ao lado dele. A professora estava entregando as provas. Quando chegou a minha vez, me deu o maior medo de ter tirado zero, levantei tão depressa que até tropecei na minha mochila! O Leo perguntou se eu estava bem, eu balancei a cabeça dizendo que sim – na verdade eu tinha batido o joelho na carteira, mas, como o Leo se preocupou, a dor valeu a pena – peguei a prova e nem acreditei! 40! Ou seja, eu só ia precisar tirar 20 na outra prova, que valeria 55!

Eu ainda estava olhando a minha prova, completamente aliviada, quando a professora falou o nome do Leo e ele se levantou para apanhar a dele. Ele voltou meio cabisbaixo, eu olhei para ver quanto ele tinha tirado e estava escrito 25. Não era muito ruim, mas certamente ele teria que estudar um pouco mais se quisesse tirar os 35 que ia precisar pra passar...

Não perdi tempo.

"Leo, você quer estudar comigo? Não que eu ache que você precise da minha ajuda, mas é que é mais produtivo estudar junto, além de ser menos chato...", eu sugeri, no fundo sem a menor esperança.

Ele me olhou, olhou da prova dele para a minha, e para a minha grande surpresa falou: "Se você quiser mesmo... quando você pode?".

Eu abri o maior sorriso. Apesar de saber que a minha mãe não ia gostar nada dessa história, falei que podia ser na hora que ele quisesse! Sugeri que o estudo fosse na minha casa, mas ele falou que seria melhor na casa dele, porque qualquer dúvida a gente poderia perguntar para o Luciano – um dos irmãos dele que é dois anos mais velho do que a gente e está fazendo vestibular.

"E também porque a mamãe todo dia pergunta de você!", ele completou, me deixando feliz da vida por saber que pelo menos a mãe dele continuava gostando de mim.

Sendo assim, acordei toda animada na manhã seguinte. A aula foi normal, perguntei para o Leo se estava de pé e ele falou que sim, às 15 horas.

Nem almocei direito. Fui correndo tomar banho, ajeitei o cabelo de um modo que não parecesse que eu tinha passado um tempão arrumando – embora eu tivesse –, coloquei um vestidinho jeans, passei meu perfume que tem cheirinho de neném e fui.

Minha mãe perguntou se eu queria que ela me levasse, mas eu disse que iria a pé mesmo (pra gastar um pouco da ansiedade no caminho). Ao contrário do que eu pensei, ela não reclamou do estudo na casa do Leo, já que eu tinha tirado nota boa na primeira prova e tinha dito que era pra ajudá-lo, porque pelo visto eu estava sabendo mais a matéria...

Chegando ao prédio dele, que fica a uns vinte minutos de caminhada do meu, pedi para o porteiro me anunciar. Na mesma hora, o Leo pediu que eu subisse. Entrei completamente tensa no elevador, dei mais umas 317 olhadas no espelho durante os 53 segundos que demoram pra chegar no décimo andar, onde ele mora, respirei bem fundo e toquei a campainha.

A mãe dele atendeu toda sorridente, como sempre.

"Fani, minha querida!", ela falou, me abraçando. "Nossa, quanto tempo! Eu estava perguntando para o Leo se você tinha arrumado algum namorado ciumento que não deixava você vir aqui visitar a gente, porque não é possível! Que sumiço!"

"*Antes fosse, dona Maria Carmem, antes fosse...*", eu pensei.

"Ah, muito estudo, né...", eu falei, enquanto ela me levava para a sala, "e eu não sei se a senhora está sabendo que eu vou fazer intercâmbio, então estou tendo que participar de uns encontros de orientação, olhar uniforme, distintivo, cartãozinho, visto, passagem... ih, um monte de burocracia!"

A gente ficou falando sobre isso um tempo, ela começou a contar das viagens que já tinha feito para o exterior e foi quando o Leo apareceu, com o cabelo meio molhado, uma blusa cinza e a sua típica calça jeans surrada.

É tão estranho como uma pessoa fica diferente aos nossos olhos quando o sentimento da gente muda... eu já vi o Leo milhões de vezes, mas de repente ele ficou muito mais bonito! É certo que eu sempre o achei uma gracinha, o sorriso dele é um dos mais charmosos que eu já vi, mas de uma hora pra outra parece que ele ficou iluminado.

"Mamãe," ele falou enquanto entrava na sala, "eu e a Fani temos que estudar. Melhor você deixar pra colocar a conversa em dia numa outra hora. Vamos ficar na copa, não faz muito barulho na cozinha, por favor..."

Acho tão bonitinho o jeito que o Leo chama a mãe dele... "mamãe". Parece que ele é um menininho! A *mamãe* dele falou que a gente não precisava se preocupar, que ela só ia à cozinha para terminar o lanche que estava fazendo para a gente (nham!) e que o Luciano deveria chegar por volta das quatro e meia, mas que fora isso a gente ia ter silêncio total.

"Depois que a gente terminar de estudar eu quero te mostrar uma coisa", ele falou casualmente, mas minha curiosidade na mesma hora deu sinal.

"Que coisa, Leo? Você sempre faz isso, né? Adora me deixar curiosa!"

Ele riu, falou que não era nada de mais, mas que era melhor estudarmos primeiro.

Pegamos os cadernos, eu olhei a prova dele para ver o que ele tinha errado, e começamos a refazer todos os exercícios já dados. Depois ele criou uns exercícios para mim e eu criei outros pra ele, fizemos tudo, corrigimos... exatamente como costumávamos fazer antigamente.

A única diferença era que antes eu não tinha consciência do calor exalando do corpo dele ao lado do meu... nem do cheirinho suave de banho quando ele passava a mão pelo cabelo... nem do ligeiro choque nos meus dedos a cada vez que a mão dele sem querer encostava na minha.

O irmão dele chegou às cinco horas. Estávamos tão concentrados que só reparamos quando ele falou "oi" parado bem na nossa frente.

Nesse instante, a dona Maria Carmem entrou na copa, falou que era bom que a gente fizesse um intervalo e que ela ia servir um lanchinho.

"Mamãe, enquanto você arruma a mesa", o Leo falou, enquanto a gente guardava o nosso material, "eu vou mostrar uma coisa pra Fani, rapidinho."

Eu nunca tinha entrado no quarto do Leo, apesar de já ter ido à casa dele várias vezes. A primeira foi no dia do aniversário dele, quando eu resolvi fazer uma festa surpresa e para isso tive que ligar para a dona Maria Carmem e perguntar – na maior cara de pau – se poderia ser lá, já que seria o lugar mais fácil de surpreendê-lo. Foi a primeira vez que eu conversei com ela, eu estava morrendo de vergonha de pedir tal coisa, mas ela me deixou à vontade no mesmo instante, adorou minha ideia e disse que a torta era por conta dela! O Leo realmente ficou surpreso ao ver aquele tanto de gente entrando na casa dele cantando parabéns. E a mãe dele ficou superagradecida por alguém ter organizado uma festinha tão diferente pro caçulinha dela. A partir desse dia, ela começou a me tratar como se eu fosse a nora dos seus sonhos. Engraçado é que antes eu achava a maior graça disso...

Passamos pela sala, entramos no corredor e chegamos ao quarto dele. Eu fiquei olhando tudo, tentando absorver cada detalhe para lembrar mais tarde. O Leo até que era bem organizado, bem mais do que eu! O meu quarto tem coisa pra tudo quanto é lado, livros no chão, DVDs em cima do computador, roupas a serem guardadas... no dele tudo estava no lugar certinho. A cama no meio, os armários fechados, uma escrivaninha impecável, e em uma quina do quarto eu vi o que ele estava querendo me mostrar.

"Este aqui é o meu equipamento!", ele me mostrou, todo sorridente. "É aqui que eu faço os meus CDs, escolho as músicas, mixo... me divirto!"

Era realmente um equipamento profissional. Tinha duas caixas de som enormes, dois *CD-players*, uma radiola antiga, um computador ligado em um programa de mixar músicas e uns 800 CDs. Sem brincadeira.

"Nossa, Leo! Nunca vi tanto CD na vida!", eu falei, realmente horrorizada. "Como você se lembra de todos eles?"

Ele riu, passou a mão pelos CDs, tirou um papel de uma gavetinha e me entregou. Era uma lista – em ordem alfabética – com o nome de todos os CDs que estavam ali. Realmente ele era organizado. E apaixonado por aquele *hobby* dele.

Ele estava começando a me mostrar uma coisa no computador, quando a mãe dele chegou na porta do quarto.

"Leo, depois você mostra isso pra Fani, meu filho! Vai lá lanchar! Seu irmão vai comer a torta inteira!"

Ela não precisou falar duas vezes.

Durante o lanche, o Luciano me perguntou o que eu ia fazer no Réveillon. Eu disse que não ia viajar, já que eu ia ter que fazer uma grande viagem poucas semanas depois... quando eu ia perguntar para onde eles iriam, meu pai ligou, falando que estava saindo do trabalho e que ia passar para me buscar. Olhei no relógio e vi que já eram quase seis e meia. Concordei, sem a menor vontade de voltar para casa.

Terminamos de lanchar depressa, o Leo copiou numa folha os últimos exercícios que tinha criado para mim para que eu pudesse terminar em casa, e a mãe dele falou que era pra eu voltar lá antes de viajar, em um dia em que a gente pudesse ficar só conversando em vez de estudar.

Peguei minha mochila, me despedi do irmão e da mãe dele, e o Leo falou que ia me levar lá embaixo.

Entramos no elevador ainda conversando sobre a prova. De repente, o assunto sumiu e um silêncio constrangedor entrou no lugar. Senti o meu coração começar a disparar, olhei para o chão com medo do Leo perceber o que estava se passando dentro de mim, subi o olhar de novo rapidinho e vi que ele estava me reparando.

"Fani, eu queria te falar..."

Nessa hora, o elevador parou no terceiro andar. Um casal entrou com um neném em um carrinho e também uma menininha que devia ter uns três anos. Ela falou: "Oi, Leo!".

O Leo na mesma hora brincou com o cabelo dela, abaixou e perguntou se ela estava levando a Barbie (que estava na mão dela) para passear. A menininha começou a conversar com ele, a mãe dela sorriu, olhou para mim e falou: "A Claudinha adora o Leo! Ele tem o maior jeito com crianças!".

Eu fiquei sorrindo de volta pra ela, sem falar nada, digerindo aquela nova informação e feliz por algum motivo. Acho que por constatar que o Leo conseguia me surpreender mais e mais a cada minuto.

O elevador chegou ao térreo. Saímos, o Leo deu tchau para os vizinhos, fomos para a portaria e meu pai já estava lá, meio impaciente, estacionado em fila dupla.

"E aí, Leozão, vai passar de ano ou não?", meu pai perguntou, enquanto o Leo chegava na janela para cumprimentá-lo.

"Espero que sim!", o Leo respondeu sorrindo. "A Fani me ensinou um monte de coisas hoje, acho que vai dar pra passar!"

Eu ia responder que não tinha ensinado nada, mas um carro começou a buzinar atrás do meu pai e ele mandou que eu entrasse depressa.

Virei para o Leo, ele me deu um beijinho na bochecha, segurou a porta do carro para eu entrar e falou: "Até amanhã".

"Até amanhã...", eu respondi decepcionada, completamente curiosa para saber o que ele *não* tinha me dito no elevador...

43

> Henry: Eu não quero que isso termine assim
> Doug: É, mas isso vai terminar assim!
>
> (Como se fosse a primeira vez)

Férias! Finalmente!

Pena que eu não consiga achar isso bom...

O dia amanheceu completamente azul. Nem uma nuvem no céu e um sol lindo brilhando, clareando tudo, principalmente o meu humor.

Fiz a prova sem encontrar dificuldade, acho que a professora deu uma GRANDE colher de chá pra gente. Ou talvez tenha sido mesmo a compensação de todo aquele estudo.

Eu estava na porta da sala, quando o Leo, que ainda estava terminando a prova dele, pediu para eu esperar na saída do colégio.

"... para a gente pegar o ônibus junto e conferir o gabarito", ele falou rapidinho, enquanto a professora olhava meio feio.

Fui descendo as escadas feliz da vida, pensando que tudo tinha dado certo no final, que certamente eu ia passar de ano, e que "conferir o gabarito" devia ser apenas uma desculpa do Leo para poder me falar o que ele queria ter falado no elevador um dia antes...

Eu passei pelo portão do colégio toda distraída com os meus pensamentos quando duas loucas pularam no meu pescoço e começaram a gritar: "Entrou de férias, entrou de férias!!!".

Quando eu consegui me desvencilhar daquele abraço, percebi que as duas – Gabi e Natália, *óbvio* – estavam com um biquíni (meu!)

na mão e uma sacola (minha!) cheia de revistas, toalha, protetor solar, óculos escuros, boné...

Elas me contaram que tinham passado na minha casa e avisado para a minha mãe que eu ia almoçar no clube com elas, para a gente comemorar as minhas férias.

Eu ia começar a falar que não ia de jeito nenhum, que tinha que voltar de ônibus com o Leo, quando ele apareceu.

"Nossa, que animação toda é essa?", ele perguntou enquanto cumprimentava as meninas.

Elas mostraram o meu biquíni e a sacola e o chamaram para ir ao clube com a gente.

"Hoje não dá... vou viajar com o meu pai", ele falou, colocando a mão no meu ombro, "mas levem mesmo essa menina pra dar um mergulho, ela merece esfriar a cabeça."

Eu olhei pra ele completamente desapontada.

"Viajar?", a Gabi perguntou, me poupando. "Pra onde?"

"Primeiro, eu vou ficar uns dias em Volta Redonda com o meu pai, ele tem que fazer um trabalho lá e quer que eu ajude. Depois, vamos direto para o Rio, pra passar o Natal e o Réveillon com a minha família", ele explicou meio sem graça, sem olhar pra mim nem uma vez.

"Nossa, mas tanto tempo assim?", a Natália falou. "Você volta quando exatamente?"

Dessa vez ele olhou pra mim, com uma cara mais sem graça ainda.

"Então... eu ia passar janeiro inteiro lá... mas como a Fani vai viajar, vou tentar voltar a tempo de me despedir dela", ele falou coçando a cabeça.

Eu fiquei com raiva. Ele ia *tentar* se despedir de mim? Eu ia ficar UM ANO longe dele, e o máximo que ele podia fazer era TENTAR?

As meninas, que estavam tão chocadas quanto eu, começaram a se recompor. A Gabi colocou os óculos escuros, a Natália pôs a mochila dela nas costas, se despediram do Leo com beijinhos e desejaram boa viagem.

Eu peguei a sacola que elas tinham trazido pra mim, coloquei meu caderno e estojo dentro e, sem nem olhar para o Leo, sorri para elas – um sorriso completamente forçado – e falei que podíamos ir.

"Não vai nem me desejar Feliz Natal?", o Leo perguntou, quando começamos a andar.

Eu parei e olhei pra trás, séria. Ia falar que ele não merecia ter um Natal feliz, mas em vez disso perguntei: "Quando você estava pretendendo me contar que ia viajar, Leonardo?".

"Eu... eu ia te falar ontem. Mas acabou que não deu..."

A Gabi, então, me puxou, falou que já tinha algumas nuvens no céu e que a gente ia perder o sol todo.

Eu concordei com ela, antes que tudo piorasse ainda mais.

"Tchau, Leo. Tenha uma *ótima* viagem!", eu disse com um sorriso bem cínico.

Ele me olhou com uma carinha triste.

"Tchau, Fani... Feliz Natal."

Olhei pra ele um tempo, falei: "Feliz Natal", e fui atrás das meninas, que já estavam atravessando a rua.

> *Carrie:* Nosso "timing" foi muito ruim.
> *Charles:* É, foi mesmo. Muito ruim.
> *Carrie:* Foi um desastre.
> *Charles:* Foi, como você diz, muito ruim mesmo.
>
> (Quatro casamentos e um funeral)

Cheguei em casa e caí em prantos. Ficamos o ano inteiro perto de alguém sem nos dar conta de que ele é o amor da nossa vida. No momento em que tomamos consciência disso, o menino começa a ficar estranho. Quando tudo volta ao normal e a gente acha que finalmente vai ser feliz pra sempre, ele viaja! E quando ele volta, quem viaja é a gente!

No clube, mais cedo, as meninas fizeram de tudo pra me animar. Compraram churrasquinho e sorvete, colocaram um monte de músicas que eu adoro para eu ouvir no iPod e no fim até chamaram o salva-vidas do clube para ele ajudar a gente a ver as coisas por uma *ótica masculina*, falando pra ele que esse era um caso de vida ou morte... nada adiantou.

Elas acabaram também perdendo a graça de ficar no clube e resolveram ir pra casa comigo, pois falaram que não iam deixar que eu ficasse sozinha de jeito nenhum. E tudo o que eu mais queria era me trancar no quarto e chorar até não poder mais, sem ninguém por perto...

O apartamento estava vazio quando chegamos. Foi entrar no meu quarto que o choro desabou. A Natália tentou falar alguma coisa, mas a Gabi fez sinal pra ela me deixar chorar à vontade. Eu fiquei uns dez minutos abraçada com o meu travesseiro, sem falar nada, só deixando as lágrimas correrem. De repente bateram na minha porta, eu comecei a enxugar o rosto rápido e a Natália se levantou para abrir.

Era o Alberto.

Ele já ia fazer uma gracinha pra ela, quando olhou em minha direção.

"O que foi, Fanizinha?", ele perguntou, passando direto por ela e se sentando ao meu lado. "Você... você não tomou bomba, né?"

"Viu, Fani, tem coisa pior!", a Gabi se levantou das almofadas e sentou na beirada da cama. "Imagina se você tivesse tomado bomba?!"

"Não seria pior nada...", eu falei fazendo beicinho. "E, na verdade, eu não sei se passei de ano ou não, o resultado só sai quarta-feira." Desesperei só de pensar naquela hipótese. "E se, além de tudo, eu também tiver tomado bomba? Está tudo dando errado mesmo!"

"Que bomba, Fani! Você mesma falou que a prova estava facílima, para com isso!", a Natália retrucou, sentando mais perto também.

Ficamos os quatro na minha cama sem falar nada e, quando o meu choro acalmou um pouco, o Alberto tornou a perguntar o que tinha acontecido.

"Nada. Não aconteceu nada", eu falei sem a menor vontade de compartilhar minha tristeza com mais gente ainda. "O que você está fazendo aqui nesse horário? Você não devia estar na faculdade?"

"Ué, minha filha! Você acha que só você que pode ter férias?", ele falou rindo. "Agora só volto para aquela prisão em fevereiro!"

Nisso eu lembrei que *eu* não ia voltar para o colégio em fevereiro porque em fevereiro eu estaria do outro lado da linha do Equador e estaria estudando em um lugar completamente diferente! Devo ter feito cara de quem ia desabar de novo, porque o Alberto se levantou e foi em direção à porta, meio sem paciência.

"Se você quiser continuar chorando aí, tudo bem, mas eu acho um desperdício passar o primeiro dia de férias assim. Eu, pelo menos, tenho coisa melhor pra fazer". Ele ia saindo do quarto, mas parou e olhou pra mim mais uma vez. "Você não quer me contar mesmo, né? Não precisa da minha ajuda?"

Eu não disse nada, mas a Gabi falou por mim.

"Precisa sim!" Ela puxou o Alberto pra dentro e fechou a porta de novo.

Eu olhei para ela pra entender o que ela estava pretendendo, mas foi a Natália que falou em seguida: "Alberto, o que uma menina tem que fazer pra te conquistar?".

Ele ficou meio sem graça, falou que dependia da menina, da situação...

Aí a Natália explicou melhor: "Assim... vamos supor que você tenha uma grande amiga, mas muito amiga mesmo. E, de repente, ela começa a gostar de você. O que ela teria que fazer pra saber se você gosta dela também?".

"Não é isso!", a Gabi discordou. "Vamos supor, Alberto, que você era a fim da sua amiga, mas, como ela nunca sacou isso, você desistiu. O que ela teria que fazer pra te reconquistar? Pra fazer você voltar a ter vontade de ser mais do que um amigo?"

O Alberto coçou a cabeça um segundo, olhou pra mim, olhou para elas, deu um suspiro e tornou a sentar na cama.

"Bom... é uma situação meio complicada... porque tudo que ela fizer pode ser encarado pelo cara como sinal de carinho, amizade, exatamente o que deve ter passado pela cabeça da menina quando ele gostava dela", ele falou gesticulando, como se estivesse mexendo com peças de xadrez, para certificar que a gente estava entendendo. "Acho que, nesse caso, o melhor é ser bem explícita mesmo, pra não deixar dúvidas! Quem é o cara, Fani? Vou lá tirar satisfação com ele, não gosto que façam minha irmãzinha chorar!"

Todas nós rimos, pois sabíamos que ele estava brincando.

"Mas olha só, Alberto", a Natália voltou a falar, "se o cara não estiver mesmo mais interessado e a menina for bem explícita, isso não vai estragar a amizade?".

Ele pensou um pouco e disse: "Sim, tem esse risco. Mas quando a gente gosta de alguém, não fica se contentando só com amizade, né? É preferível pagar pra ver... eu, pelo menos, arriscaria!".

"Você acha que ela tem que chegar na cara dura e falar que está apaixonada por ele?", a Gabi perguntou, fazendo com que eu arregalasse os olhos só de pensar na possibilidade.

"Não, né...", o Alberto respondeu meio rindo. "Tenho certeza de que vocês podem ser mais sutis do que isso... tem que descobrir um jeito original, alguma coisa que pegue o cara de jeito, que sensibilize sem assustar. Senão ele vai sair correndo!"

Nós rimos um pouquinho, o Alberto levantou, me deu um beijinho na testa e falou que tinha que sair porque tinha uns colegas esperando por ele no "boteco".

"... mas qualquer coisa me fala que eu coloco o cara na parede, hein?" Ele se despediu das meninas e saiu do quarto.

Nós ficamos sentadas, olhando umas pras outras.

"A gente tem que imaginar o que você poderia fazer pra mostrar que gosta dele", a Natália falou de repente, com uma expressão pensativa.

"Mas o problema é que ele vai viajar!", eu lembrei, começando a sentir vontade de chorar de novo. "Hoje!"

"Bom, provavelmente ele deve ir depois das seis da tarde", a Natália considerou, "já que ele disse que ia com o pai, que por sua vez deve trabalhar até esse horário..."

"É isso!", a Gabi se levantou, saiu do meu quarto e voltou com uma lista telefônica na mão. "Fani, qual é mesmo o nome da empresa do pai do Leo?"

"Santiago", eu falei, olhando pra Gabi sem entender. "É o sobrenome dele. Mas de que isso vai adiantar?"

Ela não respondeu. Em vez disso, olhou um número na lista, ligou e começou a conversar com alguém. "Por favor, tenho aqui uma encomenda para o dono da empresa Santiago, a senhora poderia me informar até que horário eu posso encontrá-lo hoje? Ele tem que receber pessoalmente."

Um segundo depois, ela desligou o telefone. Olhou pra mim com um sorrisinho e disse: "Você tem que fazer alguma coisa antes de seis da tarde. Aliás, esse é o horário que o pai dele vai *sair* da empresa. Depois disso, ele deve ainda passar em casa pra pegar o Leo... então com certeza eles não vão viajar antes das seis e meia!".

Eu olhei para o relógio e vi que eram três e meia.

"Gabriela, que 'alguma coisa' você quer que eu faça em apenas três horas?", eu perguntei meio sem paciência. "Gritar no meio da rua que eu amo ele?"

"Você ama ele?", as duas perguntaram juntas.

Eu fiquei toda sem graça. Em vez de responder, falei: "Afinal, onde estão as ideias fantásticas de vocês? O tempo está passando!".

As duas ficaram meio aflitas, a Gabi continuou andando pelo quarto, a Natália começou a estalar os dedos...

"Já sei!" A Gabi parou de repente. "Vamos pensar em tudo que fez com que a gente pensasse que ele gostava de você. Nas coisinhas que *ele* fez e que deixaram a gente com essa impressão."

A Natália estava com uma cara muito pensativa, prestando atenção na nossa discussão e, de repente, falou: "Eu sempre achei que os dois tinham a ver, mas a primeira vez que eu considerei se ele *realmente* estaria gostando dela foi no dia em que ela falou que ia fazer a prova para o intercâmbio. Todo mundo ficou feliz por ela e ele fechou a cara".

Eu nem me lembrava disso. Meu coração deu uma batida mais forte, só de imaginar que ele algum dia tinha ficado emburrado pela possibilidade de eu viajar.

"Mas *isso* ela já fez", a Gabi falou, apontando pra mim. "A Fani ficou nitidamente chateada quando ele disse que ia viajar hoje, qualquer um perceberia!"

"Sim, mas ele pensou que o motivo disso foi por eu ter ficado com *raiva* pela possibilidade dele não estar aqui no dia da minha viagem", eu expliquei, "e não por eu estar triste porque não ia ter tempo pra mostrar o quanto eu gosto dele..."

Elas concordaram e continuaram pensando.

"Fani, você sabe melhor do que a gente", a Natália sentou de novo do meu lado e segurou a minha mão com força, como se fosse para me dar apoio. "Quando foi que *você* admitiu que talvez ele estivesse a fim de você?"

Eu dei um suspiro, passei a mão no cabelo, comecei a lembrar dos fatos todos, da Gabi me contando das bodas de prata, depois dele com a Vanessa, do ciúme que eu senti... mas nada disso tinha me convencido. De repente, eu me lembrei de uma coisa.

"Ei!", eu falei, levantando da cama e indo em direção aos meus CDs. "A primeira vez que eu imaginei que realmente tinha a possibilidade da Gabi não estar ficando doida e ele estar mesmo me olhando com outros olhos", eu peguei um CD no meio dos outros, "foi quando eu 'reescutei' este CD que ele gravou pra mim no meu aniversário." Eu coloquei o CD pra tocar. "Na época eu não tinha visto nada de mais, mas, quando escutei depois de um tempo, achei que talvez ele estivesse querendo me mandar alguma mensagem, que por sinal eu só fui captar tarde demais..."

O CD começou. Eu deixava cada música apenas o tempo suficiente para elas ouvirem um pouquinho da letra e passava para a próxima. A Gabi, a cada uma delas, fazia cara de quem sabia de tudo há muito tempo e a Natália ficava só suspirando o tempo todo, falando: "Que bonitinho!".

Quando terminou, as duas olharam pra mim como se quisessem me bater.

"Fani, não acredito que você não sacou tudo na primeira vez em que escutou esse CD! Está *óbvio* demais!", a Natália disse, analisando o nome das músicas na capinha.

A Gabi nem falou nada, só ficou me olhando fazendo "tsc, tsc, tsc" e balançando a cabeça negativamente, completamente inconformada.

"Gente, isso agora não importa!", eu comecei a desesperar. "São quatro da tarde, o que eu faço? Alguém me ajuda!"

Acho que nós três pensamos a mesma coisa ao mesmo tempo. A Natália ainda estava segurando o CD, e de repente eu e a Gabi olhamos para ele.

"O CD!!!", falamos todas juntas.

"Fani, urgente!" A Gabi tomou o CD da mão da Natália. "Você precisa gravar um CD pra ele com tudo o que quer falar!"

Eu estava tão ansiosa que nem conseguia responder.

"Isso!", a Natália concordou. "Ele adora música, vai amar receber um CD criado por você, e – na hora que ele ouvir – é claro que vai sacar, afinal, foi ele quem teve a ideia primeiro!"

Uma alegria começou a tomar conta de mim, junto com uma pontinha de esperança. Isso tinha a possibilidade de dar certo e eu nem precisaria passar muita vergonha, já que ia entregar como se fosse um presente de Natal e ele só escutaria quando estivesse viajando...

"Mas temos que correr", a Gabi apontou pro relógio. "Ou não vai dar tempo."

"As músicas!" A Natália pegou um caderno e uma caneta. "Vamos pensar tudo o que você gostaria de dizer pra ele e depois a gente tenta encontrar músicas que digam isso por você."

Eu me deitei no chão, abracei uma almofada e comecei a pensar tudo o que eu queria dizer pra ele. E, de repente, eu comecei a entender o motivo do Leo ter tantos CDs no quarto dele...

Kyle Davidson: Você quer que eu te conte o que eu sinto por você?
Miranda Presley: Quero.
Kyle Davidson: Está bem. Algumas vezes você escuta uma música no rádio e é exatamente a música que você quer escutar naquele momento. Ela termina e você fica feliz apenas por ter escutado.
Miranda Presley: Eu sou como aquela música?
Kyle Davidson: Não, você não tem nada a ver com aquela música. Você é como se fosse a única música no mundo que eu poderia escutar pelo resto da minha vida. Você é essa música.

(Um sonho, dois amores)

> De: Fani
> Para: Leo
>
> CD - Músicas Nacionais Eternas
> (Para o Leo escutar e lembrar de mim pra sempre...)
>
> 1. Preciso dizer que te amo (Cazuza)
> 2. Ando meio desligado (Rita Lee)
> 3. Me liga (Paralamas do Sucesso)
> 4. Fico assim sem você (versão Adriana Calcanhoto)
> 5. Amor I love you (Marisa Monte)
> 6. Este seu olhar (Tom Jobim)
> 7. Eu te amo você (versão Patrícia Coelho)
> 8. Seja como for (No Voice)
> 9. Velha infância (Tribalistas)
> 10. Três lados (Skank)
> 11. Só tinha de ser com você (versão Elis Regina)
> 12. Certas coisas (Lulu Santos)
> 13. Se enamora (Balão Mágico)

Com muito custo, o CD ficou pronto.

Eu e a Natália tínhamos pegado todos os discos, fitas e CDs do meu quarto e começamos a ler o nome de todas as músicas, enquanto a Gabi ficava pesquisando na internet para ver se encontrava algumas outras. Quando alguém achava uma legal, anotava em um papel. No final a gente tinha 37 músicas! Pensamos na possibilidade de gravar dois CDs, mas achamos que ia ficar cansativo. Acabamos escolhendo as melhores 13.

"Treze, gente?", eu falei meio receosa. "Não é melhor tirar uma? Esse número vai dar azar! Tira *Se enamora*, vai!"

"De jeito nenhum!" A Natália pegou o CD do Balão Mágico e colocou no topo dos CDs que a gente ia copiar. "Essa música é a *principal*! É a chave de tudo, com ela é que ele vai sacar, se nenhuma das outras adiantar!"

Eu fiquei sem saber o que dizer. Eu adoro Balão Mágico. É música de criança, mas dá uma sensação tão boa quando eu escuto... como se eu estivesse mesmo leve, voando em um balão...

"*Se enamora* vai ficar", a Gabi terminou o assunto. "Vamos agora ver se as outras músicas estão realmente passando o que você quer dizer."

"Um: *Preciso dizer que te amo.*" A Gabi começou a ditar o nome das músicas para que eu e a Natália cantássemos o trechinho delas que supostamente faria com que o Leo abrisse os olhos.

"*Quando a gente conversa, contando casos, besteiras. Tanta coisa em comum, deixando escapar segredos... e eu nem sei em que hora dizer, me dá um medo. Eu preciso dizer que te amo, te ganhar ou perder sem engano...*"

"Vocês não acham que essa música dá muuuuuito na cara não?", eu perguntei preocupada. "Tipo, não parece que eu estou desesperada?"

"Ai, Fani!", a Natália falou meio impaciente. "É óbvio que não! Essa é a música mais linda, não só esse trecho, mas ela inteira. E ela está na reportagem da *Caprichosa*, que você mesma falou que te ajudou a descobrir seus verdadeiros sentimentos! Vai ajudá-lo a sacar também!"

Não tive como discordar.

"Dois: *Ando meio desligado*", a Gabi recomeçou.

"*Olho e não vejo nada, eu só penso se você me quer. E eu nem vejo a hora de te dizer aquilo tudo o que eu decorei e depois do beijo que eu já sonhei... mas, por favor, não leve a mal, eu só quero que você me queira...*"

"Essa, sim, é uma gracinha!", eu falei, meio com vergonha, mas feliz por uma música expressar tão bem meus sentimentos.

"Três: *Me liga.*"

"*Eu não te peço muita coisa só uma chance, pus no meu quarto o seu retrato na estante, quem sabe um dia eu vou te ter ao meu alcance...*"

"Essa é perfeita", a Gabi falou. "Você tem até um retrato dele na sua estante!"

"Mas esse retrato está aí desde o começo do ano! E não é só dele, você e eu estamos nessa foto também!", eu falei, me lembrando do dia em que tiramos o tal retrato, no corredor do colégio. "Será que ele vai achar que eu coloquei uma foto só dele no meu quarto?!"

Elas nem responderam. A Gabi continuou com a lista.

"Quatro: *Fico assim sem você.*"

"*Por que é que tem que ser assim? Se o meu desejo não tem fim. Eu te quero a todo instante, nem mil alto-falantes vão poder falar por mim...*"

"Ah, essa música é fofinha demais!", a Natália falou com cara de apaixonada, como se fosse ela que estivesse mandando o CD.

"Cinco: *Amor I love you*", a Gabi falou, impaciente. "Vamos logo, gente, senão não vai dar tempo!"

"*Deixa eu dizer que te amo, deixa eu pensar em você, isso me acalma, me acolhe a alma, isso me ajuda a viver...*"

"Essa não está muito explícita, não?", eu perguntei. "Tenho vergonha de dar tanta bandeira assim!"

"Nada disso!", a Gabi replicou. "Em primeiro lugar, sua intenção é essa mesma, que ele *acorde*, e além disso essa música fala de amor em Inglês e em Português, o que tem tudo a ver, afinal você está indo viajar, vai ficar falando só inglês e tal..."

Eu não engoli muito os argumentos dela, mas ela já estava falando o nome da próxima música.

"Seis: *Este seu olhar.*"

"*Este seu olhar quando encontra o meu fala de umas coisas que eu nem posso acreditar... doce é sonhar e pensar que você gosta de mim como eu de você...*"

Dessa eu não tinha o que reclamar. Eu que tinha escolhido, ela era como eu gostaria que todas fossem: dizia tudo, mas com jeitinho...

"Sete: *Eu te amo você.*"

"*Acho que eu não sei, não, eu não queria dizer, tô perdendo a razão, quando a gente se vê... eu te amo você, já não dá pra esconder essa paixão...*"

"Boa!", a Natália falou, fazendo sinal pra Gabi ir pra próxima.

"Oito: *Seja como for.*" A Gabi leu e em seguida deu o maior sorriso. "No Voice é tudo de bom! Além disso, o vocalista é um gato, já viu as redes sociais dele?"

Eu não respondi. Em vez disso, cantei a parte mais linda da música.

"*Uma lembrança que conforta e faz sorrir, sem mais palavras, não posso mais me iludir, então me diga se essa distância vai ter fim...*"

A Gabi continuou com a listagem.

"Nove: *Velha Infância.*"

Eu fechei os olhos enquanto a gente cantava. Essa música é daquelas que parecem que foram feitas por mim... é exatamente o que eu queria dizer pra ele!

"*Eu gosto de você e gosto de ficar com você, meu riso é tão feliz contigo, o meu melhor amigo é o meu amor...*"

"Dez: *Três lados.*"

"Ah, essa fui eu que escolhi!", a Natália falou e começou a cantar, sem esperar por mim.

"*E quanto a mim, te quero sim. Vem dizer que você não sabe...*"

"Onze: *Só tinha de ser com você.*"

Essa foi unanimidade. Nós três sorrimos e cantamos juntas.

"*É, só eu sei, quanto amor eu guardei, sem saber que era só pra você... é, só tinha de ser com você, havia de ser pra você...*"

"Doze", a Gabi falou interrompendo nossa cantoria. "*Certas coisas.*"

"Ih, essa é daquelas descaradas!", eu torci a cara.

"Essas são as melhores", a Gabi pegou a letra da mão da Natália e começou a cantar. "*Silenciosamente, eu te falo com paixão... eu te amo, calado...*"

"Tá bom!", eu falei. "Vamos logo pra última".

"Treze: *Se enamora.*"

Nesse momento, a Gabi e a Natália se levantaram e começaram a cantar balançando a cabeça de um lado pro outro, como se tivessem sete anos de idade!

"*Quando você chega na classe nem sabe quanta diferença que faz...*"

Eu joguei uma almofada nas duas e levantei também. "Então vamos gravar isso rápido! Olha o horário!"

A Natália começou a colocar os CDs na ordem e a Gabi ia pegando um a um e copiando as músicas escolhidas. Eu não tenho um superprograma de mixagem como o Leo, para misturar o final de uma música no começo da outra, mas o gravador de CDs do meu computador já estava bom o suficiente para pelo menos colocar todas as músicas juntas em um só CD.

Enquanto elas iam fazendo isso, eu tomei um banho rápido e troquei de roupa, afinal eu ia ter que ir à casa do Leo entregar.

Fiquei pronta praticamente na hora em que o CD terminou. Fizemos uma capinha, escrevemos os nomes das músicas, embrulhamos em papel de presente, e aí, quando tudo ficou pronto, eu comecei a ficar meio insegura.

"Gente, vocês têm certeza de que eu devo fazer isso?", eu perguntei com o CD prontinho na mão.

"É *óbvio*!", as duas falaram juntas.

"Mas e se ele não gostar das músicas que a gente escolheu?" Eu comecei a analisar novamente a lista. "Ele só gravou músicas internacionais no CD que fez pra mim! Acho que o Leo não é muito fã de música nacional, não..."

"Isso é o de menos! O importante é que ele capte a mensagem!" A Gabi começou a me empurrar para fora do quarto. "Anda, Fani! O tempo está correndo!"

Peguei minha bolsa, coloquei o CD lá dentro e saímos. A gente já estava dentro do táxi quando veio uma outra música na minha cabeça, do Paralamas.

"*Não vá pra longe, não me desaponte, o amor não sabe esperar...*"

> *Lord Wessex: Como isto vai terminar?*
> *Queen Elizabeth: Como as histórias terminam, quando o amor é negado: com lágrimas e uma viagem.*
>
> *(Shakespeare apaixonado)*

Sabia que esse número 13 ia dar azar!

Depois de toda a saga da gravação do CD, nós conseguimos chegar ao prédio do Leo quando ainda faltavam 15 minutos para as seis da tarde, para não ter possibilidade do pai dele já ter passado lá. Descemos do táxi e, quando íamos pedir para o porteiro chamar o Leo, vi que a mãe dele estava na portaria, com uma sacola cheia de compras. Ela me viu ao mesmo tempo.

"Oi, Fani!", ela falou indo ao meu encontro. "Ué, você marcou de encontrar o Leo?"

Eu fiquei meio sem graça, afinal não tinha marcado nada.

"É... bom... não... é só que ele me disse que ia viajar hoje, então eu vim entregar um presentinho de Natal, já que eu não vou me encontrar com ele mais..."

"Nossa, Fani! Se você tivesse chegado dois minutinhos antes!", ela falou colocando no chão a sacola. "O Leo foi comigo à mercearia porque o pai dele pediu pra comprar umas coisinhas para eles irem comendo durante a viagem. Ele acabou de me deixar aqui e foi buscar o pai no trabalho para eles irem direto de lá! Sabe, eu não gosto muito desse negócio do Leo dirigir pra cima e pra baixo sem carteira, mas o pai dele acha que não tem problema..."

Ela continuou a falar, mas eu não escutei mais nada. Só ficava pensando que eu tinha desencontrado do Leo por dois minutos. Por 120 segundos eu perdi a chance da minha vida.

Foi a Gabi que tomou a iniciativa de tentar encontrar uma saída.

"Oi... não sei se a senhora se lembra de mim, eu vim ao aniversário do Leo", ela se apresentou rapidamente e em seguida entrou no assunto. "A senhora podia nos passar o endereço da empresa? Talvez dê tempo da gente pegar o Leo lá ainda..."

A dona Maria Carmem olhou pra gente como se nós tivéssemos ficado doidas.

"Mas é do outro lado da cidade!", ela falou. "E além de tudo, agora é horário de *rush*, sexta-feira, com o calor que está fazendo... vocês vão de táxi? Vai ficar muito caro!"

Eu – que normalmente adoro a mãe do Leo – comecei a ter vontade de sufocar o rosto dela na sacolinha do supermercado! Será que ela não podia parar de atrapalhar os meus planos e simplesmente falar logo o endereço? Se eu queria enfrentar trânsito, calor e gastar dinheiro, o problema não era dela!

"Sabe o que eu acho que é melhor?", ela continuou a falar, como se eu realmente estivesse interessada em saber o que ela achava ou deixava de achar! "Que é preferível você deixar esse presentinho comigo! Eu vou para o Rio daqui a três dias, o Leo e o pai dele vão encontrar comigo lá, vamos passar o Natal e o Réveillon na casa da minha irmã. Aí eu prometo que entrego seu presente são e salvo!"

Eu fiquei um tempinho pensando, olhei pras meninas, elas estavam com cara de que também não sabiam o que fazer, então, em um impulso, resolvi entregar o CD pra ela. Afinal de contas, seriam apenas mais três dias... com certeza eu sobreviveria.

Ela recebeu toda satisfeita. Disse que tinha certeza de que o Leo ia adorar, já que CD era com ele mesmo.

Dei um beijo de "Feliz Natal" nela, olhei uma última vez para o meu CD – que ela tinha colocado de qualquer jeito dentro da bolsa – e fomos embora.

Consegui segurar a minha raiva só até a próxima esquina.

"Não acredito!!!!", eu gritei. "Dois minutos! Dois míseros minutos! Toda essa trabalheira foi em vão por causa disso!"

As meninas tentaram falar alguma coisa, mas eu não deixei.

"E que pai irresponsável esse menino tem! Como ele pode deixar o Leo dirigir nesse horário, sem carteira, nem nada! O Leo tem só 16 anos! Tomara que uma *blitz* o pare no meio do caminho e eles percam essa viagem! Tomara que o pai dele vá PRESO por causa disso! Tomara..."

Minha raiva, de repente, se transformou em choro, ali mesmo, no meio da rua, com as pessoas passando e olhando pra mim.

"Ô, Fani...", a Natália falou me abraçando. A Gabi ficou do lado, passando a mão no meu cabelo. Comecei a pensar no trabalho que eu estava dando para as duas e com o maior esforço consegui segurar as lágrimas.

"Tudo bem, só estou chorando de raiva mesmo". Eu enxuguei o meu rosto com a manga da blusa. "Além do mais, vão ser só uns dias a mais, eu não vou morrer por causa disso..."

Mas no fundo eu não estava bem certa assim de que esses três dias não fariam diferença. Ainda mais porque, quando eu cheguei em casa, encontrei uma carta me esperando. Virei o envelope ansiosamente e tinha um nome e um endereço escrito com letra bonitinha.

Tracy Marshall
14, Alpen Gardens
Brighton - UK

Abri bem rápido, tomando cuidado de não rasgar a carta e, de repente, ao começar a ler, percebi que eu podia até não morrer pelo fato do Leo receber meu CD atrasado, mas que isso realmente tinha minado as minhas chances. A carta era da família inglesa com quem eu vou morar. E ela me fez lembrar que, com esse pouco tempo que eu tenho, três dias fazem toda a diferença do mundo.

Dear Stephanie,

Hi! My name is Tracy Marshall, I will be your host sister. We are so excited to receive you in our home, we can't stop counting the days. In a few weeks you'll be here with us!

Let me introduce you my family. I'm the oldest kid, I'm 15. I have two younger brothers. Teddy (13) and Tom (10). We live in Brighton, England, and we hope you like it here!
I go to Brighton Hill Secondary School.
We have a cat, his name is Brownie!
I love sports, and you?
Please, write me back, we would love to hear from you! If you prefer, write me by e-mail (tmarshallstar@hotmail.com).

See you soon!!!!!
Love,
Tracy*

Stephanie? É assim que eu vou ser chamada lá? "In a few weeks you'll be here with us..." *Few weeks?* De repente, me dei conta de que em menos de um mês eu estaria lá na casa dessa menina, que, apesar de parecer muito simpática, não me passou a menor vontade de trocar a Gabi ou a Natália pela convivência com ela...

Peguei um papel e comecei a esboçar uma resposta para a tal da Tracy.

Dear Tracy,

I'm sorry, but I've given up. I'm not going anymore. I want to stay right here.

Fani**

---

* Querida Stephanie,
Oi! Meu nome é Tracy Marshall, eu serei a sua irmã anfitriã. Nós estamos tão empolgados para receber você em nossa casa que não paramos de contar os dias. Em poucas semanas você estará aqui conosco! Deixe-me apresentar minha família. Eu sou a filha mais velha, eu tenho 15 anos. Eu tenho dois irmãos mais novos. Teddy (13 anos) e Tom (10 anos). Nós moramos em Brighton, Inglaterra, e nós esperamos que você goste daqui! Eu estudo na escola secundária Brighton Hill. Nós temos um gato, o nome dele é Brownie! Eu adoro esportes e você? Por favor, me responda, nós adoraríamos saber de você! Se você preferir, me escreva por e-mail (tmarshallstar@hotmail.com). Te vejo em breve! Com amor, Tracy.

** Querida Tracy, desculpe, mas eu desisti. Eu não vou mais. Eu quero ficar exatamente aqui. Fani.

> *Kathleen Kelly: Eu ligo meu computador. Espero impacientemente a conexão. Estou online e minha respiração fica presa até eu ouvir três palavras: Mensagem para você. Não ouço nada, nenhum som nas ruas de Nova York. Só o bater do meu coração. Recebi uma mensagem. De você.*
>
> *(Mensagem para você)*

Claro que eu nunca enviei aquela resposta. Ao contrário, escrevi um e-mail supereducadinho copiado do modelo que eu achei no manual do programa de intercâmbio, recheado de "I".

Ai, ai, ai.... acho que nunca falei tanto de mim mesma na vida.

De: Fani <fanifani@gmail.com>
Para: Tracy <tmarshallstar@hotmail.com>
Enviada: Sábado, 17:02
Assunto: From Brazil

```
Dear Tracy,
I was very glad to receive your letter.
I am so excited to meet you and your family.
I am 16, but I will be 17 in march.
I love animals, I'm sure I'll like Brownie!
```

I have a turtle, her name is Josefina.
I like sports. I go to gym classes three times a week.
I am sending a picture of me, so you can see what I look like.

Thank you for writing me.
Hope to hear from you again.

                                                                                                 Fani*

    Apesar da minha vontade de realmente jogar tudo para o alto, eu sei que não posso fazer isso. Primeiro, porque meus pais já investiram muito, pagaram o programa de intercâmbio, as passagens, seguro de saúde, uniforme, cartõezinhos...
    Definitivamente era tarde demais pra desistir.
    Resolvi então me forçar a entrar no clima. No domingo, participei do segundo encontro de orientação do programa de intercâmbio, dessa vez só para os jovens, nenhum pai deveria estar presente.
    O lugar que a organização escolheu foi um sítio, provavelmente para descontrair e provocar integração entre os futuros intercambistas. Deveríamos nos encontrar na sede do SWEP e um ônibus especial nos levaria e nos traria de volta.
    Conheci os outros estudantes que iriam viajar no mesmo dia que eu, embora cada um fosse para um lugar diferente do mundo. Além dos quatro que fizeram prova comigo e passaram, tinha mais uns 20 de outras cidades. Todos estavam tão animados que até conseguiram me contagiar um pouquinho. Alguns ex-intercambistas foram para relatar passagens engraçadas e complicadas que viveram e, no final, até que dei boas risadas.
    Por algumas horas consegui realmente me desligar e viver só o momento. Saí do encontro mais leve, realmente querendo fazer essa viagem, mas foi chegar em casa que toda a minha agonia voltou.
    Apesar de saber que a dona Maria Carmem só ia pro Rio na segunda-feira, eu tinha esperança de que o Leo pudesse ter telefonado pra casa e

---

* Querida Tracy, eu fiquei muito feliz por receber a sua carta. Eu estou muito empolgada para conhecer você e sua família. Eu tenho 16 anos, mas eu vou fazer 17 em março. Eu amo animais, tenho certeza de que vou gostar do Brownie! Eu tenho uma tartaruga, o nome dela é Josefina. Eu gosto de esportes. Eu faço aulas de ginástica três vezes por semana. Estou te mandando uma foto minha para que você veja como eu sou. Obrigada por me escrever. Espero receber notícias suas novamente. Fani.

que ela tivesse contado do CD, e que ele, então, resolvesse me mandar um e-mail para agradecer antecipadamente...

Entrei no apartamento e fui correndo ligar o computador. No caminho passei pelo meu pai, que estava na sala assistindo à televisão.

"Ei, onde você está indo com essa pressa?", ele perguntou, me fazendo diminuir o ritmo. "Vem aqui me contar como foi o encontro!"

Eu dei marcha ré no maior desânimo do mundo, sentei no sofá ao lado dele e comecei a explicar tudo, sem a menor paciência, afinal tinha acabado de relatar a mesma coisa para a minha mãe no carro.

"Primeiro, a gente chegou e ficou um tempão só conversando. Aí os organizadores pediram para a gente sentar e foram chamando um a um para ir lá na frente se apresentar, dizer para onde estava indo e falar um pouco da expectativa e dos preparativos para a viagem."

"O que você falou?", meu pai perguntou, com uma expressão de curiosidade.

"Ai, pai!" Eu estava louca pra acabar aquele relato logo. "Fani. Inglaterra. Estou ansiosa. Foi só isso o que eu falei! O que mais eu poderia ter dito?"

E, realmente, era como eu estava me sentindo. Ansiosa. Apenas isso. Ao contrário da minha *host family*, eu não estava contando os minutos para chegar lá.

"Bom, não sei... pensei que talvez você estivesse um pouco mais curiosa para conhecer outro país, viver outra cultura, fazer novos amigos...", meu pai disse, me olhando de um jeito meio preocupado. "Sabe, Fani, eu queria te dizer que pra mim não está sendo fácil saber que dentro de um mês eu vou ficar um ano sem a minha filha... mas que eu sei que isso vai ser uma experiência fantástica para a sua vida."

Ele ficou esperando pra ver se eu ia falar alguma coisa, mas eu não consegui pensar em nada para dizer naquele momento. E o que eu poderia falar? Que a experiência fantástica que eu gostaria de ter poderia estar naquele momento dentro de um e-mail que ele estava me impedindo de receber?

"Só gostaria que você se empolgasse mais", ele continuou a falar, já que eu não me manifestei. "Porque ficar longe do conforto da própria casa já é difícil para quem resolve fazer isso com muita vontade. Viajar sem estar interessado pode transformar o que seria a melhor época da sua vida em um pesadelo..."

E, falando isso, ele se virou novamente para a televisão e aumentou um pouco o volume.

Fiquei imóvel por uns segundos, tentando assimilar o que ele tinha falado, mas, assim que eu percebi que estava liberada, levantei e corri para o meu quarto.

Incrível como um computador pode ser tão lento. Acho que daria para eu ler uma revistinha da Mônica inteira no tempo que o meu leva para iniciar! Finalmente meus e-mails começaram a chegar. Seis. Um deles tinha que ser do Leo, *precisava* ser do Leo! Passei os olhos pela lista:

DE	ASSUNTO	RECEBIDA
Fitness Esporte Saudável	[Spam]	Sábado – 11:40
Web world	[Spam]	Sábado – 15:01
Gabriela Alkmin Vieira	Vamos ao cinema amanhã?	Sábado – 21:32
Divulgação Barbican	[Spam]	Domingo – 12:07
Alberto C. Belluz	Piada da Branca de Neve	Domingo – 13:05
Leonardo Santiago	Feliz Natal!	Domingo – 16:12

Era ele!!!!!!!!!
Cliquei pra abrir o e-mail com tanta força que o botão do mouse quase afundou.

De: Leonardo <soueuoleo@gmail.com>
Para: Vários <undisclose recipient>
Enviada: Domingo – 16:12
Assunto: Feliz Natal!

Desejo a todos os meus amigos um Natal cheio de paz e um ano novo repleto de realizações. Que Papai Noel venha bem gordo e bêbado!
Beijos (só pras meninas) e abraços.

Leo

Li três vezes. Isso era tudo o que eu merecia de Natal. Um e-mail coletivo.

Desliguei o computador, fui até a cozinha e voltei com uma lata de leite condensado. Liguei a minha televisão, coloquei o DVD de O *diário da princesa* e deitei debaixo do edredom, para assistir e entender de uma vez por todas que a vida nunca ia ser perfeita como um filme.

> Kat: Eu odeio o fato de você sempre ter razão. Eu odeio quando você mente. Eu odeio quando você me faz rir. Mais ainda quando me faz chorar. Eu odeio quando você não está por perto. E por você não ter me ligado. Mas mais que tudo, odeio como eu não te odeio. Nem um pouco, nem por um segundo, nem por nada.
>
> (10 coisas que eu odeio em você)

Os dias foram passando sem que eu recebesse – além daquele e-mail ridículo – nenhuma notícia do Leo. Fiquei a segunda e a terça inteirinhas plantada na frente do computador, checando de um em um minuto.

Além disso, a cada vez que o telefone tocava, meu coração batia em compasso de escola de samba, mas, apesar de proibir todas as pessoas da casa de atenderem, de deixar tocar três vezes (pra não dar na cara que eu estava ali do lado por conta) e de falar por incontáveis vezes o meu *"alô"* mais sexy, tudo foi em vão. A únicas chamadas para mim foram da Gabi e da Natália, me chamando para fazer compras de Natal.

Desde que eu admiti pra mim mesma que eu sou apaixonada por aquele incompetente (por que é que ele não pode perceber logo que eu gosto dele sem eu precisar falar?!), parece que tudo o que eu faço é chorar. Silenciosamente. Sozinha. De preferência na hora do banho, pra ninguém enxergar as minhas lágrimas.

Então, depois de deixar o choro lavar a minha dor, resolvi que eu não podia me entregar à tristeza e precisava ser um pouquinho racional.

Cheguei à conclusão de que, com certeza, o Leo já tinha recebido o CD e que apenas duas coisas podiam ter acontecido:

1. Ele ter ouvido, ter sacado a minha mensagem (porque francamente ele não é bobo, nem cego, nem surdo, e aquele CD está entregando o ouro totalmente) e ter ficado com MEDO de mim, por não sentir a mesma coisa do que eu. Por isso resolveu que o melhor seria fugir até que eu sumisse do país.
2. O Rio estar tão interessante (cheio de cariocas louras, magras e bronzeadas) que, quando a mãe dele entregou o CD, ele deve ter largado em um canto qualquer e esquecido lá, acumulando poeira e teia de aranha.

Completamente desiludida, mas disposta a, pelo menos, tentar entrar no clima de Natal, resolvi ir com as meninas para o BH Shopping, afinal eu precisava comprar algum presente, o Natal seria em três dias e eu ainda não tinha providenciado nada.

Depois de andar horas e horas naquele shopping lotado de final de dezembro, implorei para a gente fazer um intervalo e tomar um lanche em algum lugar. A Natália sugeriu o café da livraria megastore, pois, enquanto isso, ela poderia procurar o livro que queria comprar para o pai dela.

A gente estava lá havia um tempo comendo um sanduíche (eu), folheando uns livros (Natália) e paquerando o vendedor (Gabi), quando vimos dois rostos conhecidos entrando na livraria. O Rodrigo e a Priscila.

A gente não tinha se visto desde o dia da festa, então adoramos encontrar os dois. Enquanto o Rodrigo foi procurar um livro, a Priscila sentou do meu lado e pediu uma Coca.

"E aí, Fani, ansiosa pelo resultado da recuperação?", ela me perguntou enquanto devolvia o cardápio para o garçom. "Sai hoje, né?"

Eu fiquei gelada. Com essa minha fixação "leonardística", sem conseguir pensar em mais nada, esqueci completamente que eu tinha que olhar se tinha passado ou não!

"Que dia é hoje?", eu perguntei, tentando encontrar minha agenda dentro da bolsa. "Quarta-feira?"

A Priscila começou a rir. "Nossa, estou vendo o tamanho da sua ansiedade! Até esqueceu o dia do resultado! O Leo, ao contrário de você, já ligou pro Rodrigo três vezes pra saber se ele já tinha passado no colégio pra olhar pra ele."

"Leo?", eu quase gritei. "O Leo ligou pro Rodrigo?"

A Priscila, que não estava por dentro do desenrolar dos acontecimentos e muito menos da mudança dos meus sentimentos, me olhou como se eu estivesse com algum problema.

"Ué, eles são amigos, esqueceu?", ela falou meio sem entender a minha dúvida. "Como o Rô mora perto do colégio, o Leo pediu pra ele dar um pulinho lá e checar pra ele."

Nessa hora, eu chamei a Gabi e expliquei que a gente tinha que ir voando pro colégio porque eu tinha que olhar a minha nota. A Natália ficou meio indignada, ainda tinha que comprar uns 17 presentes, mas a Priscila falou que ela podia ficar com eles no shopping, que o pai dela ia buscar só mais tarde.

"Fani, já que você está indo pro colégio", o Rodrigo falou, "aproveita e olha se o Leo passou. Ele ficou de me ligar de novo às seis da tarde, aí eu peço pra ele ligar pra você."

Perfeito. Ele ia ter que falar comigo por bem ou por mal.

Chegamos ao colégio em dez minutos. Implorei para o motorista de táxi ir depressa, mas depois até me arrependi. Ele passou voando por todos os sinais amarelos e até furou uns dois vermelhos... acho que ele pensou que fosse receber uma boa gorjeta por causa disso, mas o que ganhou foi uma bronca da Gabi, que acabou batendo a cabeça no vidro em uma curva.

Entrei na secretaria crente de que iria estar lotada, mas não tinha ninguém. Cumprimentei a funcionária e dei meu nome, para que ela pegasse o meu boletim.

Acho que só quem já tomou recuperação sabe o stress que a gente passa enquanto espera o resultado final.

Eu estava lá, enquanto a moça procurava a minha nota, quando a própria diretora Clarice apareceu.

"Oi, Estefânia! Oi, Gabriela!" Ela cumprimentou a gente, surpreendentemente com um sorriso no rosto. "Vieram pegar os resultados?"

Eu, quase passando mal de nervoso, só confirmei com a cabeça, mas a Gabi falou por nós duas.

"A Fani veio buscar a nota dela e a do Leo", ela explicou. "Eu passei direto."

"Vocês trouxeram a procuração do Leonardo?", ela perguntou, fechando um pouco a cara. "Só podemos entregar os boletins pessoalmente. Ao contrário, só se a pessoa tiver mandado uma procuração."

Ela foi saindo com uma expressão inflexível e, subitamente, voltou-se para nós de novo: "Ainda mais do Leonardo Santiago... gostaria de entregar o resultado nas mãos da *mãe* dele, para contar a ela o que ele insinuou sobre a professora de Matemática no dia em que soube que tinha tomado recuperação...", e falando isso, voltou para a própria sala, avisando à funcionária que não era para abrir exceções sobre nenhum pretexto.

Me deu vontade de começar a choradeira toda de novo. Pensei que meus planos, mais uma vez, iam dar errado, já que, sem o resultado do Leo, eu teria que ligar para o Rodrigo pra saber se ele tinha a tal procuração. Ele, com certeza, não teria e, quando o Leo ligasse, ia acabar falando que não tinha conseguido pegar o boletim por esse motivo. Com isso, claro, o Leo não teria a menor necessidade de telefonar pra mim, já que eu não teria nota nenhuma para passar pra ele!

Acho que desespero faz a gente ter mais iniciativa. Na mesma hora, peguei o celular e liguei pra casa do Leo. O irmão mais velho dele atendeu.

"Luiz Cláudio, aqui é a Fani, amiga do Leo", eu falei sem nem respirar, "você podia me dar o telefone da sua tia do Rio? Eu preciso falar com o Leo urgente, estou aqui no colégio, mas como o Leo nunca viaja com o celular..."

Ele nem esperou que eu terminasse. Com certeza achou que o Leo tivesse tomado bomba, porque falou o número sem argumentar nada.

Eu pedi para a funcionária da secretaria esperar um pouquinho enquanto ligava o número, completamente trêmula. A Gabi, do meu lado, perguntou se queria que ela conversasse por mim, mas a vontade de falar com ele era maior do que o meu nervosismo.

Uma mulher atendeu com sotaque de carioca. Eu pedi para falar com o Leonardo, mas ela disse que ele ainda não tinha voltado da praia. Me deu o maior ciúmes de imaginar como a praia deveria estar ótima para ele estar lá até cinco da tarde, mas não deixei que isso me desconcentrasse. Perguntei se eu podia então falar com a dona Maria Carmem. Ela disse para eu esperar um minuto e colocou uma musiquinha irritante para tocar.

Eu já estava em tempo de gritar, pensando em quanto ficaria aquele telefonema interurbano, quando ela atendeu.

"Dona Maria Carmem, aqui é a Fani", eu falei morrendo de vergonha, pensando que ela deveria estar achando que eu estava ligando pra perguntar se ela tinha entregado o CD. Na verdade, eu gostaria muito de saber isso, mas não era o mais importante naquele momento. "Estou aqui no colégio para pegar o resultado do Leo, mas eles não entregam sem procuração... a senhora podia conversar com a diretora Clarice, para ver se ela autoriza?"

A dona Maria Carmem tem motivo para me adorar, fala sério! Que menina usaria o próprio celular para conversar com a *mãe* de um menino sobre um assunto escolar?

Ela me agradeceu imensamente, pediu que eu passasse o telefone para a diretora para que elas pudessem conversar.

Eu comecei a ficar aflita imaginando o tempo que aquela conversa duraria e a bronca que eu ia levar do meu pai quando a conta chegasse.

A funcionária levou o meu celular e, em dois minutos, estava de volta com ele e um boletim. Eu estava imaginando o que a dona Maria Carmem teria dito para persuadir a diretora tão rápido, quando percebi que o boletim não era o do Leo, e sim o meu. Com essa confusão, eu tinha até esquecido da minha própria nota.

"Estefânia, assine aqui", ela falou enquanto punha na minha frente uma folha cheia de assinaturas. "A diretora Clarice pediu pra você esperar um pouquinho porque a mãe do Leonardo está passando uma procuração via fax para que você possa levar o resultado dele também". E, falando isso, me entregou o boletim.

Toda a ansiedade voltou. Eu enfiei o boletim dentro da bolsa e disse que só ia abrir em casa, mas a Gabi tomou de mim e disse que eu podia até gostar de ficar curiosa, mas que ela odiava! Abriu o envelope e tirou o meu resultado lá de dentro, sem a menor cerimônia.

"Ih, Fani..." ela falou com uma expressão triste, "acho que não vamos ser colegas no ano que vem..."

Meu coração parou e eu realmente achei que fosse vomitar naquele momento. Tomei a folha da mão dela, mas, antes que eu conseguisse encontrar minha nota no meio daquelas letras, ela continuou a falar: "...porque afinal você vai fazer o terceiro ano na Inglaterra! Você passou, sua boba, com 73!".

Eu dei um suspiro de alívio e um abraço forte nela, e um segundo depois a diretora saiu da sala com outro boletim na mão.

"Estefânia, a mãe do Leonardo me enviou um fax, pode levar o resultado dele agora", ela disse, enquanto me entregava a mesma folha de assinaturas que eu tinha acabado de assinar. "Ela falou que te ligará em meia hora para que você passe a nota do Leonardo". E, dizendo isso, me deu o boletim, desejou boas férias, bom Natal, boa viagem e voltou para a sala dela.

Saí do colégio explodindo de felicidade! Não sei se eu estava mais satisfeita por ter passado ou por saber que em poucos minutos eu iria falar de novo com a dona Maria Carmem e com certeza daria um jeito de perguntar – assim como quem não quer nada – sobre o CD, se o Leo tinha gostado e tal...

Foi só quando a gente já estava chegando ao ponto de ônibus que eu lembrei de abrir o boletim dele, morrendo de medo de ter que dar uma má notícia.

Pedi para a Gabi olhar; eu já tinha tido muita emoção para uma tarde.

Ela abriu o envelope bem devagarzinho, fez a mesma cara de tristeza que tinha feito quando olhou o meu, e falou: "É... eu também não vou ser colega do Leo no ano que vem".

Eu peguei o boletim da mão dela sem acreditar que ele pudesse ter tomado bomba, mas, antes que eu abrisse, ela continuou a falar, olhando para o chão.

"E também não vou ser colega da Natália, do Rodrigo, da Priscila..."
Olhei pra ela sem entender nada.

Ela mexeu no cabelo meio sem graça, deu um risinho e disse: "Como você não vai estar aqui, resolvi que não ia ter a menor graça continuar estudando nesse colégio. Como minha mãe queria há tempos que me transferisse para um colégio com maiores índices de sucesso no vestibular, não vejo motivos para não mudar... pelo menos eu não vou ficar triste me lembrando de você o tempo todo...".

Eu dei um abraço nela e ficamos assim um tempão, sem falar nada. Só fiquei pensando que no lugar dela eu faria o mesmo. Sem a Gabi, aquele colégio realmente não teria a menor graça, assim como a minha viagem também não ia ter. Depois de um tempo, olhamos uma para a outra e começamos a rir da nossa bobeira, as duas com os olhos cheios de água.

"Nossa, isso está uma novela!", a Gabi falou, fungando. "Imagino como vai ser no aeroporto..."

Eu só suspirei, nem querendo pensar nisso. Ela deu um sorriso triste pra mim e apontou para o boletim do Leo, ainda fechado na minha mão.

"Vamos logo pra sua casa, anda!", ela disse me puxando. "Temos que gravar essa conversa quando a mãe do Leo te ligar! Você vai querer ouvir várias vezes o tanto que ela vai te agradecer quando você contar que o filhinho dela passou com 80!"

49

> *Julieta: Boa noite, boa noite.*
> *Partir é um tão doce pesar, que eu*
> *diria boa noite até o sol raiar.*
>
> (Romeu e Julieta)

Acho que Papai Noel veio mais cedo para mim. Quando meu celular finalmente tocou, 45 minutos depois, não foi a voz da dona Maria Carmem que eu ouvi, e sim a do próprio Leo.

Quase tive uma síncope. E, graças a Deus, eu tinha ouvido a Gabi e deixado tudo preparado para gravar. Porque essa conversa com certeza é o melhor presente de Natal que eu poderia ter ganhado.

Fani: *Alô?*

Leo: *Ei! Afinal, eu tomei bomba ou não? Me fala logo, porque, se tiver sido reprovado, eu vou ficar por aqui mesmo e virar surfista!*

Fani: *Sinto muito frustrar seus planos, mas a maior onda que você vai pegar é alguma eletromagnética do livro de Física do terceiro ano...*

Leo: *Isso quer dizer que eu passei?*

Fani: *A-hã. Quer saber com quanto?*

Leo: *Antes quero saber se você passou também.*

Fani: *E você acha que se até você passou eu não ia ter passado?*

Leo: *Com quanto nós passamos?*

Fani: *Bom, eu passei com míseros 73 pontos...*

Leo: *Míseros? Puxa, esnoba mesmo. Aposto que eu passei com 60, não foi?*

Fani: *Isso mesmo. "Cê-senta" e espera eu te contar que você fechou a prova final e passou com 80!*

Leo: *Ah, tá bom, viu! Fala sério, Fani!*

Fani: *Tô falando! Quer que eu escaneie o boletim e te mande por e-mail para você acreditar?*

Ele então gritou para a mãe dele que tinha passado de ano e eu já estava com o coração apertado, pois sabia que em seguida ele iria se despedir. Mas o que ele disse foi outra coisa...

Leo: *Ah, Fani. A minha mãe me falou que você comprou um CD pra mim de Natal, não precisava...*

Fani: *Ela falou, como assim? Ela não te entregou o CD?*

Leo: *Ué, achei que ela tivesse te falado quando vocês conversaram mais cedo...*

Fani: *Nós conversamos rapidinho apenas sobre o seu boletim. O que aconteceu com o CD?*

Leo: *Nada, ele está lá em casa esperando eu voltar! O que aconteceu foi que a mamãe colocou-o na frasqueira, que é onde – segundo ela – estavam as coisas mais importantes, tipo os remédios diários que ela toma, o livro que ela está lendo e mais umas coisinhas, mas acabou esquecendo a tal frasqueira dentro do carro, quando o Luiz foi levar o Luciano e ela ao aeroporto. Ela disse que foi correndo fazer o check-in, já que eles estavam em cima da hora, e achou que o Luciano tivesse pegado a frasqueira no banco de trás. Ele, por sua vez, disse que ficou preocupado com as malas maiores. Quando ela já estava dentro do avião é que deu falta, já que foi procurar o livro dela e não encontrou.*

Eu não consegui acreditar no que ouvi. O tempo todo fiquei preocupada imaginando que ele tivesse odiado o presente quando na verdade ele nem tinha chegado a escutar! Isso queria dizer que eu ainda tinha uma chance!

Fani: *Ah, bom... achei que você não tivesse gostado...*

Leo: *Claro que eu gostei! Ela não soube me dizer de que artista era o CD, já que estava embrulhado, mas tenho certeza de que qualquer coisa que você me der eu sempre vou gostar! Só de você ter se preocupado com isso eu já adorei, fiquei só sem graça por não ter te dado nada... mas pode esperar que eu vou levar alguma coisa do Rio pra você.*

Fani: *Bom... não é de um artista só... é que eu... bom, eu tipo que fiquei influenciada pela sua mania de gravar CDs e resolvi gravar um pra você também... com músicas que eu mesma escolhi...*

Leo: *Você tá falando sério?*

Fani: *Por que eu não falaria?*

Leo: *Vou matar a mamãe e o Luciano! Agora fiquei morrendo de curiosidade para escutar o que você gravou pra mim!*

Fani: *É, acho que é bom você ficar bem curioso mesmo porque eu gastei o maior tempão escolhendo as músicas!*

Leo: *Ah, me conta...*

Fani: *De jeito nenhum, tenho vergonha!*

Leo: *Vergonha? Como assim? Vergonha por quê?*

Fiquei calada, pensando o que dizer, mas nesse intervalo ouvi vozes no fundo falando que, se não desligasse imediatamente, ele ia ter que pagar a conta de telefone com o dinheiro da prancha de surf que ele estava querendo comprar.

Leo: *Fani, desculpa, minha mãe e minha tia estão meio nervosas aqui... vou ter que desligar.*

Fani: *Tá bom Leo... um ótimo Natal pra você, viu...*

Leo: *Pra você também, linda! Que Papai Noel venha bem gordo...*

Fani: *E bêbado, já sei, recebi seu e-mail!*

Leo: *Na verdade, eu ia falar que queria que ele trouxesse todos os seus sonhos embrulhados de presente...*

Fani: *Infelizmente isso não vai ser possível...*

Leo: *Por quê? Acho que ser cineasta é um sonho bem provável de acontecer na sua vida.*

Fani: *Ah, mas eu tenho sonhos bem mais imediatos...*

Leo: *Que sonhos? Me conta?*

Dona Maria Carmem: *Fani, desculpa pegar na extensão, mas o Leonardo está achando que está na casa dele. Quando a gente voltar, vocês colocam o papo em dia, tá? Dia 6 de janeiro a gente está aí. Que coisa, vocês dois parecem que nunca conversaram na vida! Feliz Natal pra você e pra sua família, viu? Tchau, querida, obrigada por ter pegado a nota do Leo.*

Fani: *Tchau, dona Maria Carmem... tchau, Leo!*

Leo: *Tchau, Fani... e... um beijão pra você!*

Fani: *Outro, Leo... tchau.*

> Harry: Eu amo quando você sente frio mesmo que faça 22 graus lá fora. Amo que você leve uma hora e meia pra pedir um sanduíche. Amo essa sua ruguinha na testa quando você olha pra mim como se eu fosse doido. Eu amo sentir o seu perfume nas minhas roupas depois de passar o dia com você. E eu amo que você seja a última pessoa com quem quero falar antes de dormir. E não é porque estou solitário, nem porque é Réveillon. Vim aqui esta noite porque, quando você percebe que quer passar o resto da sua vida com alguém, você quer que o resto da sua vida comece o mais cedo possível.
>
> (Harry & Sally - Feitos um para o outro)

O final do ano acabou sendo melhor do que eu imaginava. Primeiro, pelo telefonema. Depois daquele dia realmente eu relaxei, não tinha nada que eu pudesse fazer a não ser esperar... minha única preocupação era que a Dona Maria Carmem tinha dito que eles iam voltar no dia 6... bem no dia da minha viagem! Será que o Leo estava lembrando?

Tentei não pensar muito nisso e concentrar-me nas festas. Ganhei de Natal vários DVDs que eu queria. Da minha mãe ganhei *O diário da princesa 2* e *Um lugar chamado Notting Hill*; meu pai me deu *Ray*,

Menina de ouro e *Leoni ao vivo*; a Juju (na verdade o meu irmão Inácio) me deu *Irmão urso*; da Gabi eu ganhei *Filhos do paraíso* (só faltei bater nela, claro que eu não vou conseguir desvincular nunca este filme do Marquinho) e da Natália, *Meninas malvadas*.

O Alberto me deu uma caixa de bombom da Kopenhagen, diz ele que era para eu comer enquanto via os quinhentos filmes que eu tinha ganhado... Além disso, as minhas tias me deram várias roupas de frio para a viagem e as minhas duas avós combinaram e juntas me presentearam com um conjunto de malas cor-de-rosa! Adorei tudo. Ainda bem que minha mãe tinha providenciado presentes para eu dar pra todo mundo, senão eu ia ter morrido de vergonha.

Mas foi o Réveillon que realmente surpreendeu. Eu e a Natália combinamos de ir ao show do Skank, que ia ser no clube. Foi a primeira vez que o meu pai deixou que eu passasse o Réveillon em uma festa dessas, já que ele acha que nessas ocasiões todo mundo bebe, passa mal, briga... que tudo oferece perigo! Mas acho que, pela proximidade da minha viagem e por eu ter passado de ano depois de tanto esforço, ele acabou ficando meio comovido. Ou talvez tenha sido só porque o meu irmão resolveu ir também e assim ele não teria que dar uma de chofer em plena passagem de ano, já que o Alberto faria esse papel.

A gente passou pra buscar a Natália e o Sr. Gil estava esperando junto com ela na porta. A Natália só faltou morrer de vergonha quando ele olhou para o Alberto de cima a baixo e perguntou se ele tinha carteira de motorista. Só que o Alberto, quando quer, sabe conquistar as pessoas. Ele cumprimentou o Sr. Gil todo respeitosamente, mostrou a carteira, disse que a Natália estaria segura com ele e que ele faria questão de trazê-la de volta às duas da manhã (o que, na minha opinião, é meio cedo, afinal o Réveillon praticamente começa à meia-noite!). E como quem não quer nada, falou também que não poderia tomar nem uma taça de champanhe para brindar o Ano-Novo, pois teria que começar um estágio no pronto-socorro no dia seguinte.

O Sr. Gil ficou todo interessado, perguntou em que ano da faculdade ele estava (o Alberto está no segundo e bem longe de fazer estágio ainda...) e disse que o sonho dele era que a Natália cursasse Medicina também...

Quando conseguimos sair de lá, fomos rápido para o clube. Não tinha trânsito nenhum, já que todo mundo foge da cidade no Réveillon. Estávamos os três até que bem animados, o Alberto colocou o CD do próprio Skank no carro para a gente ir entrando no clima e eu só lamentei pelo fato da Gabi também não estar lá. Ela passa quase todos os feriados na casa da avó, em Tiradentes, e claro que em plena passagem de ano ela não conseguiria escapar. Na verdade, ela não me pareceu muito triste desta vez, talvez pelo fato do Cláudio morar em São João del-Rei, que é lá do lado...

Chegamos à portaria, o Alberto acabou dando o carro pro manobrista, já que não tinha lugar nenhum por perto pra estacionar, e entramos na festa.

"O que eu não faço por vocês...", ele falou sorrindo, enquanto pegava a carteira para pagar umas bebidas. Ele entregou duas batidinhas de morango para a gente e olhou o relógio. "Vamos marcar quinze pras duas na portaria, sem atraso, senão largo as duas donzelas aqui!"

Nós sorrimos pra ele e fomos fazer um reconhecimento do território. Perto de onde seria o show, avistamos várias pessoas que conhecíamos de vista e resolvemos ficar por ali.

A Natália não parava de olhar para os lados, tentando encontrar o Mateus. Eu, como não tinha ninguém para procurar, fiquei ajudando. Foi quando, no meio da multidão, vi a turma de amigos com quem o Leo anda fora do colégio.

Eu nunca me dei muito bem com esses meninos. Na verdade, antes mesmo de saber que eram amigos do Leo, eu já conhecia vários deles do meu colégio antigo. Pode ser implicância minha, mas acho que eles são muito convencidos. Ao contrário do Leo – que é amigo de todo mundo – eles não se misturam, ficam só no grupinho deles.

Sugeri para a Natália que a gente fosse para o outro lado, mas nesse momento ela avistou o Mateus exatamente na frente de onde os meninos estavam. Ela começou a me puxar para perto deles, sem ter dado a mínima atenção para a minha sugestão. Antes tivemos que dar uma passadinha básica pelo banheiro para que ela checasse o cabelo no espelho, mas ela estava com tanto medo do Mateus sumir que nem demorou dessa vez.

Chegando ao local, ela se posicionou por perto, assim como quem não quer nada, e começou a conversar comigo um assunto maluco que ela inventou na hora, apenas para parecer que ela estava passando ali por acaso. O Mateus nem notou a gente, continuou superentretido falando bem de pertinho com uma menina de olhos verdes e cabelos ruivos.

Mas os amigos do Leo nos viram de cara. Um deles – que eu lembrava se chamar Haroldo – começou a mexer no cabelo da Natália. Um outro – não tenho a menor ideia do nome dele, o apelido é Buldogue

– veio e passou o braço pelos ombros dela, e, por mais que ela tentasse tirar, o menino não desgrudava.

Nesse momento, o Mateus olhou para trás e viu a gente. Eu pensei que ele fosse fazer alguma coisa, empurrar o Buldogue ou, sei lá, pelo menos cumprimentar a Natália, mas ele só olhou com uma expressão vazia, falou alguma coisa no ouvido da ruiva – ao que ela respondeu com um grande sorriso – e foi andando com as mãos na cintura dela, para o lado oposto, sem nem olhar para trás.

Eu olhei para a Natália e ela parecia que tinha recebido uma bofetada na cara. O rosto estava congelado olhando para o Mateus andando com a menina, mas nos olhos dela eu vi o brilhozinho de uma futura lágrima e percebi que ela ia começar a chorar a qualquer momento.

O tal do Buldogue, alheio a esse acontecimento, continuava fazendo gracinha e, de repente, começou a beijar o rosto dela. A Natália tentou empurrá-lo com força, os outros meninos em volta ficavam só rindo sem fazer nada, veio me vindo uma raiva e eu, então, resolvi tomar uma providência. Peguei o outro braço dele – o que não estava nos ombros da Natália – e torci até ele desgrudar dela! Ele me olhou como se eu fosse doida e veio pra cima de mim.

"Que isso, menina, ficou maluca?", ele falou me empurrando. "Vai me encarar? Eu não tenho pena de mulher, não, viu?"

Eu tentei conversar, falei que ele não tinha direito de sair agarrando ninguém como ele tinha feito com a Natália, mas ele começou a discutir comigo, e eu já estava achando que, se não saísse correndo dali, ia acabar mesmo levando um soco, quando um outro da turma olhou pra mim.

"Ih, não mexe com essa menina, não, que ela é namorada do Leo", ele falou rindo e cutucando os outros. "Quando voltar de viagem, ele vai apelar se souber que você fez alguma coisa pra ela!"

Daí o Buldogue falou: "Ah, essa é a tal?", com a maior cara de desprezo, caiu na gargalhada, olhou para os amigos e trocou com eles aqueles tapinhas irritantes que meninos dão na mão uns dos outros, e eles foram em direção ao bar, ainda rindo.

Eu e a Natália ficamos paradas lá um tempinho, esperando eles saírem da nossa vista, e então fomos de novo para o banheiro.

Foi só entrar lá que ela caiu no choro. Eu fiquei tentando consolar, falando que o Mateus não a merecia, tentei lembrar as palavras da cartomante, mas não adiantou nada. Ela ficou uns 15 minutos em prantos. Só me restou ficar lá do lado, passando a mão no cabelo dela e oferecendo lencinhos de papel, sem saber o que fazer com a minha própria decepção pelo fato do amigo do Leo ter insinuado que eu era namorada dele em tom de deboche. O que ele quis dizer com aquilo?

Olhei para o relógio e vi que já eram dez pra meia-noite. Dali a pouco teria a contagem regressiva, os fogos de artifício e em seguida o show. Fiquei imaginando que o Leo deveria estar em plena praia de Copacabana naquele momento e como eu gostaria de estar lá com ele...

Assim que saímos do banheiro avistamos o Alberto vindo todo alegre em nossa direção, cantando "Adeus ano velho, feliz ano novo...", e nos forçamos a sorrir de volta pra ele. Ele chegou, nos abraçou, falou que ia passar a virada do lado da gente e que queria beijo das duas à meia-noite em ponto, para ele ter sorte dobrada no amor durante o novo ano. Ele estava tão animado que contagiou a gente um pouquinho.

Quando era quase meia-noite, meu celular tocou. Imaginei que seria meu pai, para desejar uma boa entrada de ano, mas não apareceu número nenhum no identificador de chamadas. Atendi meio desconfiada, mas imediatamente abri o maior sorriso ao ouvir aquela voz mais fofinha do mundo.

"Fani, queria ser o primeiro a te desejar feliz ano novo!", o Leo falou meio gritando, por causa da barulhada no lugar onde ele estava.

Eu perguntei onde era este lugar, mas ele nem ouviu, continuou a falar com a voz meio enrolada e eu percebi que ele já devia ter tomado alguma coisa: "Queria estar aí do seu lado, pra te dar um *beijão* de Réveillon!".

Nesse momento eu ri e perguntei o que ele tinha bebido.

Dessa vez, uma outra voz de menino – carioca desta vez – falou "alô", eu notei que o Leo estava brigando pela posse do celular, mas o outro menino estava vencendo.

"Fani, paixão da vida do Leo, u-hu! Vem tomar champanhe com a gente aqui na praia, êêêêê..."

Depois eu só ouvi uns gritos abafados, e aí o Leo voltou para a linha.

"Fani, você está aí ainda?", ele perguntou tão alto que eu até distanciei o celular do ouvido.

Respondi que estava sim, involuntariamente em um volume tão alto quanto o dele.

Nesse momento, começou a contagem regressiva.

10... 9... 8... 7...

Eu não consegui escutar mais nada porque o barulho tanto do meu lado quanto do dele estava ensurdecedor.

6... 5... 4...

Fiquei gritando: "Leo? Leo? Está me ouvindo?"

3... 2... 1... 0!!!!

Os fogos começaram, abaixei o celular para olhar o visor e vi que a ligação tinha caído, talvez pelo congestionamento de linhas. Esperei um pouco, rezando para ele tocar de novo, mas meus olhos foram atraídos para as luzes no céu.

Comecei a pensar que aquele telefonema – apesar da interrupção – tinha sido a melhor surpresa do Réveillon. Eu, que estava toda preocupada com o que os amigos dele tinham falado, nem liguei mais para isso, afinal eles podiam rir de mim e achar o que quisessem, o que importava era que o Leo estava pensando e tinha ligado pra *mim* e não para eles para desejar um feliz ano novo, e ainda tinha dito que queria me dar um beijão. Um *beijão*!

Dei três pulinhos com o pé direito, fiz um pedido silencioso para as estrelas, deixei que um sorriso brotasse no meu rosto e apertei o meu celular com força, agradecendo a Deus por viver em uma época tão moderna. Imagine só se os celulares não existissem ainda?

Foi então que virei pro lado, para abraçar o meu irmão e a Natália, e levei o primeiro susto do ano. Os dois estavam agarrados, em um beijo tão intenso que eu fiquei até meio sem graça. Não dava pra ver onde começava um e terminava o outro...

Pelo visto, não era só eu que estava começando o ano com o pé direito... e exatamente nesse momento o Skank subiu ao palco.

"Vou deixar a vida me levar pra onde ela quiser..."

Acho que a vida nesse novo ano realmente vai levar todos nós para lugares completamente inesperados...

51

> *Frances: Coisas inacreditavelmente boas podem acontecer, mesmo no finalzinho do jogo. É uma grande surpresa.*
>
> *(Sob o sol da Toscana)*

O ano começou em ritmo realmente acelerado. Com a proximidade da viagem, meus dias ficaram todos preenchidos com os preparativos.

Fui a vários médicos apenas para não correr o risco de ter algum problema oculto que resolvesse se manifestar quando eu estivesse viajando. Além disso, saí com minha mãe um milhão de vezes para comprarmos roupas de frio, já que eu iria chegar lá em pleno inverno. Como se não bastasse, tive mais uma orientação do programa de intercâmbio para receber as instruções finais.

Eu, que pensei que fosse ter tempo para curtir meus últimos dias ao lado das meninas, fiquei mais atarefada do que durante o ano letivo.

O Leo, depois do telefonema do Réveillon, não se manifestou mais. Mandei um e-mail para todos os meus amigos (ele inclusive) avisando que no dia 6 de janeiro estavam todos intimados a comparecer ao aeroporto internacional às cinco da tarde para se despedir de mim, e fiquei rezando para que ele checasse o e-mail, mas ele não respondeu nada.

Dois dias antes de eu viajar, a Gabi me chamou para jantar na casa dela, para a gente começar a nossa despedida. Apesar de eu não estar com muita vontade – pois tudo estava me fazendo chorar, e esse jantar certamente também faria – concordei em ir.

Vesti uma roupa qualquer, já que a gente ia ficar só lá mesmo, jantando e possivelmente vendo um DVD depois, fiz um rabo de cavalo e peguei a bolsa. Pedi para o meu pai me levar, já que ele também estava saindo, mas estranhamente ele falou que estava atrasado, que era pra eu ir de táxi.

Cheguei ao prédio dela pensando que provavelmente aquela seria a última vez em que eu estaria ali antes de viajar.

Saí do elevador e a Gabi já estava me esperando na porta. Ela foi me vendo e falou: "Corre aqui, tenho que te mostrar o filme que está passando!", e foi me puxando pra sala de visitas. Só que nós chegamos lá e estava tudo escuro, eu já ia perguntar se ela não tinha confundido as salas, se na verdade ela não pretendia me levar até a sala de televisão, quando de repente a luz acendeu e um monte de gente gritou: "Surpresa!!!".

Eu tomei o maior susto, fiquei meio desorientada no começo, olhando para todos os lados e enfim reparei que a tal surpresa era pra mim! Na minha frente estavam mais de 30 pessoas com chapeuzinhos, língua de sogra e jogando confetes na minha cabeça, cantando: *"Não, não vá embora... vou morrer de saudade..."*.

Comecei a rir e chorar ao mesmo tempo! Todo mundo veio me abraçar e eu comecei a distinguir os rostos. A Natália, a Priscila, o Rodrigo, o Alan, minhas primas, meus tios, minhas avós, meus irmãos, minha cunhada, minha sobrinha, meus sobrinhos gêmeos e a babá deles, minhas colegas do Inglês, da academia e do meu antigo colégio, os pais da Gabi e até o meu pai (nesse momento entendi o motivo pelo qual ele me negou a carona), que não sabia se consolava a mim ou a minha mãe, que estava chorando mais do que eu.

Levei uns dez minutos para me recuperar do susto e, no meio daquela surpresa toda, não tive como deixar de procurar o Leo, na esperança de que o tivessem escondido entre aquelas pessoas, guardando o melhor pro final... mas não, ele não tinha ido mesmo.

Quando eu já tinha abraçado todo mundo, a Gabi veio pro meu lado e falou: "Fani, realmente eu tenho que te mostrar um filme...".

Em seguida enlaçou o braço dela no meu e saiu me levando para dentro da casa. A Natália veio correndo atrás da gente pedindo para esperar porque ela queria ver também, enlaçou o braço dela do meu outro lado e nós três fomos assim, enlaçadas, até a sala de televisão.

Chegando lá, vi que a TV e o DVD estavam ligados e que tinha uma imagem embaçada, congelada na tela.

A Gabi pediu que eu me sentasse, pegou o controle, apertou "play" e a imagem focalizou o Cristo Redentor. A câmera foi distanciando, e de repente meu coração deu um salto mortal dentro do meu peito.

O Leo apareceu acenando com aquele sorriso lindo de covinha e fazendo sinal para a câmera chegar mais perto.

Quando só tinha um close dele na tela, ele começou a falar.

"A-há, dona Fani! Achou que eu não fosse participar da sua festa surpresa, né? Te enganei! Olha eu aqui!" Ele passou a mão no cabelo e em seguida ficou um pouco menos risonho. "Agora, sério. Eu queria te falar que eu queria muito estar aí comemorando com você, fiz de tudo pra arrumar um voo – pergunta pra Gabi! – mas estava tudo lotado."

Eu olhei pra Gabi que só fez que sim com a cabeça e apontou para a televisão, para que eu não perdesse nada.

"Então a gente resolveu gravar esse DVD porque eu *tinha* que participar de alguma forma! E, além disso, você vai poder levá-lo pra Inglaterra para poder assistir sempre que estiver morrendo de saudade de mim!"

Ele deu uma risadinha, se forçou a ficar sério de novo e continuou.

"Brincadeirinha, viu? Acho que, se tem alguém que vai morrer de saudade, essa pessoa sou eu". Ele olhou para o chão meio sem graça e voltou a olhar para a câmera. "Mas é por pouco tempo, um ano passa rapidinho, e daqui a pouco você já vai estar aqui curtindo com a gente de novo!"

Eu dei um suspiro, a Natália apertou minha mão e a Gabi aumentou o volume mais um pouquinho.

"Olha só, vou voltar no dia 6, de manhã. Não ouse embarcar antes de eu chegar! Senão eu pego um avião e vou atrás de você, viu?"

Ele riu na tela e eu ri assistindo, desejando muito que ele fizesse isso mesmo.

"Curte bastante a sua festa aí, come bastante pão de queijo porque no exterior não tem dessas coisas, não!"

Ele riu mais um pouco, olhou pra cima, deu um suspiro e se virou novamente para a câmera, sorrindo, mas com um olhar um pouco triste.

"Um beijo, Fani, te adoro, viu?"

E depois disso a câmera foi distanciando, voltou para o Cristo Redentor, até que a imagem embaçou e escureceu.

Eu fiquei estarrecida olhando para a tela preta, até que a Natália levantou e falou: "É... o negócio é a gente comer pão de queijo, né...".

Eu virei pra Gabi e exigi que ela me explicasse direitinho a história daquele vídeo, quem tinha tido a ideia, como tinha sido gravado e chegado ali na casa dela, tudo!

Ela falou que ela e a Natália haviam resolvido fazer aquela festa surpresa, e que então ela tinha mandado um e-mail pra ele quando estava lá em Tiradentes, assim como para todas aquelas pessoas que eu tinha visto na sala, convocando para minha festa surpresa de despedida no dia 4 e pedindo para confirmar a presença. O Leo respondeu falando que não ia ter jeito, porque ele só voltaria mesmo no dia 6.

Ela então mandou outro e-mail, perguntando se dois dias a mais no Rio de Janeiro eram mais importantes do que eu, ao que ele respondeu que por ele não teria nem viajado, mas que a mãe dele fazia questão absoluta de Natal e Réveillon no Rio de Janeiro, que era a única época do ano em que toda a família se reunia na casa da avó dele.

A Gabi mandou outro e-mail (puxa, esse povo nunca ouviu falar de telefone?) comunicando a ele que no dia 4 de janeiro tanto o Natal quanto o Réveillon já teriam passado e que ele já estaria liberado. Ele, por sua vez, disse que os pais dele tinham combinado a volta para o dia 6, sexta-feira, de manhã, só porque ele tinha exigido, pois por eles a volta seria no domingo, dia 8.

A Gabi, então, apelou. Perguntou se ele consideraria voltar de avião dois dias antes se *ela* conseguisse convencer a mãe dele. Em vez de mandar um e-mail resposta, o Leo ligou para ela no mesmo instante e colocou a mãe dele na linha. A Gabi então falou para ela sobre a festa de despedida, e que o Leo era o meu melhor amigo, que eu estava muito triste porque só ia me encontrar com ele no dia de viajar...

Ela falou que no começo a dona Maria Carmem ficou meio resistente, mas que acabou concordando, se o Leo prometesse regar todas as plantas da casa que, segundo ela, deviam estar com a língua pra fora de tanta sede.

Daí o Leo na mesma hora entrou no site de todas as companhias aéreas pra tentar marcar o voo, mas estava tudo lotado. Foi então que eles começaram a pensar o que podiam fazer para que o Leo participasse. A princípio, combinaram que ele telefonasse na hora da festa, para, pelo menos, conversar comigo, mas os dois acharam essa ideia meio sem graça. Então o Leo sugeriu de gravar um CD com a voz dele no meio das músicas, o que a Gabi achou – com toda razão do mundo – que eu iria adorar. Só que naquele exato momento ela teve um estalo, lembrou da minha paixão por filmes e falou que a melhor surpresa seria se ele desse um jeito de fazer um vídeo. Ele disse que isso era muito fácil porque o primo dele tinha uma filmadora digital e que faria para ele. Depois era só passar pra DVD e mandar por Sedex pra ela.

E foi assim que eu ganhei uma surpresa (a melhor que eu poderia imaginar, com exceção apenas se o Leo saísse da televisão) dentro da minha própria festa surpresa!

Assim que a Gabi terminou o relato, eu peguei o controle remoto e coloquei pra passar o DVD de novo. As meninas deram um suspiro, falaram que era pra eu aproveitar a festa porque depois poderia ver aquilo quantas vezes eu quisesse, mas eu disse que era só mais uma vezinha... naquele exato momento, a Priscila deu uma batidinha na porta, disse que a minha mãe tinha pedido pra ela vir ver se estava tudo bem e que todo mundo estava sentindo a minha falta na sala.

"Ei!", ela falou olhando pra tela de repente. "É o Leo!"

Eu fiquei toda vermelha sem querer, parei o filme completamente sem graça, e aí ela falou: "Ah, o Leo... tô sabendo, viu...", e riu para a Gabi e a Natália, que fizeram cara de desentendidas, mas – francamente – elas são *péssimas* atrizes!

Eu fiquei toda: "Não, Priscila, é que ele queria participar também, aí me mandou esse DVD, já que está lá no Rio...".

Aí ela fez uma expressão de quem estava se divertindo muito com aquela situação e disse: "Ué, eu não estou falando nada...", e saiu.

Eu olhei completamente desesperada para as meninas, mas a Gabi falou: "Ih, Fani, o que é que tem a Priscila saber? Ela é sua amiga! E além do mais você vai viajar daqui a dois dias!".

Eu disse pra ela que a Priscila podia contar pro Rodrigo que, por sua vez, poderia contar pro Leo. Aí ela falou que se isso acontecesse seria pouco e bom, já que o plano do CD pelo visto iria furar, com o Leo chegando tão em cima da hora e tal...

Eu ainda não tinha pensado nisso. Fiquei um pouco triste, mas depois pensei que talvez fosse até bom que ele não ouvisse o CD enquanto eu estivesse por perto, porque, se ele não gostasse, pelo menos eu iria ficar sabendo disso só do outro lado do mundo.

"Vamos, Fani, sua festa está te esperando!", a Natália falou, tirando o chapeuzinho da cabeça dela e colocando na minha. Eu sorri e dei um abraço nela, a Gabi veio e entrou no abraço também e eu então agradeci as duas por toda aquela surpresa.

Fomos andando de volta para a sala, mas no meio do caminho eu me lembrei de uma coisa. Falei: "Espera!", corri na sala e busquei o *meu* DVD. Voltei abraçando-o, toda sorridente.

"Quantas estrelinhas você dá pra esse filme, Fani?", a Gabi perguntou achando graça.

"Estrelinhas?", eu perguntei. "Esse filme tem o astro da minha vida no papel principal e você acha que eu vou classificar com simples *estrelinhas*? Esse filme merece a Lua, o Sol, a Via-Láctea inteira!"

Com certeza, de agora em diante, aquele filme seria o número 1 da minha lista. Para sempre.

> *Baby: Eu? Eu tenho medo de tudo. Tenho medo do que vi, do que fiz, de quem sou. Mais que tudo, tenho medo de sair deste quarto e nunca mais, na minha vida inteira, sentir o que sinto quando estou com você.*
>
> *(Dirty Dancing)*

    O dia chegou. Acordei sem ter dormido praticamente nada. Era fechar os olhos que eu abria de novo, sem conseguir pegar no sono. Fiquei horas olhando para os lados, decorando cada detalhe do meu quarto e pensando em como ia ser difícil ficar um ano longe dele. Meus livros classificados por gêneros na estante mais alta, meus CDs por ordem alfabética nas prateleiras de baixo, o aquário da Josefina, que seria mudado para o banheiro para que ninguém se esquecesse de dar comida pra ela, minha televisão e principalmente meus DVDs tão queridos... como eu iria sentir falta deles!

    Na hora de fazer a mala, minha vontade foi de colocar todos lá dentro, mas meu pai falou que, além de não ter espaço, o oficial da imigração poderia achar que eu estava levando para vender e acabar apreendendo todos. Arrepiei só de pensar na possibilidade. Coloquei na mala então só os cinco que eu não consigo ficar sem assistir por muito tempo.

1. A surpresa do Leo
2. O diário da princesa
3. 10 coisas que eu odeio em você

4. De repente 30
5. O Expresso Polar

Minhas malas realmente estavam lotadas. Além de todas as roupas de frio, que ocuparam metade do espaço, tive que colocar algumas de verão, já que eu tinha que ir preparada para o ano inteiro, e eu também estava levando presentes típicos do Brasil para a família com quem eu iria ficar, para os coordenadores de intercâmbio de lá, para futuros amigos que eu viesse a ter...

As meninas tinham passado o dia anterior inteiro me ajudando. Elas me fizeram ligar para o Leo para agradecer o DVD e ele confirmou que sairia de madrugada do Rio e chegaria a tempo de ir ao aeroporto. Eu estava morrendo de medo de acontecer algum imprevisto que o impedisse de chegar na hora, tipo o trânsito estar engarrafado na estrada, o pneu furar no caminho, a família dele inteira perder a hora... mas acabei entregando pra Deus; se eu continuasse pensando naquilo ia acabar ficando louca.

Eu tinha acabado de tomar banho e vestido a roupa com que iria viajar, ainda estava com o cabelo molhado e resolvendo os preparativos finais, quando a campainha tocou.

Nem estranhei, desde cedo a campainha estava tocando, alguns vizinhos estavam passando pra se despedir de mim, minha cunhada chegou com os meninos, um pouco depois veio o Inácio... então eu nem parei o que estava fazendo, que era colocar em cima do armário uma caixa pesada, lacrada, onde eu tinha guardado todos os DVDs que eu não estava levando, para não ter a possibilidade de alguém pegar no meu quarto e espalhá-los pela casa, ou pior, levá-los para outras casas.

Estava tão concentrada que quase morri de susto quando ouvi uma voz atrás de mim.

"Precisa de uma ajudinha aí?"

O Leo!!

A caixa quase caiu na minha cabeça. Ele foi rápido, me ajudou a reerguê-la e juntos colocamos em cima do armário.

"Não acredito!", eu falei com um sorriso de orelha a orelha. "Deu tudo certo, você chegou a tempo!" Meu coração estava disparado de felicidade, implorando que ele me abraçasse, me beijasse, me pedisse para não viajar...

Mas ele ficou só me olhando meio sério e, em seguida, abaixou o olhar para o chão.

"Fani, me deixa falar logo antes que eu perca a coragem", ele disse nitidamente envergonhado, enquanto segurava uma sacolinha com toda força. "Eu vim aqui à sua casa mais cedo, pra te dizer que eu não vou poder ir ao aeroporto."

Eu olhei pra ele sem entender nada, afinal ele estava lá, o carro não tinha dado pane, o tempo estava bonito, não tinha nada de errado a não ser o fato de que eu iria viajar e ficar um ano sem me encontrar com ele, e ele estava ali me falando que não ia poder ir?

"Mas por quê? Como assim???", eu perguntei.

"Assim... meu pai quer que eu vá trabalhar com ele hoje à tarde de qualquer jeito. Ele falou que, já que nós ficamos muitos dias fora, a empresa deve estar um caos e que ele vai precisar muito da minha ajuda." Enquanto ele ia falando, eu percebi que ele estava nervoso, não parava de rodar a alça da sacola. "Você sabe que eu não trabalhei durante todo o período da recuperação, então ele quer que eu compense."

Eu nem consegui dizer nada. Meus olhos começaram a encher de água antes que eu pudesse impedir e eu nem fiz questão de esconder.

"Eu vim direto pra cá, nem passei em casa", ele continuou, "porque eu queria passar o máximo de tempo possível com você."

Eu comecei a chorar, ele me abraçou e eu percebi que ele estava emocionado também. Um pouquinho depois, ele se afastou.

"Olha, isso eu trouxe pra você levar, pra você não se esquecer de mim", ele falou me entregando a sacolinha e forçando um sorriso. Eu só balancei a cabeça negativamente, pensando em como me esquecer dele seria impossível.

Abri a sacola. Tinha três coisas lá dentro. Primeiro, tirei uma rosa. Uma só. Rosa-chá. Rosas-chá são minhas flores preferidas, mas eu acho que nunca tinha mencionado isso pra ele... será que ele adivinhou?

Em seguida, tirei um CD. Olhei a capa e vi que era mais uma coletânea dele, e nesse momento lembrei que já que ele tinha vindo direto pra minha casa, não tinha como ter escutado meu CD! Fiquei pensando o que iria acontecer quando ele ouvisse e eu estivesse nos ares... não era isso que eu tinha planejado. Será que ele teria vontade de ir atrás de mim ou daria graças a Deus por eu não estar mais por perto?

Por último, tirei um envelope.

Fiz menção de abrir, mas ele segurou a minha mão e falou: "É uma carta, não leia na minha frente que eu tenho vergonha. Me promete que você vai ler só no avião? E também que só vai escutar o CD quando chegar na Inglaterra?".

Eu prometi, apesar de toda a curiosidade.

A gente ficou um pouquinho sem falar nada, só olhando um pro outro, minhas lágrimas escorrendo sem o menor sinal de que iam parar. Minha mãe chegou na porta, viu que o Leo estava lá, fez que ia passar direto, mas ele viu e a cumprimentou, um pouco sem jeito. Ela então entrou no meu quarto também.

"É, Leo", ela falou me abraçando. "Como é que a gente vai fazer pra ficar sem essa moça?"

Ele deu um sorriso triste, parecia que estava fazendo o maior esforço para não chorar também. Minha mãe então começou a colocar umas identificações nas minhas malas e, em seguida, o meu pai chegou.

"Oi, Leo!", ele disse meio admirado. "Vai pro aeroporto com a gente?"

Ele explicou que não ia poder e eu tive vontade de pedir pro meu pai obrigá-lo a ir, ou ligar pro pai dele e implorar para que o Leo não precisasse trabalhar, ou ainda que jogasse uma bomba naquela empresa!

"Que pena... acho que o pessoal do aeroporto vai até se assustar com a quantidade de gente que vai aparecer lá hoje, vão achar que a Fani é alguma artista famosa!", meu pai falou meio rindo, enquanto atrapalhava um pouco o meu cabelo.

No mesmo instante, o telefone tocou. Era a minha professora particular de Física querendo se despedir de mim. Em seguida tocou de novo e dessa vez era a minha tia perguntando a que horas exatamente ela deveria estar no aeroporto. A minha sobrinha entrou no meu quarto e começou a fuçar a minha mala, minha mãe começou a gritar o Inácio para que a tirasse dali...

Eu olhei para o Leo no meio daquela bagunça toda e ele falou: "Fani, eu acho que eu já vou... você tem muita coisa pra fazer ainda, não quero atrapalhar".

Minha mãe olhou pra ele e balançou a cabeça afirmativamente, como se ele tivesse dito a coisa mais sensata do mundo, mas eu falei que não, que era pra ele ficar mais, que ele tinha falado que poderia ficar até a hora de trabalhar e que eu não tinha mais *nada* pra fazer, mas nessa hora o telefone tocou de novo e meu irmão gritou para que eu atendesse, que era a Gabi. Ao mesmo tempo, a empregada entrou no meu quarto perguntando pra minha mãe a que horas tinha que colocar o almoço na mesa, ao que ela respondeu – olhando para o Leo – que tudo ia depender do tempo que eu levasse para terminar de me arrumar...

Então, assim que eu desliguei o telefone, o Leo falou que realmente ia embora e me pediu que o levasse até a porta. Eu olhei pra minha mãe com um olhar que queria dizer: "Está vendo o que você fez?", mas ela fingiu que nem viu e continuou a mexer nas minhas malas.

Fui andando pela casa com o Leo, sem dizer nada, mas morrendo de vontade de falar tudo, de contar cada detalhe desde o começo, de como eu descobri que ele era a paixão da minha vida, e também como esse mundo é injusto porque exatamente agora eu teria que viajar, e também que o destino fez tudo errado colocando esse fim de ano bem no meio dos meus planos, fazendo que ele fosse para o Rio de Janeiro e impedindo que escutasse o CD no qual ele supostamente descobriria todos os meus sentimentos...

Mas, ao contrário, eu não falei nada quando chegamos à porta. Simplesmente abri, mas ele não saiu. Ficamos os dois olhando para o chão, sem dizer uma palavra. Quando ele ia começar a falar alguma coisa, o Alberto chegou todo feliz, com uma máquina fotográfica na mão.

"*Hello*, Leo!", ele disse enquanto tirava a capinha da máquina. "Abraça a Fani aí, eu sou o encarregado de tirar as fotos no aeroporto, mas já estou começando a registrar de uma vez!"

Normalmente eu teria brincado que ninguém tinha "encarregado", que o motivo por ele ter se apossado da máquina era simplesmente devido à vontade de tirar retratos de todos os ângulos da Natália... Mas o que eu menos queria naquele momento era brincar.

O Leo olhou para o Alberto e depois pra mim, começou a passar o braço pelos meus ombros, eu vi que ele estava sem graça, então eu mesma passei meu próprio braço pela cintura dele para andar mais rápido, afinal eu queria aquela foto de qualquer jeito!

O Alberto falou: "Olha o passarinho!", e eu forcei um sorriso. Ele bateu a fotografia, disse que tinha ficado legal e saiu da sala, nos deixando sozinhos de novo. Eu me afastei um pouquinho, apesar da vontade de continuar naquela pose da foto, abraçadinha com ele.

"Fani, eu vou mesmo então", ele falou baixinho. "Desculpe, eu realmente queria ter ficado mais tempo ao seu lado, mas sua mãe tem razão, você precisa se arrumar."

Eu não disse nada, nem limpei as lágrimas que caíam copiosamente. Só neguei com a cabeça e olhei para o chão, tentando de alguma forma arrumar coragem pra me declarar. Então ele veio e me deu um abraço. Não um abraço forçado como o do retrato, mas um de verdade. Cada centímetro do meu corpo estava colado no dele.

Nós ficamos uns três minutos assim, sem nos mexer, só curtindo aquele sentimento dolorido. Meu coração, assim como na vez em que nós dançamos, batia tão forte que parecia que a casa inteira ia escutar, mas dessa vez eram batimentos tristes.

Eu comecei a tremer, ele sentiu, me abraçou mais forte ainda, e aí afastou o rosto um pouquinho pra me olhar, e eu resolvi que daquela vez não ia afastar o olhar, não importava se com isso ele lesse nos meus olhos o quanto eu estava apaixonada por ele.

Ficamos nos encarando um pouquinho e aí ele tirou uma mão das minhas costas e afastou uma mechinha de cabelo que estava em cima de um dos meus olhos. Daí, ele foi se aproximando de novo, bem devagarzinho, olhando fixamente para os meus lábios...

"*Ele vai me beijar, ele vai me beijar, ele vai me beijar!*", era só o que eu conseguia pensar naquele instante. Meu coração, que já tinha ultrapassado o limite de velocidade, de repente paralisou, junto com a minha respiração.

Mas, exatamente nessa hora, ouvimos passos, e a empregada apareceu de novo perguntando sobre o almoço e um segundo depois o meu pai começou a trazer as minhas malas com o Alberto atrás fotografando tudo...

Então ele realmente me beijou, mas não na boca. Na bochecha. Um beijo demorado, cheio de carinho, mas que para mim não era mais o suficiente.

Ele se afastou e foi em direção ao elevador.

"Se cuide, viu, Fanizinha?", ele falou com um sorriso triste. "E me manda um e-mail assim que puder! Quero saber todos os detalhes!"

Eu prometi que ia escrever todos os dias. Ele me deu mais um último olhar silencioso, entrou no elevador, e eu fechei a porta.

Na minha cabeça só vinha um pensamento. A porta tinha sido fechada, trancando todos os meus sonhos. E quando eu abrisse de novo, não teria mais nada do lado de fora. Só o vazio.

> *Anne: Eu acho que te conheço um pouquinho melhor que você pensa. E eu não quero que você acorde uma manhã pensando que, se você tivesse conhecimento de tudo, poderia ter feito alguma coisa diferente.*
>
> (Diário de uma paixão)

O aeroporto internacional fica exatamente a uma hora de distância da minha casa. Não parei de chorar um minuto durante o percurso.

Meu pai perguntou mais de uma vez se eu queria desistir, mas eu só conseguia balançar a cabeça negativamente. Eu não queria desistir, uma parte de mim queria muito fazer aquele intercâmbio, minha tristeza era apenas por saudade antecipada de todo mundo e por frustração pelos meus planos terem dado errado com o Leo.

Depois que ele saiu da minha casa, eu liguei pra Gabi no mesmo instante e abri o berreiro. Contei que ele não compareceria ao aeroporto, que tinha ido à minha casa se despedir sem ter ouvido o CD e que, por um instante, eu cheguei até a pensar que rolaria um beijo, mas que eu achava que tinha sido apenas impressão minha, provavelmente era a minha vontade de que aquilo acontecesse que estava me fazendo ter alucinações...

Ela disse que não era pra eu me preocupar, pois tudo daria certo no final. Aí eu expliquei pra ela que o final já tinha acontecido, e ela disse que tudo só termina na hora em que as cortinas fecham. Não entendi o que ela quis dizer, eu estava com a cabeça explodindo de dor por causa da falta de sono e do excesso de choro, e então ela falou que tinha que almoçar depressa pra resolver umas coisas antes de ir pro aeroporto.

O aeroporto. Normalmente eu adoro aeroportos. Gosto de reparar nas pessoas que circulam por eles, sempre com sorrisos no rosto. A quantidade de abraços que acontecem nos aeroportos deve ser maior do que em qualquer outro lugar. Abraços tristes de despedida e alegres abraços de chegada.

Mas, dessa vez, eu não gostei de avistar o aeroporto se aproximando. Em poucas horas, tudo estaria terminado, uma nova vida começaria para mim, bem longe. Apesar da curiosidade e ansiedade para conhecer o que estava me esperando, uma grande parte de mim pedia para que eu não inventasse moda e ficasse quietinha onde eu já estava acostumada. Eu ficava tentando dizer pra essa minha parte que era tarde demais, que ela devia ter dito isso meses atrás...

O meu pai foi estacionar o carro, enquanto eu, a minha mãe e o Alberto descemos para já ir entrando na fila do *check-in*.

Foi só entrar no saguão do aeroporto que eu percebi que ia demorar um pouquinho pra conseguir chegar na tal fila. O aeroporto estava lotado! Avistei alguns dos outros intercambistas que eu já conhecia dos encontros, todos com o mesmo uniforme que eu – blusa branca, blazer azul escuro, calça cinza, sapato preto –, cada um deles com uma penca de gente em volta, provavelmente amigos e familiares se despedindo.

Andei mais um pouco e vi várias pessoas da minha família me esperando. Assim que me viram, todas vieram ao meu encontro. Confesso que esqueci a tristeza por um momento, parecia até que era meu aniversário, todo mundo vindo me cumprimentar, alguns com presentes, outros com cartinhas...

Além da família, quase todas as minhas amigas que foram à festa surpresa estavam lá, mas a Gabi e a Natália ainda não tinham chegado.

Terminei o *check-in* e vi que eu ia ter uma hora de espera antes do momento de entrar na sala de embarque.

Passei então por cada grupinho de intercambistas para cumprimentar e ver como eles estavam lidando com a expectativa. Reparei que o rosto inchado não era *privilégio* só meu, muitas das meninas que estavam indo, também estavam assim.

Resolvi ir ao banheiro passar um pouco mais de corretivo pra tentar disfarçar as olheiras devido à noite mal dormida. Chegando lá, dei de cara com a Priscila penteando o cabelo.

"Oi, Fani!", ela falou me abraçando. "Estava indo te procurar. Preparada?"

Eu disse que estava mais ou menos, que estava muito ansiosa para conhecer a cidade onde eu ia morar e a família que ia me receber, mas que a saudade antecipada de todo mundo estava difícil de aguentar.

"Imagino", ela disse sorrindo. Em seguida, ficou séria e pegou a minha mão. "Fani, eu queria te falar uma coisa, aproveitando que a gente está sozinha."

Eu olhei pra ela assustada, o que ela poderia querer me dizer, a sós, em uma hora daquelas?

"Olha só", ela falou olhando em direção à porta do banheiro, "a Gabi me mata se ela souber que eu te contei isso, mas eu não acho justo você não saber".

Eu prendi a respiração. Alguma coisa tinha acontecido com a Gabi. Ela estava doente, era isso? Ia morrer?

"O que a Gabi tem?!", eu perguntei alarmada.

A Priscila largou a minha mão e riu. "Nada, Fani, a Gabi está ótima!"

Eu suspirei aliviada e tornei a olhar pra ela, esperando então o que ela tinha pra me contar.

"O caso não é com a Gabi, e sim com o Leo."

"O Leo está doente?", eu quase gritei. "Por isso é que ele não vai vir ao aeroporto?"

"Ele não vai vir ao aeroporto?", foi a vez da Priscila falar alto.

"Não, ele vai ter que trabalhar!", eu respondi depressa. "Priscila, quer me dizer logo o que você tem pra me falar? Estou ficando preocupada! E está todo mundo me esperando lá fora!"

Ela coçou a cabeça com uma expressão preocupada. "Fani, eu vou te contar uma coisa, mas eu quero que isso não mude nada, tá bom? Você tem que me prometer que vai entrar naquele avião, fazer seu intercâmbio e voltar feliz da vida daqui a um ano..."

"Fala logo!", desta vez eu realmente gritei.

"Eu sei que não estou fazendo a coisa certa, mas seja o que Deus quiser", ela disse baixinho com um suspiro. "Fani, sabe aquele dia que você foi buscar o resultado do Leo no colégio?"

Eu afirmei, e ela continuou.

"O Rodrigo ligou para ele mais tarde, pra saber se você já tinha contado o resultado, porque ele também estava curioso pra saber se o

Leo tinha ou não passado de ano", ela começou a relatar bem devagar, para não ter possibilidade de eu ficar sem entender alguma parte.

"Só que o Leo deu uma bronca no Rodrigo. Falou que ele não tinha nada que ter pedido pra *você* pegar a nota dele", ela continuou o caso, atenta à minha reação.

"Por que ele não queria que eu pegasse a nota dele?", eu perguntei, realmente sem entender.

"Aí é que tá", ela disse, apontando o dedo para mim. "Eu perguntei a mesma coisa para o Rodrigo quando ele me contou isso. E sabe o que ele me disse?"

Eu só fiz que não com a cabeça, morrendo de curiosidade.

"Ele disse que o Leo estava fazendo de tudo para não ter contato com você até o dia da sua viagem. Que ele tentou não ficar muito próximo durante a recuperação, mas que você foi atrás dele e que ele acabou não resistindo. Aí, depois, ele inventou essa viagem de tantos dias pro Rio só porque esse parecia ser o único jeito de se afastar, mas acabou que foi você que pegou o resultado no colégio e aí ele *teve* que ligar pra você."

Eu ainda não estava entendendo.

"Priscila, aonde você está querendo chegar?", eu falei aflita, olhando pro relógio. "Por que o Leo queria se afastar? Ele estava com raiva de mim? Eu fiz alguma coisa?"

Ela não disse nada, em vez disso foi até a porta e olhou pra fora, pra ver se tinha alguém chegando, voltou e falou muito séria, baixinho, mas com firmeza.

"Fani, desde um dia depois da festa da nossa sala eu estou sabendo disso, eu queria ter te contado, mas o Rodrigo ia me matar!", ela disse meio envergonhada. "E depois, aquele dia, na sua festa surpresa, eu também quis falar com você, mas a Gabi achou melhor que você não soubesse nessas alturas do campeonato, ela ficou com medo de você desistir de viajar. Mas eu não posso deixar você ir assim, Fani, se fosse comigo eu gostaria muito de saber!"

"Fala logo, pelo amor de Deus...", eu implorei, sentindo que ia começar a chorar de novo a qualquer momento.

Ela fez uma cara de choro também, pegou minhas duas mãos e falou uma frase. Uma grande frase. Que explicou tudo o que eu queria saber.

"O Leo gosta de você – quero dizer, gosta mais do que como amigo – e já tem muito tempo, mas nunca teve coragem de se declarar porque ele achava que você não gostava dele do mesmo jeito e, segundo ele, entre não ter nada e ter apenas a sua amizade, ele preferia ficar com a amizade!", ela falou de uma vez só, me deixando com a boca aberta e o coração apertado.

Como eu não disse nada, fiquei estática, ela apertou a minha mão e falou: "Fani, você está bem, né?".

Eu respirei bem fundo, tentando ainda digerir a informação.

"Aí então", ela continuou e eu fiquei pensando que eu não ia aguentar escutar mais nada, "naquele dia da festa surpresa, quando eu vi a sua carinha de apaixonada olhando pra ele na televisão, eu percebi que o sentimento era recíproco..."

Eu não aguentei mais e dei um abraço nela, caindo no choro mais uma vez. Não sei como eu não me desidratava de tanto chorar.

"Calma, Fani", ela falou passando a mão nas minhas costas. "Vai ficar tudo bem."

Eu me afastei e falei pra ela que nada ia ficar bem, que já tinha ficado tudo mal, que eu tinha tentado fazer com que ele percebesse gravando um CD, com músicas que entregassem meus sentimentos, mas que ele não tinha nem escutado, já que tinha chegado de viagem em cima da hora e tinha ido direto pra minha casa para se despedir de mim.

"Direto pra sua casa?", ela perguntou franzindo a testa.

"É", eu falei, "ele passou lá hoje antes do almoço e levou umas coisas pra mim... um CD, uma carta e uma flor. E disse que ia ter que trabalhar com o pai dele hoje à tarde, motivo pelo qual ele não ia poder vir aqui."

"Fani", a Priscila falou com a testa mais franzida ainda. "O Leo não chegou hoje. Ele chegou ontem à noite. Eu sei porque ele ligou pro Rodrigo já eram umas 23 horas, falando que tinha acabado convencendo o pai dele a vir um dia antes pra não ter perigo de não dar tempo de chegar pra sua despedida, mas que ele não iria mais pro aeroporto com a gente como tinha combinado porque ele queria ir de carro, já que *depois* talvez tivesse que ir trabalhar. O Rodrigo ainda perguntou se ele não tinha medo de ter blitz na estrada, mas ele falou que ia pegar a carteira do irmão dele, por via das dúvidas..."

Eu não estava nem prestando mais atenção. O Leo tinha chegado ontem? Mas por que ele mentiu, então? Por que ele não me telefonou quando chegou?

"... por isso é que eu estranhei quando você me disse que ele não viria ao aeroporto. Eu estava certa de que ia encontrá-lo aqui." Ela terminou de falar, tão confusa quanto eu.

"Priscila," eu falei, "me ajuda a pensar. Por que o Leo mentiria? Por que ele me disse que chegou hoje sendo que chegou ontem? Por que..."

E de repente tudo entrou na minha cabeça. O CD. O Leo com certeza chegou em casa, ouviu o CD, não gostou e desistiu. Deve ter inventado essa história que vinha de carro só pra se desvencilhar da carona e não aparecer.

Eu falei isso pra Priscila, mas então ela disse: "Fani, isso não tem o menor sentido. Pensa comigo. Se você disse que nesse CD tem músicas que supostamente fariam com que ele percebesse que você gosta dele, se ele também gosta de você e se ele descobriu que o sentimento é correspondido, por que então ele não viria aqui? Ou mesmo que fosse pelo motivo que ele falou, de ter que trabalhar – o que eu sinceramente acho muito improvável, porque o pai do Leo nunca foi muito rígido com essas coisas –, por que ele não revelou isso tudo quando foi à sua casa? Por que ele não falou pra você que ouviu o CD e que, já que você gosta muito dele e que ele gosta tanto de você, vocês vão ser felizes pra sempre, daqui a um ano, quando você voltar?".

Eu não consegui deixar de rir com a simplicidade com que ela tinha colocado os fatos. Como se realmente fosse tudo tão fácil assim...

"Fani", ela continuou. "Isso está parecendo um filme. Você deve estar esquecendo uma pista aí nesse rolo. Pensa direitinho, você é *expert* em cinema! Alguma cena está faltando no meio desse enredo!"

Eu fiquei pensando e, de repente, tive uma luz.

A carta.

"A carta!", eu falei, puxando ela pela mão para a gente sair do banheiro.

"Que carta?", ela me seguiu, tentando desviar das pessoas que vinham no sentido contrário.

"A carta que ele levou à minha casa e pediu para eu ler só dentro do avião!", eu respondi, começando realmente a entender. "E tem também um CD! Como eu sou burra! Claro que ele chegou antes do Rio, afinal ele não teria como ter gravado esse CD se tivesse ido direto me encontrar!"

E dizendo isso, fui correndo em direção à minha bagagem de mão, passando direto por várias outras pessoas que tinham chegado para se despedir de mim.

Nenhuma despedida era mais importante naquele momento do que a que aquela carta deveria conter.

54

> *Lizzie:* Eu disse que eu te amo.
> *Peter:* Essa é uma notícia muita boa.
> Eu achei que eu estivesse sozinho
> no departamento amoroso.
> *Lizzie:* Bem, acontece que você
> tem companhia...
>
> (Wimbledon - O jogo do amor)

Querida Fani,

Nesse momento, você deve estar passando por cima da minha cabeça, nos ares. Eu devo estar olhando para cima e pensando: "Lá vai o meu amor".

Vou te contar uma historinha, que um dia — se você virar (e eu tenho certeza de que você vai) uma roteirista de cinema bem famosa — você pode transformar em um desses filmes de amorzinho de que você gosta tanto.

****

Era uma vez um Menino que era amigo de um monte de gente. Certo dia, apareceu na vida dele uma Menina que não era amiga de quase ninguém, que gostava de dizer que qualidade era mais importante do que quantidade, mas que achou que aquele Menino fosse digno dos tais poucos amigos que ela contava nos dedos da sua mão direita.

Os dois se tornaram inseparáveis, e o Menino percebeu que os momentos mais coloridos da vida dele eram passados ao lado dela. Ele começou a ter vontade de passar mais e mais tempo com aquela Menina e passou a fazer de tudo para que ela notasse isso (gravou músicas, escreveu declarações de amor anônimas...), só que nada adiantou.

Depois de reparar muito, ele descobriu que ela não percebia o amor dele porque não era com ele que a Menina queria ficar, mas sim com um outro cara, mais velho, que não tinha nada a ver com ela. O Menino ficou com muita raiva. Ele queria bater naquele cara, mas não queria que a Menina descobrisse que ele sabia da paixão secreta dela.

O Menino percebeu que tinha que esperar que a Menina descobrisse por ela mesma que o tal cara não prestava. Só que, nessa espera, apareceu uma outra menina na vida do Menino, e ele pensou que talvez ela pudesse fazer com que ele se esquecesse da Menina.

Quando a Menina finalmente entendeu que aquela paixão dela não valia a pena, o Menino pulou de alegria, apesar de ter ficado triste pelo fato dela estar sofrendo. Acontece que, a essa altura, ele já estava com a outra menina e, como ela era muito ciumenta, não deixava que ele chegasse muito perto para consolar a Menina, como ele gostaria.

Um belo dia (diz-se dia, mas na verdade era noite), aconteceu um baile. O Menino não queria ir, mas a Menina fez o Menino sentir como seria importante para ela se ele fosse... Então ele foi, mas chegando lá percebeu duas coisas.

A primeira ele já sabia: que a menina com quem ele estava não merecia que ele passasse nem mais um segundo ao lado dela. E a segunda coisa – que ele também sabia, mas não tinha ideia de que era tanto – era que ele estava (sempre tinha sido) apaixonado por aquela Menina, que era bem mais do que uma amiga aos olhos dele.

Ele acordou no dia seguinte àquela festa muito triste e chegou à conclusão de que deveria se afastar dela a todo custo, não só porque ser apenas amigo era muito ruim, mas porque, em pouco tempo, ela ia viajar para terras distantes, e já que ele teria que ficar sem ela mesmo, era melhor que se acostumasse logo com essa ideia.

Só que, quanto mais ele se distanciava, mais ela se aproximava. Ela não tinha ideia de como estava sendo difícil para ele tratá-la com tanta indiferença. Mas mesmo assim ele não sucumbiu e deu um jeito de ir para longe.

Mas o acaso não quis de jeito nenhum deixar que o Menino seguisse o plano dele. A Menina deu sinal de vida do lado de lá, e ele tremeu nas bases do lado de cá. Derreteu-se completamente, mas ainda assim tentou cumprir a resolução de só encontrá-la no último dia, para uma rápida despedida.

Só que ele não contava com uma surpresa. E que surpresa! A Menina criou para ele um presente, em formato de embrulho quadradinho. Quando ele abriu, saíram chocolates, estrelas, corações, balas... Todas as coisas deliciosas que ele sempre quis dela, mas que já tinha perdido a esperança de receber. O presente dela encheu a vida dele de melodia.

Ele passou a noite em claro, ouvindo todas aquelas músicas, repetidas vezes, sem cansar, sorrindo para o teto, como se ele tivesse sido o premiado de um grande sorteio. E era assim que ele se sentia. Ganhar o amor daquela Menina era o melhor prêmio que ele poderia desejar.

Mas, de repente, o Menino entristeceu-se.

Não era justo que ele fosse egoísta a ponto de querer viver aquela felicidade naquele momento, naquele exato instante em que a Menina estava indo conhecer outros mundos. Se ele já tinha esperado tanto tempo, poderia esperar um pouco mais... Um ano a mais.

Ele não queria que a Menina fosse viajar triste, imaginando o que estaria deixando para trás.

Ele queria só o bem dela. Ele queria que ela fosse tão feliz quanto o fazia.

Sendo assim, o Menino bolou um plano. Ele ia fazer de conta de que não sabia de nada, porque quando ela descobrisse a verdade – por uma carta que ele ia entregar – ela já estaria distante e teria várias novidades que não deixariam que ela ficasse pensando nele.

O único porém é que ele não aguentaria vê-la indo embora. Então ele resolveu se despedir antes. Para que a imagem dela na cabeça dele ficasse sempre aquela.

Da Menina linda que entrou na vida do Menino para encher tudo de cor.

****

Fanizinha, o resto da história, acho que você já imagina. Cheguei em casa ontem do Rio e fui direto ouvir o seu presente.

Eu te adoro, sempre adorei, mas não contava que esse CD fosse me dizer que isso era recíproco. É recíproco? Ainda não consigo acreditar... Posso estar sendo bobo, enxergando o que eu quero ver, deixando a minha imaginação tomar conta, mas estou apostando no meu coração e tentando me convencer de que isso tudo pode ser real.

Desculpe-me mais uma vez por não ir ao aeroporto. Eu não queria chorar na frente de todo mundo. Nem te fazer chorar.

Me faz um favor? Aproveita muuuito a sua viagem, faça com que ela compense o tempo que a gente vai ter que ficar separado. Curta tudo, seja feliz, para que você volte ainda mais linda do que já é.

> Um ano passa muito rápido.
>
> E eu vou estar aqui te esperando.
>
> Te adoro. Lembre-se sempre disso.
>
> Um milhão de beijos.
>
> Leo

55

> Sandy: Isso é o fim?
> Danny: Claro que não. Isso é apenas o começo.
>
> (Grease - Nos tempos da brilhantina)

Quando eu terminei de ler aquela carta, era como se eu não estivesse mais no aeroporto. Como se não tivesse barulho, nem malas, nem pessoas em volta.

Ler todos os fatos pela perspectiva dele não só esclareceu todas as minhas dúvidas como também fez com que eu percebesse o tempo perdido.

Eu tinha pegado a carta e ido ler sentada em um cantinho meio escondido, para ninguém me atrapalhar, enquanto a Priscila ficou encarregada de falar que eu ainda estava no banheiro.

Eu não conseguia desviar o olhar daquelas linhas, mas passos perto de mim fizeram com que eu voltasse à realidade.

"Ela está aqui!", uma Gabi esbaforida gritou, olhando para trás.

Eu olhei para ela primeiro e, em seguida, na direção para onde ela tinha gritado.

Primeiro vi a Natália. Ela parecia estar ainda mais sem ar do que a Gabi, e, em seguida, vindo correndo atrás dela, ninguém menos do que o Leo.

Levantei depressa, ainda com a carta na mão, me sentindo no meio de um daqueles filmes em que tudo resolve acontecer no último minuto.

"Por onde você andou?", a Gabi perguntou meio brava. Eu não consegui responder, dei mais uma olhada para a carta e em seguida para a Natália e o Leo se aproximando.

"Fani, a gente te procurou pelo aeroporto inteiro!", a Natália disse, sem fôlego. "Imaginamos que você tivesse entrado na sala de embarque sem avisar pra ninguém!"

Eu olhei para as duas, tentando organizar todas as informações na minha cabeça e ainda entender o que elas estavam falando. Se aquilo não era uma alucinação, o Leo estava ali. O mesmo Leo que tinha dito que não viria. O mesmo Leo que tinha escrito aquela carta que eu estava segurando.

"Nossa, que susto!", a Gabi então me abraçou. "Achamos que não ia dar tempo de despedir de você!"

"É!", a Natália me abraçou também. "Fiz o meu pai voar na estrada! Atrasamos um pouco porque passamos pra pegar o Leo no trabalho."

Pela primeira vez, desde que os três tinham aparecido ali na minha frente, eu tive coragem de olhar para ele. Calado, olhando para a minha mão. Para a *carta* que estava na minha mão.

"Quando você me ligou falando que o Leo não ia poder vir, eu liguei pra casa dele na mesma hora e pedi pro pai dele deixar, que a gente buscaria e o levaria de volta rapidinho! Estou ficando boa nisso de convencer os pais!", a Gabi falou, olhando meio irônica para o lado do Leo.

Eu olhei para o Leo achando a sem-gracice dele meio divertida, já que, como eu tinha lido a carta, sabia exatamente por que ele tinha inventado esse trabalho.

"Se vocês não tivessem chegado a tempo", eu disse para as duas, "eu teria matado vocês!"

A Gabi abriu a boca pra dizer alguma coisa, só que eu continuei a falar antes dela: "Mas muito obrigada por terem *obrigado* esse menino a vir se despedir de mim...". Eu olhei fixamente para o Leo, que retribuiu o olhar.

As duas riram, e aí a Natália saiu puxando a Gabi, falando que era pra elas irem procurar o Alberto. A Gabi replicou, disse que ela poderia encontrar o Alberto no dia em que quisesse, mas que a mim só daqui a um ano... mas a Natália fez uma cara feia pra ela e disse: "Quero vê-lo *agora*". A Gabi olhou pra mim, em seguida para o Leo e, de repente, entendeu a pressa da Natália.

"Ah, sim, vamos procurar o Alberto", ela disse, e continuou um pouco mais alto, "mas vamos logo porque já estão anunciando para os passageiros do voo da Fani irem para o portão de embarque."

Eu entendi que ela estava me mandando agilizar, aproveitar o tempinho que restava e não perder tempo.

Então, assim que nos vimos sozinhos, eu levantei a carta e mostrei pro Leo.

"Desculpe, eu quebrei a minha promessa", eu falei sem graça. "Mas é que, de repente, eu me toquei que essa carta poderia ter a cena final do meu *script* e que, se eu não lesse a tempo, o final poderia não ser tão feliz quanto mereceria..."

Ele sorriu pra mim, completamente desarmado, eu sorri de volta e ficamos ali, assim, rindo um pro outro. Aí então ele disse: "Pena que não deu pra você ouvir o CD junto... o filme tem uma trilha sonora, sabe...".

Eu me lembrei do CD, que tinha deixado na minha bolsa de mão na hora em que peguei a carta, já que não ia dar tempo de escutar. Pensei que, dessa vez, eu entenderia de cara tudo o que ele me contasse através das músicas.

"Fani", ele falou balançando a cabeça, "tinha tanta coisa que eu queria te falar, te perguntar..."

Nessa hora, a minha mãe começou a me chamar, apesar de eu ver que as meninas estavam tentando impedir todo mundo de se aproximar de onde a gente estava.

"A gente vai ter muito tempo", eu falei. E balançando a carta dele, repeti uma das frases que tinha lido nela: "*Um ano passa muito rápido... se você for mesmo me esperar*".

"Se você me disser que vale a pena esperar...", ele falou.

"Por que não valeria?", eu franzi a testa, me fazendo de desentendida.

"O final vai ser feliz?", ele perguntou, com aquele sorriso mais lindo do mundo.

"Final?", eu disse. "Acho que a felicidade vai ser no começo, no meio, e de final é o que eu menos quero saber, por mim não precisa terminar!"

E aí a gente sorriu um pro outro mais ainda, mas aos pouquinhos fomos ficando sérios, e ele chegou mais perto. Eu estava quase desmaiando de tanto frio na barriga.

Ele começou a passar a mão de levinho no meu cabelo, depois no meu rosto e aí deu uma olhadinha pra trás, viu que todo mundo estava *assistindo*, me deu um olhar questionador, eu balancei os ombros, como se dissesse que não me importava, e aí ele – sem desviar os olhos dos meus – colocou uma mão atrás do meu pescoço e passou a outra pela minha cintura, me puxou devagarzinho na direção dele, e aí eu *tive* que parar de olhar para os olhos dele. Mas só porque eu fechei os meus.

Como descrever algo indescritível? Aquele beijo pra mim foi tão perfeito que, por mais que eu tentasse, não conseguiria explicar. Começou suave, mas aos poucos se tornou profundo, quente, sintonizado, e eu não conseguia pensar em nada, só que tinha nascido pra beijar aquele menino.

Depois do que pareceram horas pra mim, a gente foi se desvencilhando, bem devagar, sem a menor vontade de desgrudar um do outro.

Ele sorriu pra mim mais uma vez, e aí as meninas não conseguiram mais segurar ninguém, porque todo mundo aproveitou para se aproximar, já que estava em cima da hora da minha partida.

"Fani, estão chamando o seu voo", minha mãe falou, e eu percebi que ela estava chorando.

O meu pai me entregou o passaporte e colocou a bolsa de mão no chão, ao meu lado. Comecei a sessão despedida, e, a cada pessoa que eu abraçava, as lágrimas iam aumentando. Engraçado como a gente faz uma seleção inconsciente quando se despede. As pessoas mais importantes vão sendo deixadas por último, como se guardássemos o melhor para o final... só que, nesse caso, acho que é melhor dizer adiar o *pior* ao máximo... nada é tão ruim quanto despedir de quem nós gostamos.

Primeiro eu disse adeus para as minhas amigas, tias, tios, primos, primas, avós... abracei a Juju tão forte que ela até reclamou, falei que ela já ia ser uma mocinha quando eu voltasse, e ela perguntou se eu podia trazer uma Barbie pra ela. Eu respondi que sim e então me despedi do Inácio e da minha cunhada, que pediram para eu não deixar de escrever.

O Rodrigo e a Priscila eram os próximos, abracei os dois e falei *"obrigada!"* no ouvido da Priscila, que só deu uma piscadinha em retorno, sorrindo pra mim.

Em seguida veio o Alberto que, como sempre, mandou que eu tivesse juízo. Eu então falei que era pra ele cuidar muito bem da minha amiguinha e, em seguida, puxei a Natália e disse que era pra ela tomar conta direitinho do meu irmão.

Olhei pra Gabi e ela falou: "Eu não vou chorar!", mas eu vi que ela já estava chorando, então nós nos abraçamos, prometemos escrever *pelo menos* um e-mail por dia, e, quando nos afastamos, eu não sei qual das duas estava mais em prantos.

O meu pai se aproximou, me abraçou tão forte e disse que eu ia ser pra sempre a princesinha dele, que era pra eu aproveitar bastante essa viagem, mas que, qualquer problema, ele estaria ali, que não precisava ter medo, que eu podia voltar na hora que quisesse. Eu chorei, chorei, chorei, não conseguia falar nada e aí ele chamou a minha mãe, que já estava até de óculos escuros, e ela me abraçou também.

"Ô, minha filhinha", ela conseguiu falar no meio do choro. "Não fica cultivando saudade, viu? Saia de casa, se divirta, conheça gente nova, quando você voltar vai estar tudo igualzinho aqui. A gente te ama."

O alto-falante anunciou a última chamada para o meu voo, e aí o meu pai pegou minha bolsa e me entregou.

Eu segurei e olhei na direção do Leo. Ele estava um pouco atrás, me deu um sorriso triste e eu fiz sinal pra ele se aproximar.

Ele veio todo sem jeito, provavelmente com vergonha dos meus pais por causa do beijo, e aí eu dei o último abraço nele.

"Eu vou te esperar", ele falou mais uma vez, baixinho no meu ouvido, "o filme está apenas começando." Eu sorri pra ele no meio das lágrimas, ele sorriu de volta, e eu percebi que ele estava certo. Aquilo era só o *trailer*. Agora era que o filme realmente iria iniciar.

Eu parei de chorar, dei um último aceno pra todo mundo e entrei sorrindo na sala de embarque.

Epílogo

Hoje eu sei que nenhum filme é melhor do que a própria vida. Infelizmente, as cenas não podem ser filmadas para que eu possa revê-las, decorar as falas e copiar as melhores frases, mas o melhor DVD já inventado é a nossa memória, uma vez que podemos visitá-la sem precisar de nenhuma aparelhagem.

Sempre achei que os melhores filmes são aqueles que terminam e deixam no ar os futuros acontecimentos, para que possamos inventar por nós mesmos uma continuação. Minha vida é assim. Não sei como serão meus próximos capítulos, mas posso imaginá-los e tentar vivê-los o mais fielmente possível ao roteiro que eu mesma vou criar.

Nesta sala de embarque, eu não sei o que vai acontecer de agora em diante, apenas que – neste momento – este é o melhor final feliz que eu poderia escolher pra mim.

Você ainda está aqui?
Já acabou, vá embora!
(Curtindo a vida adoidado)

LEIA TAMBÉM, DE **PAULA PIMENTA**

FAZENDO MEU FILME 2
FANI NA TERRA DA
RAINHA
328 páginas

FAZENDO MEU FILME 3
O ROTEIRO INESPERADO
DE FANI
424 páginas

FAZENDO MEU FILME 4
FANI EM BUSCA DO
FINAL FELIZ
608 páginas

FAZENDO MEU FILME
LADO B
400 páginas

**MINHA VIDA FORA
DE SÉRIE**
1ª TEMPORADA
408 páginas

**MINHA VIDA FORA
DE SÉRIE**
2ª TEMPORADA
424 páginas

**MINHA VIDA FORA
DE SÉRIE**
3ª TEMPORADA
424 páginas

**MINHA VIDA FORA
DE SÉRIE**
4ª TEMPORADA
448 páginas

**MINHA VIDA FORA
DE SÉRIE**
5ª TEMPORADA
624 páginas

**FAZENDO MEU FILME
EM QUADRINHOS 1**
ANTES DO FILME COMEÇAR
80 páginas

**FAZENDO MEU FILME
EM QUADRINHOS 2**
AZAR NO JOGO,
SORTE NO AMOR?
88 páginas

**FAZENDO MEU FILME
EM QUADRINHOS 3**
NÃO DOU, NÃO EMPRESTO
NÃO VENDO!
88 páginas

**APAIXONADA
POR PALAVRAS**
160 páginas

**APAIXONADA
POR HISTÓRIAS**
176 páginas

UM ANO INESQUECÍVEL
400 páginas

CONFISSÃO
80 páginas

Este livro foi composto com tipografia Electra LH e impresso
em papel Off-White 70 g/m² na Gráfica Santa Marta.